邻家老二 名 孔丘

无语◎著

重庆出版集团 重庆出版社

图书在版编目（ＣＩＰ）数据

邻家老二名孔丘 / 无语著. — 重庆：重庆出版
社，2013.3
ISBN 978-7-229-06005-3

Ⅰ．①邻… Ⅱ．①无… Ⅲ．①长篇历史小说－中国－
当代 Ⅳ．①I247.5

中国版本图书馆CIP数据核字（2012）第292474号

邻家老二名孔丘
LIN JIA LAO ER MING KONG QIU
无语 著

出 版 人：罗小卫
责任编辑：陶志宏　何　晶
责任校对：杨　婧
装帧设计：回归线设计

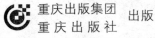 重庆出版集团
重庆出版社 出版

重庆长江二路205号　邮政编码：400016　http://www.cqph.com
北京兴湘印务有限公司制版
北京兴湘印务有限公司印刷
重庆出版集团图书发行有限公司发行
E-MAIL: fxchu@cqph.com　邮购电话：023-68809452
全国新华书店经销

开本：710mm×1000mm　1/16　印张：15.5　字数：238千
2013年3月第1版　2013年3月第1版第1次印刷
ISBN　978-7-229-06005-3
定价：28.00元

如有印装质量问题，请向本集团图书发行有限公司调换：023-68706683

目　录

青年孔子，之于他当世的古人，是一道乘法：（童年丧父+少年丧母）×（库管员+出纳+羊倌）=孔子；之于后世的我们，是一道约等式：孔子≈π。孔子少孤，以"鄙事"为生，但却孜孜矻矻，有志于学，堪称最古老的励志人物之一，他所走出的光耀轨迹，就如π的小数点后面的数字，无限延长，无限深邃，引人无止境地追逐。

五十一岁之前的孔子，尚未出仕，一个人，如同一部无声电影，看起来，沉默静寂；实际上，孔子并不寂寞，他在历史的黑白片中，不仅导演了一场气势宏美的京剧——广纳弟子、开堂授教；还导演了一幕风云流荡的话剧——与老子会晤；并导演了一出激情四溢的歌剧——向音乐家苌弘求教；更导演了一部热血澎湃的诗剧——到国外（齐国）求职、面试。由于他还身兼男一号和编剧等职，因而，档期总是满满的。

年过半百，孔子走上政坛，担任地方官，他以神笔马良的速度，规划并实施了农业改革，由是，他升任了司空；他以精卫填海的精神，兴修了水利，由是，他升任了大司寇；他以后羿射日的担当，震慑了齐国，由是，他升任了代理宰相；他以盘古开天的力量，打杀黑恶势力，由是，他下岗了。他触犯了当权者的利益，他的救国理想，俨若神话，于是，他背着神话，流浪去了。

夫子慢慢地走，像一首诗，平平仄仄地踏着梦想之途；夫子静静地走，像一首小令，长长短短地思考着往昔与未来；夫子悠悠地走，像一支曲子，抑抑扬扬地咏叹着历史的嬗变、世事的难测。在长达十四年的苦旅中，在往还于七个国家的滚滚尘烟中，夫子不是在赶路，就是在逃难，然而，他总是从容、平静。他的思想，就像长篇小说，总有续篇；就像电视剧，总有续集。而每一续篇，每一续集，虽然总有坎坷，总有流离，总有伤怀，但也总有——希望。

第五章　从政到从心，距离有多远

对于鲁国当权者来说，孔子是一个圣像、一个象征、一个符号，是用来供奉、礼拜、小心保护、彰显文化荣耀的，他那光芒四射的名字，远远大过了他的人——"孔子"二字，好比珍珠，而孔子之人，则好比盛装珍珠的木椟。孔子于是放弃了从政，而是从心去了。他转而搞起了"采摘"活动，从文化的枝头，采诗、采乐、采文，整理出了"六经"，使中国古文化在朴拙无华的气息中，升腾出了一种神性的盛美。

第六章　对酒当歌，弟子几何

夫子门下花满蹊，千朵万朵压枝低。其师生之情，父子之情，知己之情，诤友之情……种种情长，以酒释之，无不令人动容、动心，羡煞、醉煞：夫子与冉有，饮的是一壶辛辣的烈酒；夫子与颜回，饮的是一壶醇香的温酒；夫子与子路，饮的是一壶甘冽的浊酒；夫子与子贡，饮的是一壶浑厚的陈酒；夫子与曾参，饮的是一壶绵远的老酒；夫子与闵子骞，饮的是一壶家常的烧酒……夫子一路行来，不寂寞。

第七章　夫子，天地之心

孔子病了。政府遣医，孔子不受；官方送药，孔子不吃。七日后，与世长辞。这是平静的一刻，也是激荡的一刻。平静的是孔子，激荡的是风云。孔子的弟子们，悲怆难抑，想到孔子生前被"尊而不用"，弟子们或痛斥政府，或威胁鲁国国君，或为孔子守孝六年，或迁居孔子墓旁，与孔子对望、低语。痛到极致时，弟子们甚至扶植了一个长相酷似孔子的学友，把他当成孔子来侍奉。孔子，江河之魂，天地之心，其一介布衣，授业四十余年，传承十余世，至圣矣。

番外　神的年代，人的年华

这是一个神性葳郁的时代，神很近，人很远，从殷商之王室，默默无声地退出一人，放弃王子车舆，骑驴远遁深野，他，是孔子的始祖微子启；

这是一个巫风驰荡的年代，神忽远，人忽近，从周朝之诸侯国宋国，谦柔恭谨地走出一人，却因妻室美艳，横遭杀害，他，是孔子的六世祖孔父嘉；

这是一个褪下神秘色彩的时代，神走了，人来了，从鲁国之陬邑中，威武雄壮地转来一人，武功惊人，勇猛闻世，他，是孔子的父亲叔梁纥。

孔子，原是一朵从图腾里开出的花。

第一章　数据化孔子

　　青年孔子，之于他当世的古人，是一道乘法：（童年丧父+少年丧母）×（库管员+出纳+羊倌）=孔子；之于后世的我们，是一道约等式：孔子≈π。孔子少孤，以"鄙事"为生，但却孜孜矻矻，有志于学，堪称最古老的励志人物之一，他所走出的光耀轨迹，就如π的小数点后面的数字，无限延长，无限深邃，引人无止境地追逐。

1. 野合：孔父的"闪婚"

孔子的一生，是一支曲：上阕孤苦；中阕漂泊；下阕澹宁。

孔子的经历，是一组数：少时为函数；壮时为指数；老时为无理数。

函数，不稳定，寓意着孔子正随着一个因素而变化；指数，相对稳定，寓意着孔子的言行已成为道德规范的标准；无理数，没完没了，寓意着孔子的贡献无限延展，开方开不尽，乘除又增生。

如果从孔子的函数阶段来凝望他，可以看到，他的生活，不仅是变化的，动荡的，而且，还是荒凉的，艰辛的。

一切，都来源于他的"疑似私生子"身份。

一切，又都来源于他父亲的"疑似婚姻"追求。

孔子一岁到三岁时，如果用数据来表达他的人生，那么，就是一组语音数据。

这是一种"只读模式"的声音文件，具有不能被编辑的沉闷力量，因此，即便孔子成人后，也只能保持它的原态。

这又是一首古代版的MP3歌曲，是被凝练化的生活，也是被艺术化的流言，因此，它的成分，有真实的，有虚假的；它的成色，有纯正的，也有不足的。

记录这种语音信息的人，有孔子的族人，有陬邑的乡邻，有正人君子，也有八卦志愿者。

他们以口口相传的古老通讯方式，传输了数据所承载的内容。

数据内容，带着些绯红的晕色，听起来，很迷蒙。

说的是，孔子的父亲，叔梁纥老先生，在六十六岁高龄时，与一个名叫颜徵在的少女——大概在十四岁和十七岁之间，发生了一段闪电式的情爱故事。

第二年，公元前551年，鲁襄公二十二年，阴历十月二十七日，一婴诞世。

婴儿头顶微凹，四周略高，遂名为丘；又因是祈祷于尼山所得，且排行第二，遂字仲尼。

婴儿即孔子。

当日的有情天，见证了他的出生；《史记》的无情笔，记载了他的降世。

《史记》的记载，只有一句话："纥与颜氏女野合而生孔子。"

野合，使孔子父母的爱情，孔子的身世，充满了扑朔迷离的气息。

关于野合的理解，迄今大体有四种。

第一种是汉代学者司马迁的说法，充满了人情味。

司马老师告诉我们，这两个情人，很知礼，聘有聘礼，婚有婚礼，婚姻关系合乎周礼，然而，他们面面俱礼，他们本身却是失礼的——他们的年龄相差太大了，一个六十多，白发苍苍，一个十多岁，豆蔻芳菲，这种年龄的结合，却不合周礼，所以，他们即便结了婚，也是野合。

第二种是唐代学者张守节的说法，充满了哲学性。

守节老师告诉我们，男子八个月时长牙，八岁时换牙，二八十六岁时，阳道通，可生育，八八六十四岁时，阳道绝，不可生育；女子七个月时生牙，七岁时换牙，二七十四岁时，阴道通，可生育，七七四十九岁时，阴道绝，不可生育。孔子之父已过"阳道绝"的年龄，所以，是野合。

第三种和第四种是近现代学者的说法，充满了浪漫情怀。

他们告诉我们，孔子之父为能生下儿子，专程携妻到尼山祷告，在山神的注视下，在鸟鸣中，在兽嚎中，在野地里，以天为被，以地为褥，很环保地交合了，所以，称为野合。

或说，孔子父母没有通过婚姻关系就发生了男女关系，即，不结婚，只同居。春秋时期，最忙的就是打仗，因此，兵员最抢手，农耕最抢手。人，是第一生产力，是第一道理。各诸侯国为了繁衍人口，允许婚前性自由，还特地在河边、花甸、草野，开辟了春情荡漾的俱乐部，组织男女淫奔、欢会。《周礼》对此有着确切的记录，"中春之月，令会男女，于是时也，奔者不禁"。而孔子父母，就是这声势浩大的集体幽会大军中的一对。

这四种说法，或庄重严肃，或妩媚激滟，但无论哪一种，都不能为孔子父母的婚姻正名，都使孔子娘俩不被孔氏家族所接受。

既如此，孔父叔梁纥为什么要生生地酿此悲剧呢？

事情要追溯到公元前554年，鲁襄公十九年。

这一年，齐国犯鲁，鲁国大夫藏纥，被围困于防邑。叔梁纥正在防邑安保，见情况危急，遂会同藏纥之弟，在夜色掩映中，率三百甲士，突出重围，把藏纥火速送到城外，交给了前来增援的鲁国军队，然后，自己又折回城中，组织抗战。

这是惊魂的一幕。但惊魂的，不是叔梁纥，而是齐国将士。

叔梁纥一来一回，两次冒死冲突，两次在矢石如雨中飞纵，把齐国将士看得张口结舌。考虑到鲁国援军也近了，齐国将士们呼啸着——潮水般退去了。

叔梁纥对自己的表现，是满意的。可是，他又很遗憾，因为他的优秀基因，无人继承。他不是没有孩子，他有很多孩子，整整十个，他在传宗接代的问题上，是极其敬业，极其本分，极其努力的。

只不过，十个孩子中，正妻施氏所生的九个，皆为女；妾室所生的一个，虽为男，却足有残疾，无法继嗣。

叔梁纥忧虑不堪，不久后，便到颜氏家族求婚去了。

颜父的年龄，和叔梁纥大概不相上下，有可能还小于叔梁纥，不过他敬佩叔梁纥的为人，很愿意纳这位老翁为女婿。

由于叔梁纥的年龄着实过大，颜父又去给三个闺女做动员工作，说，叔梁纥的祖辈，有显赫的王族血统，叔梁纥本人，又武功盖世，啥毛病没有。唯一的毛病就是老了点儿，我看这也不算是毛病。你们说，谁愿意？

没人举手。长女和次女，沉默以对。

小女儿颜徵在，正是中学生的年龄，涉世较浅，最终，她遵从父命，出嫁叔梁纥。

可是，既然叔梁纥是出于传嗣的目的与颜徵在结合，那么，为什么不给颜徵在一个名分，而非要野合呢？

即便他由于种种原因，不能让孔氏家族接受颜徵在，那么，为什么连苦心巴望的儿子，也要拒之门外呢？

多种史料证明，孔子没在孔氏祖家所在的陬邑长大，而是流落在外。

考证孔子不被祖家认可的缘由，不外乎三种。

缘由一：颜徵在与叔梁纥感情破裂，颜徵在抱着孔子过单身生活去了。

缘由二：叔梁纥对颜徵在一往情深，先同居，后办理手续，但尚未得空，就去世了。孔子因此未得注册在孔氏家谱上。

缘由三：叔梁纥与颜徵在铁血柔情，琴瑟相合，但在孔子三岁时，叔梁纥撒手人寰，叔梁纥的正妻施氏，是个嫉恨的婆娘，将少小的孔子娘俩逐出了家门。

第一种缘由，很狂放，没有确凿的根据；第二种缘由，很草率，不足以产生信服力；第三种缘由，很差强人意，经不起推敲。

三种缘由中，今人更倾向于第三种。可是，如果孔子在三岁之前，成为叔梁纥的继承人，一直生活在父亲膝下，那么，任凭施氏如何凶悍，如何泼辣，伯叔辈岂会任由孔子被逐呢？

想来，这竟是一个不解之谜了。

2. 孔子的草木年华

爱情，是一种甜蜜的病。血糖会升高，肾上腺素会升高，快乐会升高。

爱情，又是一种传染病，传播迅猛；犹似水痘，有的人，一生只有一次，一生，只等待一次，只迎接一次，只告别一次，从此，便在肉体里、灵魂里，生长了爱情抗体，对爱情，产生了免疫力，顽强地抗拒着一切感情的喷薄。

颜徵在，便如此。

隔着两千多年的距离，去感觉这个女子，会触摸到一个纤柔而坚韧的搏动。

颜徵在带着孔子，居住在曲阜的阙里，距离孔氏祖家所在的陬邑，约有二三十里地。在艰难苦涩的生活中，颜徵在主要担任着两个角色：慈母，家庭教师。

她是一位伟大的女性——识文断句，斯文知礼，专心教育孔子；端正矜持，温雅和缓，一意感染孔子。

她又是一位固执的女性——始终如一，坚贞执著，依礼祭祀孔父；牙关紧闭，心扉紧锁，拒答孔子有关父亲的询问。

对于改变了她一生命运的叔梁纥，她不言不说，哪怕一句话，哪怕一个字。

或许，她是有一点儿伤心，有一点儿怨的。

无论孔氏祖家是否接受她和孩子，势必都与叔梁纥有关。在她与他的这场情爱中，她是被动，他是主导，她是从父命而去，他是从心声而来，然而，在相遇的一刻，在交会的一刻，他却没有做好准备。她的命运，就如一粒花蕾，初初结成，尚未绽放，就湮灭了。花苞中的香气，未绽，花蕊中的雨露，未绽，她已湮灭于一地落红中。

或许，她还有一点儿惭愧，有一点儿不安。

野合，终究是不雅的。为人女时，她不懂；为人母后，她懂了。懂得很深刻，很切肤，很痛苦，所以，"耻之"，所以，对于野合的男主人公，只字不提。

或许，她也有一点儿避讳，有一点儿嫌。

她红颜正盛时，落落而寡，因少寡，有讳，她无法参与亡夫的送葬活动，无法完成与亡夫的最后告别，她自己多少也感觉有些不祥，所以，她干脆就绝口不提了。

总之，她与叔梁纥的恩怨情仇，深深地埋葬在她的心底。

她不说他好，也不说他不好。他好像是一粒药，她对这粒药过敏；他好像是最刻骨的恨，或最刻骨的爱，她对这种恨，或爱，决绝地封杀。

可她没有忘掉他，因为她在祭祀他。或许，她也想着他，远远地，沉默地。

在孔子十五岁的时候，三十岁左右的颜徵在，静静逝去了。

她的绝代芳华，归于亘古的沉寂。

孔子的数据化人生，随之，发生了改变。

他的生命，又演绎出了一组曲线数据。

这是一种波浪般的象形文字，时而波谷跃升，时而浪头低伏，然而，无论跃升与低伏何其激烈，何其紧凑，但它们的差值并不大。

波浪是在水平的高度上运动。孔子是在冷静的悲痛中思考。

孔子以囹圄的身世，成长于阙里，不免常受欺侮、轻视，是母亲给了他无尽的温暖与鼓励；孔子以平民的身份，就学于普通学堂，接受不正规的教育，是母亲补充了他正统的学识与修养。母亲，是他的典范。母亲的离世，可以想象得出他的悲痛。

但悲痛，不意味着慌乱。

孔子噙着泪，给自己安排了两件大事：丧事，寻宗。

丧事，为的是，完成与慈母的长别；寻宗，为的是，结束精神的漂泊。

十五岁的孔子，在此时，显示出了超然的冷静，绝伦的气魄。

他将两件大事合而为一，先将母亲浅葬于五父之衢，然后，打听父亲的墓地，准备将父母合葬。

此事，看似轻描淡写，实则轰烈烦琐。

首先，为什么要葬于五父之衢，孔子是经过周密思考的。

五父之衢，是鲁都的中心大道，商业繁华，人气兴旺。孔子不将母亲葬于阙里，却偏偏浩浩荡荡地引领送葬队伍走了足足一里地，将母亲葬在五父之衢，为的是引起极大的宣传效应。

其次，如何打听父亲的信息，孔子也是经过慎重思考的。

孔子以坚决沉稳之心，孤注一掷，倾家荡产，执绋引棺，置办丧仪。因母亲生前重礼，他耳濡目染，儿时便以礼为嬉，"常陈俎豆，设礼容"，并用礼器祭祀父亲。因此，在浅葬母亲时，他依礼而行，谨慎细致，井井有条，般般讲究。他并且毅然放弃了工作，日夜守灵，缅怀悼念。观者见之，都误以为这是正式下葬，而非浅葬。随着关注的人越来越多，孔子询问父亲信息的机会也越来越多。

一日，一个使孔子一生出现最大转折的人，出现了。

此人，是曼父的老母。

曼父，原是陬邑的车夫，曾参加过孔父的送葬活动，后来迁居五父之衢。他的老母听说街上在举办一个庄重的丧事时，也溜达过去凑热闹。然而，当她看到守灵的孔子时，不禁惊讶起来，孔子像极了一个人！

孔子是什么样的长相呢？

《荀子·非相》中说，"仲尼长"，"仲尼之状，面如蒙倛……似蟹而小"。

周朝大夫苌弘说，仲尼河目隆颡，有皇帝形貌；修肱龟背，有成汤容体。

总括起来，就是说，孔子一米九二的大个子，很长；脸庞舒展，方正似小蟹；眼睛平长，颧骨高突，肢体修颀，身背厚隆，长得很有特点，不难看。重要的是，孔子和叔梁纥就像是从一个模子里抠出来的！

曼父的老母看了半天，眨了半天眼，啧了半天嘴，然后，凑过去，和孔子说话。

谈话中，自然提到了叔梁纥与颜徵在的那场并不隐秘的风花雪月的故事。孔子便一一询问，最终打听到，父亲的墓地，位于防邑，孔氏的祖家，位于陬邑。

之后，孔子要做的事情就是，让祖家接受他和母亲，允许他掘土合葬。

十五年前，孔氏祖家决绝地排斥了他们；十五年后，他如何能让祖家认可他们呢？

没有资料表明，孔子是怎样解决这一问题的，只知道，他的母亲，伟大的颜徵在女士，最终以叔梁纥配偶的身份，被葬在了叔梁纥的墓地。

古人殡葬，墓上不起坟。孔子却在母亲的墓葬上，专门封土起坟，以永久铭记。当暴雨瓢泼，冲毁坟茔后，他伤心痛楚，泪水横流，抚琴，琴不成调，吹笙，笙不成曲。

这是酸苦的泪，也是告慰的泪，不仅是为自己的心意而流，也是为母亲的心意而流。

按照现代社会的成人标准，十八岁之前，个人的版权，属于父母；十八岁之后，个人的版权，为自己所有。然而，在数千年前，年仅十五岁的孔子，就已经享有他的人生版权，已经在独立协调和处理各种权利和行为了。

这种享有，是一种能力，也是一种无奈；是一种价值，也是一种伤感；是一种骄傲，也是一种心酸；是一种昂扬，也是一种平静。

谜一样地，孔子被接受为孔氏家庭成员。

电一样地，随即串联出一系列的结果。

起先，孔子继承了父亲叔梁纥的"士"的地位，从平民，转正为了士。

接着，孔子作为士阶层，开始接受礼乐射御书数"六艺"的贵族教育。

孔子在儿时，目睹母亲祭祀父亲的隆重礼仪，或许早就觉察到父祖家具有一定的社会地位，能够让他进学修身，因此，在梦想果然成真后，他极其热爱珍惜学习的机会，说道，"吾十有五而志于学"。

而这种系统的学习，奠定了孔子成为万世师表的基础。

十五岁，对于孔子，是一个激荡的年份。

这一年，鲁国宰相飨士，通告全国，邀请所有的士，到相府就餐。

这是一次大型酒会，也是一次官方社交，还是一次政治集会，更是一次现场招聘。

除了宰相季氏主持聚会外，还有大量的鲁国上层官员莅临，可提供大量的从政机会。

孔子很高兴，穿着丧服就赶到了相府。

在门口，孔子碰到了阳虎。

这是一个需要记住的人。孔子一生的命运，与他有很大的关系。因为他，孔子吃尽了苦头，挨尽了牵累，差点儿拼尽了性命

在二人相遇的这第一次，谁也不知道，他们将会在日后有数度交缠。

阳虎更是无从预料，眼前这个披麻戴孝的少年，不久后，将名震寰宇，其能量，像核辐射般，无人能抵挡。

他更无从预料，为了招聘孔子，他又是巴结又是送猪，还要围追堵截。

此刻，他只知道自己掌握着把门的无上权力。因此，他如火山一般喷发了，气势汹汹地冲着孔子喷溅唾沫，主人请士，没请你！

阳虎的傲慢无礼，隐现出两重问题。一重，孔子虽为祖家承认，但社会上尚未认可；二重，孔氏家族虽为士阶层，但因衰落不堪，已饱受轻视侮慢。

阳虎赶鹅似的，往外轰孔子。

孔子受到沉重打击，默默退下来，回家了。

父亲不在，无人为他撑持；母亲不在，无人为他拭泪。清苦梦里，他唯有思父恻肠；冰冷雨里，他只能祭母暖伤。

3. 孔子实名制

对于学而致用，孔子先知先觉。

对于彷徨求索，孔子后知后觉。

对于万世瞩目，孔子不知不觉。

对于身家姻缘，孔子半知半觉。

所谓姻缘半知，是指孔子知道自己与宋国亓官氏有婚约；所谓姻缘半觉，是指孔子有感家道贫落，不知亓官氏能否践诺。

十九岁时，孔子去宋国研考殷礼风俗，并准备迎娶亓官氏，虽然情绪半喜半忧，心跳半上半下，还是登门拜访了。

孔子是孔氏家族在鲁国的第六代宋国移民，亓官氏是宋国的土著，他们有一个共同的祖先，那就是——微子。

这一层关系，透着先入为主的亲近，透着宗血上的联系，透着传承上的密切。

亓官氏家族几乎没有过多地考察孔子，便应承了婚事。

婚后，孔子继续半工半读。

工作并不难找，铁革命业已开始，它带来了铁犁牛耕，带来了官道官舍，带来了交通物流，带来了更频仍的战争、更惊人的消耗、更激情的生产、更狂野的商业。自然，也带来了人口爆炸，带来了生活需求、精神需求——过分的，或不过分的；带来了文化交融、文化碰撞——粗暴的，或不粗暴的；带来了都市繁华、夜市繁华——有红灯区的，或没红灯区的；更带来了就业意向、就业机会——靠谱的，或不靠谱的。

城市化革命，作为铁革命的衍生品，也开始了。

大片大片的城市，俨若大片大片的朋友，轰然而来；大片大片的乡村，俨若大片大片的敌人，遽然消亡。

在这大片大片的惊心动魄中，在这大片大片的沧海桑田中，孔子，裹挟在大片大片的应聘者中，面临着大片大片的工作岗位。

高管，总是有限的；普通职员，总是无限的。孔子从不挑肥拣瘦，他说："吾少也贱，故多能鄙事。"于是，他选择了给宰相季氏家当委吏。

委吏，是官方叫法，把它翻译成民间叫法，就是：小伙计。

小伙计的工作内容，分为体力劳动和脑力劳动。前者，是指管理仓廪、斗量谷料；后者，是指会计、出纳。

委吏的工作，不很体面。但孔子人很体面，心很体面，思想很体面，所以，把一个不体面的工作，做成体面的了。

由于他"会计当"，账目出入毫厘不差，成了小伙计中的"王"，所以，一年后，被提升为乘田。

乘田，是官方叫法，把它翻译成民间叫法，就是：羊倌。

但不是一只羊、一群羊的头儿，而是满山坡羊的头儿，所以，算得上是低级别的行政官员。

当牵牛花绽开带露的清晨时，孔子赶着三心二意的羊，还有漫不经心的牛，上山了；当归燕剪掉了半天夕阳时，孔子赶着含情脉脉的羊，还有神情恳恳的牛，下山了。

由于孔子"调理当"，"牛羊茁壮长"，繁殖率速增，他又成了羊倌中的"王"。

野放的动物，野放的人。在天地苍莽中，在草色浓绿中，孔子，捕获了野放的美，创造了野放的美。他行止在羊的呼吸中，坐卧在牛的体温中，悠然研习学问。

之于现代人，读书识字，犹如一日三餐般平常；之于春秋时人，读书识字，则如祭祀朝拜般庄严。

现代人，有纸有笔，有电子文档，有快速输入法；春秋时人，只有竹简，只有木牍，只有这些极不便捷的版籍。

正是因此，孔子对文字，充满了敬意。当他在放羊放牛的路上，遇到驮运版籍的车通过时，他会停下来，庄重致意。即便他日后升职为上大夫，乘车出行时，看到版籍，虽然不得停下，也必要凭靠车辕，整冠致意。

这是一个敬字的人，一个敬文的人。或许，这敬意中，还饱含着对母亲颜徵在的怀念，因为如果没有母亲的耳提面命，悉心教导，他也许将是一个与字与文擦肩而过的人。

孔子继承了父亲的社会等级，但却放弃了父亲的武士行业。他因此失去了马匹车戎的配给，但也因此得到了笔墨的芳香。

他不求以力名世，只求以礼名世。

这一时期的孔子，忙，并快乐着；累，并甜蜜着。

他还有一个兼职：相礼家。

相礼家，是官方叫法，把它翻译成民间叫法，就是：丧祝。也称：术士。

以相礼助丧的从业人员，在春秋时期并不少见。这是因为，当时的丧礼，既复杂，又考究，从死亡到下葬，其礼仪程序，至少有五十项，每个程序，都有各自的严格规定，每个丧具，都不得错乱、缺遗。

由于孔子"相礼当"，专业性强，"丧事不敢不勉"，他又成了术士中的"王"。

孔子吃啥啥有够，干啥啥都行，一时，名声大噪。他的学业，也日益精进，德行，传播于外。当他的儿子诞生时，连鲁国国君鲁昭公都惊动了，专门赐鲤鱼给孔子。

这不是简单的祝贺，而是隆重的认可。国君的认可，国家的认可。

这不是泛泛的尊重，而是政府的尊重。元首级的尊重，国家级的尊重。

孔子想起几年前受到阳虎欺辱的情形，不禁百感交集。为铭记这一刻，他为儿子取名孔鲤，字伯鱼。

孔子在二十岁时，行冠礼，入鲁国宗庙进修、考察、专研。

鲁国宗庙，相当于国家历史博物馆，是周公文化思想的标本。

鲁国，是周公的封国。周公是周文王的儿子，周武王的弟弟，周成王的叔叔，身份显赫，政务繁忙，不能亲临封国，便派长子伯禽到鲁。

伯禽很听话，很踏实，很木讷，很不开窍，一到鲁国，立刻改革鲁国的典章制度和仪礼，大大小小，七七八八，啰啰唆唆，婆婆妈妈，累得够呛，忙得要死，直到完全复制了周宗室的文化，把鲁国打造成了微型的周宗室，他这才喘了口气。一看，老天，三年都过去了！惊叫一声，撒丫子往周宗室跑，去向他老爸周公汇报。

周公哑然。

他很想批评伯禽缺乏宏观调控的眼光，瞧瞧人家姜太公，人家的封国在齐国，出差五个月，就把事情理顺了，方法又简单，又讨巧，就八个字：大处更易，小处保留。

可是，他又不能批评伯禽，伯禽尽力了，也尽心了。

周宗室的典章制度和仪礼，都来自周公的设计。伯禽把周公思想，端端正正地嫁接到了鲁国。这嫁接的文化，长出的枝丫，与周宗室一般疏密；开出的花，与周宗室一般馥郁；结出的实，与周宗室一般润美。

鲁国的宗庙，与周宗室一般丰富。周宗室有什么类型的典籍，它就有什么类型的典籍，周宗室有什么风格的文物，它就有什么风格的文物。一样不少，当然，也可能一样不多。

由于鲁国宗庙累积了丰厚的文化层，其独特的文化氛围，使鲁国的史学家，远远多于其他诸侯国，遥遥领先于国外同行。

由于鲁国宗庙有着极高的地位，它不仅是举办重要政治礼仪活动的庄重场所，也是外国首脑访问时，必要参观的国家机构。

在表现周宗室的气质方面，鲁国宗庙，最为活色生香，为其他诸侯国望尘莫及。而且，每望之，就想流口水。

孔子七岁那年，吴国贵族学者访鲁，参观宗庙时，模样很贪婪，眼睛直勾勾的，脚步总是挪不动。半是痴，半是梦。

孔子十一岁那年，晋国宰相访鲁，参观宗庙时，模样很亢奋，一时赞，一时叹，末了，说了一句："周礼尽在鲁矣。"半是羡，半是妒。

孔子二十岁那年，习学于鲁国宗庙，模样很庄重，脚步很轻缓，语调很矜雅。半是喜，半是敬。

孔子无法推测，他的先祖逃出宋国，选奔鲁国时，是否因为鲁国保存着纯正的周文化。他只知道，他自己是热爱这里的古文化的，它们静静守候，古色古香，幽远幽静。

流连在鲁国宗庙中，沉醉在国家一级文件中，徘徊在君主级礼乐器中，孔子身心清凉，精神舒逸。

夏朝，湮灭在一千多年前的风烟中，殷商，湮灭在六百多年前的迷雾中，隔着一千多年的距离，隔着六百多年的光阴，孔子一度怅然而望。但在得入宗庙后，他便迈过了那道古老的门槛。

孔子是老实人，他在吸收知识时，却并不"老实"。

他总是不满足，总是饕餮不已，总是攫之不舍。

研究历法时，他推崇夏历。研究了夏历，他又想着，既有日历，必有观察天象的仪器，计算天象的筹具，所以，他又去研究天象。

研究礼帽时，他推崇周朝服饰。研究了周朝服饰，他又想着，既有衣冠，必有礼制限定下的风格、颜色，所以，他又去研究各级礼制及其与服饰的搭配。

研究车驾时，他推崇殷商车具。研究了殷商车具，他又想着，既有木制交通工具，必有土木工程、水利工程，所以，他又去研究大禹治水。

在这如痴如醉的探索研究中，孔子的思想，更其独到了。而且，当他成为大学问家时，也兼备了天文学家、美学家、工程学家的资质。

也正是因此，周公和大禹，成了孔子终身的偶像。

孔子所识越多，所问也越多。在鲁国宗庙中，他抬头俯首，举手投足，般般是是，粗粗细细，几乎都要请教于人。

人曰，谁说陬人之子懂礼？他什么事都要问。

孔子道，这就是礼呀。

孔子是一位特殊的考古学家，是古文明的探测者，发掘者，他清理出了隐秘的历史残片，修复了风化的文化骨骼，扩展了自己的胸襟容纳。

日间，他欣然悦然，每每，神往古礼；夜间，他沉然酣然，梦梦，皆遇周公。

然而，他的发现越多，他的叹息越多。这是因为，他意识到，正统的官学，失传了。

他在探索中，没有发现这种经学，因而，失望至极，急切至极。

公元前525年，鲁昭公十七年，二十六岁的孔子正思古兴叹，忽然觉察到，都城气氛骤然一新，街道干净了，酒肆整齐了，执法人员笑眯眯的了，骡子和主人一样规矩了……原来，是郯国的王子郯子，到访了。

郯国，位于山东与江苏边境，它很奇特，固执地保持着远古图腾形式。

郯国虽微小，却因郯子之德，而得获尊重；郯国虽没落，却因郯子之才，而得获留存。

郯子之德，表现在至孝上，令孔子感慨。

郯子父母年迈，视物不清，估计是白内障，郯子向一个老字号的名医求助。名医说，喝药没用，喝水更没用，要喝，就喝野鹿乳，新鲜的，纯天然的，没污染的，而且，需是自然流出的。母鹿若受了惊，若心情不好，若和配偶闹了别扭，若百无聊赖，都会影响到鹿乳的药用价值，所以，虽有药方，就怕用不上。此方，传了三代人，一次也没用过，落下的尘埃，都要把字迹给锈蚀掉。郯子听了，毅然披上鹿皮，进入深山老林——扮演鹿。他先是在鹿粪里打滚，以祛除人味；然后在鹿群中厮混，与幼鹿嬉戏，与雄鹿蹭痒痒，与母鹿勾勾搭搭。他是一个实力派的人，又是一个偶像派的鹿，演技很高，终是博得了母鹿的信赖，从容地挤到了鹿乳。但也因为演技不凡，差点儿被猎户射死。

郯子之才，表现在问官上，令孔子钦佩。

郯子访鲁时，在国宴上，鲁国大夫叔孙昭子问他，你的祖先少皞，因何以鸟名来命名百官？郯子说，黄帝以云为图腾，炎帝以火为图腾，共工以水为图腾，太皞以龙为图腾，少皞以凤鸟为图腾，以鸟给百官命名，给百官分类，体现的是传说人物与氏族的血缘关系。郯子言罢，举座皆赞，连夸郯子，你太有才了。

郯子的事迹，并非孔子亲见，他只是听说。他久慕郯子，却因自己级别不够，不具备如宴的资格，因此，他决定私下拜访郯子。

孔子像个私家侦探似的，严密地关注着郯子的行踪。一发现郯子回到了官驿，便沐浴，振衣，郑重前往。

郯子满腹才学，孔子满心谦逊。相见之时，分外融和；相谈之时，分外欢洽；相别之时，分外留恋。

从孔子那里，郯子感受到了温润的儒雅之风，深厚的史学之韵；从郯子那里，孔子知道了许多遗存远古图腾形式的小国，以及官学的传承。

"孔子师郯子"，意外地解决了一个困扰孔子许久的问题：官学的失传。

孔子喜道，原来，四方的蛮夷小国，尚且局部或大部保存着官学。

孔子又叹道，原本，是天子推动了古代官制，不曾想，天子宗室却遗失了关于它的学问。

自此，孔子开始频繁去往国外，进行更细致的实地考察。

到三十岁时，孔子已经名声昭著。

与此同时，他也成为了鲁国宗庙最优秀的毕业生。

孔子开始开堂授教了。

平生第一次，他被人称为了"孔子"，以往，他一直被人称为"陬人之子"。

这种称呼的转变，十分重大；称呼所寓含的区别，十分重大。

"孔子"，即孔家的先生，表达明确、干净，渗透着尊重、信任；"陬人之子"，即陬邑家族的子弟，表达模糊、含混，渗透着轻视、不屑。

从"陬人之子"到"孔子"，二字之差，咫尺天涯。

二字间，孔子整整跋涉了十五年。

孔子实名制，其认证，端的辛苦。这大概也是他后来强调"名不正，则言不顺；言不顺，则事不成"的原因之一吧。

孔子说，三十而立。这一个"立"字，至少容纳两个意思：一个是学识上立起来了，有了自己的见解；一个是社会地位上立起来了，有了自己的位置。

立，何其不易！

从十九岁到三十岁，如果用数据来表达孔子的人生，那么，就是一组色彩分明的图像数据了。

他对世界的参与，他对生命的观照，表现为三原色。

二十岁左右，主要的颜色成分，是红色，热烈，浓稠，不可稀释。

二十六岁时，主要的颜色成分，是绿色，既明亮，又忧郁，叶脉里，飞得出阳光，叶阴下，寄居着月色。

三十岁时，主要的颜色成分，是蓝色，深沉，朴素，光芒含蓄。

第二章　从无声电影中走来的孔子

　　五十一岁之前的孔子，尚未出仕，一个人，如同一部无声电影，看起来，沉默静寂；实际上，孔子并不寂寞，他在历史的黑白片中，不仅导演了一场气势宏美的京剧——广纳弟子、开堂授教；还导演了一幕风云流荡的话剧——与老子会晤；并导演了一出激情四溢的歌剧——向音乐家苌弘求教；更导演了一部热血澎湃的诗剧——到国外（齐国）求职、面试。由于他还身兼男一号和编剧等职，因而，档期总是满满的。

1. 孔子的私立学校

如果把春秋末期比作一棵山楂树，那么，战争，就是满树的山楂。

几乎没有哪个时代，像春秋末期那样盛产战争，不仅盛产卫国战争，盛产解放战争，盛产征服战争，盛产殖民战争，还盛产——内战。

站在时间的中途，我们远远伫望这棵树。一个轮回中，它笼罩在漾漾迷雾中，满树开满白色的繁花；又一个轮回中，它静立在萧萧白霜下，满树结满簇簇红果。番番轮回间，模样似未大改。然而，当我们走近，当我们细听，这棵山楂树，分明又充满了彷徨的声音。

彷徨的，是高级公职人员。

他们原在各个诸侯国中，掌管文化学术的发展与应用，但因战争连绵不绝，内斗剧烈不息，社会动荡不尽，贵族衰落不堪，他们陆续地失去了世袭的福利待遇，他们的生活，也漂泊不定了。

他们从国务院，流散到各个封地；从公室，流散到民间；从上流社会，流散到基层。为了谋生，他们一头扎入了各种礼仪活动中，从事起相礼的工作。

如此，文化以光的速度，以水的流势，被迅速传播到了旷野荒山，边陲僻地。

王官失守了，文化下移了，私学，随之出现了。

办私学创业的人，不止一个，但最成功的，却只有一个。

这就是孔子。

孔子的办学方针是：知识平民化，学问普及化，学员大众化。

孔子的时代，有"礼不下庶人，刑不上大夫"的制度，贵族和平民之间，隔着宇宙的距离，光年的距离。这种"庄严的距离感"，冷漠的距离感，是道的失衡，是理的偏移，是仁的干枯。孔子针对这种境况，以一己的力量，大力推行平民教育，施以礼乐教化，提升百姓的文化素质，从而，提升经济素质，进而，提升人的素质。

孔子的貌，是蔼然的；孔子的言，是温和的；孔子的行，是循序渐进的。因而，他所带来的文化冲击，也是易物无形、润物无声的。

然而，于无声处，听惊雷，于无形处，看遽变。孔子的授学，带来了两个大变化。

近期变化是：打破了贵族对教育的垄断，学问面前，人人平等。

远期变化是：促进了中国思想史上的一次解放运动。

孔子的私立学校，生员复杂，有农民，有匠人，有游贩，有商贾，有地主，多数是来自各行各业的底层民众；他们有的拥有钱，有的拥有物，有的拥有门第，多数是什么也不拥有的。他们从各自的生活环境中，奔涌而来，况味不同，性情不同，诉求不同，观点不同，一代一代播散下去，到了战国时期，人的思想，得到了磅礴的喷发，就一发形成了百家争鸣的局面。

百家争鸣，对古文化的影响，是有意识的，积极的；孔子，对百家争鸣的影响，则是无意识的，自然而然的。

起初，孔子把校址选在了阙里。

他的教育理论是，主修德，次学技艺。即，先做人，后做学问。

德，是一种美色，是结晶了的真理；技艺，是一种方法，是进化了的知识。

修德，是事业，是使命，是对大道大义的追求和努力实践，着眼于天下。

学技艺，是工作，是奔命，是对小利小益的追求和努力实践，着眼于个人。

孔子崇德，但从学于他的弟子，很多都是为接受技术教育而来，他们不想学宏观的东西，想学具体的东西，孔子于是有感而发道，"不志于谷，不易得也"。意思是，不志于俸禄，而志于道的人，实在是太少了。

其实，儒业，在孔子之前就已存在。儒，就是术士。术士，就是艺士。艺士，就是靠某种技术谋生的人。所以，志于谷的学生，也并没有错。

但孔子也没有错，他只是把儒业的内涵，提升了。

孔子把儒分为两类，一类是志于道的，为"君子儒"，一类是志于谷的，为"小人儒"。

君子儒，是怎样的呢？

孔子下了这样一个定义：

质胜文则野，文胜质则史。文质彬彬，然后君子。

意思是，成为君子，有一个分寸的问题，不能质朴过了头——流于粗野，不能文雅过了头——流于做作。无论质或文，都要刚刚好，恰恰好，在尺度上，在限定上，在刀刃上，在黄金分割点上。这样堂堂正正地为人，才会有君子的资格证。

小人儒，是怎样的呢？

《论语》中，有太多"小人"的字眼，如，"小人怀土"，"小人怀惠"。

意思是，只惦念着乡土私利的人，就是小人，只惦念着小恩小惠的人，就是小人。

孔子所说的小人，多与道德无碍，与品行无碍，而是指志趣不高的人，想法不明的人，心态紊乱的人，庸庸碌碌的人，欲望很多的人。欲望一多，人格就不刚强了，精神就瘫痪了，意志就抽搐了，人就从内里虚弱了，就容易被打倒了。

所以，孔子才主张，一个人，首先要无欲，因为无欲才能刚强，才能达到人生的基本境界，之后，再随心所欲，登临人生的最高境界。

所以，孔子才主推，一个人，首先要修德，因为德，是儒的主食，之后，再修技术，因为技术，是儒的副食。

这是一个很独特的理念，不随众俯仰。即便在今天，它仍然不失进步的意义。但我们的某些大学，已在工业文明的影响下，本末倒置了。

作为一名老师，孔子是实至名归的，是一个萝卜顶好几个坑的。

他是教育家、学问家、道德家、政治家、军事家、音乐家，一身兼数职，既是语文老师、历史老师、品德老师，又是政治老师、体育老师、音乐老师。

他并不知道，万世师表就在此时已经开始了，他只是认认真真地履行他的教育职责。

这是一个温文尔雅的超人，也是一个情怀旖旎的超人。爱祖国，爱人民，爱抒情，爱感动，爱声情并茂。

比如，在讲解大禹时，孔子不按部就班地颂扬大禹的功绩，而是感叹连连，痴痴沉醉，回味悠远地说道，这人儿啊，我可真是一点儿挑剔也没有了。

这时的孔子，便是声声色色的孔子了；这时的学生，便是踊踊跃跃的学生了。

孔子很梦幻，学生很着急，想知道为什么。

孔子便情深无限地解释开来，说大禹这个人，自己吃得简单，祭祀的时候，却很精致；自己穿得粗陋，祭祀的时候，却很考究；自己住得局促，祭祀的时候，却很敞亮。他打发起自己来，很粗糙，很草率，像个灾民，像个破烂王；他供养起百姓来，却很周到，很大方，像个富豪，像个阔少。他不把精力放在自己身上，因为他没时间；他只把精力放在指导农业生产上，因为他总在赶时间。

学生们听了，就感觉乏味的历史，被加入了味精，口感好极了。

孔子从不板着脸概括中心思想、画重点段落、背千古名句、填关键词。他不。从不。

他的目的，不是复制历史，因为历史不全是结论；不是复制思想，因为思想不全是真理。

他的目的，是让学生受到历史的感染，从而理解它，热爱它，明白它作用于本时代的价值，从而，修正人生。

因此，他与他的学生，形成了史上最人性化的共生关系。

师生讨论，很激情——五花八门，天马行空，如何不着调、不靠谱的问题，如何无厘头、无准头的问题，学生们都可以畅所欲言，在探索的路上，兴致勃勃，摩拳擦掌。课堂上，热闹得就像唱京剧。

师生态度，很开明——孔子是一个负责的老师，对他的学生，总是提出建议；孔子又是一个进步的老师，学生不接受他的建议，他并不强迫，而是尊重。

师生关系，很坦荡——孔子该责便责，该骂便骂，学生该接受便接受，该顶嘴便顶嘴。孔子允许学生不服气，允许学生理直气壮地表达出自己的不服气。

师生互动，很自由——孔子讲话时，学生听，学生讲话时，孔子听，彼此都很认真，都很当回事。没有哪条校规规定，必须要由老师讲话，由学生听话。

到孔子的私学上课，几如赴宴，内心欢腾，脸色通红，兴奋不已。

对比于当下，情形两般。互联网上有人称，某校学生上课，几如赴丧，郁郁寡欢，脸色苍白，压抑不已。

2.三件大事　一种影响

对孔子的探索，越深入，对孔子的敬重，越强烈，对孔子的胸襟之广阔，越惊讶，对孔子的思想之深邃，越神往。

公元前522年，鲁昭公二十年，就在孔子的私学开张的这一年，卫国发生了一件大事。

事件的主人公有三人，一是宗鲁，二是齐豹，三是公孟絷。

宗鲁是待业青年，最缺的，就是工作；齐豹是司寇，司法部长，最缺的，就是礼教；公孟絷是国君卫灵公的哥哥，最缺的，就是道义。

三人的关系是这样的：宗鲁要找工作，他的朋友齐豹听说了，帮他在公孟絷那里寻了个当骖乘的活儿，就是当司机，给公孟絷赶车。

宗鲁是个挺不错的人，对朋友——齐豹，有情有义；对主人——公孟絷，尽心尽力。齐豹和公孟絷，也都厚待于他。

但是，齐豹和公孟絷之间，却不和谐，闹了别扭。公孟絷总是"狎"齐豹，以不庄重的态度，轻慢他，以不文明的举动，侮辱他。一日，竟然无故把齐豹解职。齐豹失业了，颇不甘心，颇不情愿，颇不痛快，颇想磨刀，于是，便联合了公孟絷的几个对头，想要暗杀公孟絷。

齐豹将暗杀计划，通知给了宗鲁。宗鲁陷入了两难的境地。对于齐豹，宗鲁存有感恩之心，对于公孟絷，宗鲁怀着知遇之心。朋友，他不能背叛，他若将齐豹的计划告密，是不义；主人，他不能背叛，他若将公孟絷甩掉逃跑，是不忠。

细思量，宗鲁毅然选择了赴死。

他一声不吭，继续驾车出行。最终，在齐豹的乱军中，与公孟絷，双双死于非命。

他没有离弃主人公孟絷，也没有出卖朋友齐豹，他用生命，诠释了他心中的信与义。

孔子的弟子琴张听说了，要去哀悼宗鲁。

孔子劝他不要去。若去，便是认可宗鲁的行为，可宗鲁的行为，非君子之为。

"齐豹之盗，而孟絷之贼，你吊唁什么呢？"孔子说。

孔子的意思是，宗鲁有错，错在不义——主人无道，他却接受其俸禄；错在非礼——朋友杀戮，他却为其掩盖；错在不智——事起奸乱，他却妄自轻生。他为"盗"、"贼"之徒，舍出了生命，为不良之人，信守了义，其义，实乃不义，因为义的前提，是从善。

对于生命，孔子素来是珍视的，严肃地珍视着。他看重生命的质量，生命的功能性，他以为，生命，是用来善待、用来实用、用来促进社会前进的，而不是用来唐突、用来誓诺、用来虚掷的。

孔子这一年将及三十岁，对宗鲁的评判，深远明彻，十足让人惊罕。

三十岁时的我们，对宗鲁，是何样的评判呢？

同年，还有一件大事发生。此事，与孔子息息相关。

齐国国君齐景公、宰相晏婴，到鲁国访问，特别会见了孔子。

聊天时，齐景公向孔子问史，说，从前，秦国，国又小，地又偏，你说，这秦穆公怎么就成了霸主了呢？

孔子说，秦国虽小，志向却大，地域虽偏，施政却正。秦穆公举贤任能，与百里奚，面对面，讲论三天，把他从奴隶，举封为大夫。有了这种治国精神，称霸还是委屈了他呢，称王也是可以的。

齐景公笑眯眯的。

齐景公的祖上，与秦穆公有着错综的宗族关系，因而，他听得很受用。

孔子是实实在在地回答问题，因而，他的感觉也很适意。

在这场舒服的会见结束后，双方的样子，都有些悦悦然，双方的滋味，都有些惺惺然。

第三件大事发生于公元前518年，鲁昭公二十四年。

这一年，鲁国贵族孟僖子病危了，临终前，留下一句遗言，让他的双胞胎儿子，到孔子那里去学习。

原来，孔子十六岁时，孟僖子曾随鲁昭公访问楚国，在经过郑国时，郑国国君迎之于都门，热情地款待、慰劳。人家礼仪周到，而他却不知如何引导鲁昭公还礼酬应。他像个傻瓜似的，绝望地看着鲁昭公，鲁昭公像个呆子似的，惆怅地看着他。到了楚国，又碰到了同样的问题。楚国国君迎之于郊外，排场浩大，仪式隆重，而他，仍然不知如何相礼。他把鲁昭公陷于了尴尬的境况中，他自己，在众目睽睽之下，羞臊得无以复加。虽然没有人当场耻笑他，但他认为，心里的耻笑，更可恶！此次外交礼节上的失态，成了他终生的憾恨！它使他，成了一个扯淡的玩笑！十七年过去了，孔子已经三十三岁，孟僖子也迎来了人生的暮色。在生命的最后一刻，他最放不下的，就是这次失礼之耻，因此，他切切地嘱咐双胞胎儿子，定要拜孔子为师，然后，才放了心，咽了气。

孟氏双胞胎——孟懿子、南宫敬叔，十二岁，年龄小，家世大，其家族，是鲁国三大家族之一，也是鲁国政权的实际执掌者之一。如此显赫门第出身的公子，尊孔子为师，足见孔子的礼仪造诣，确是深厚。

孔子办学三年，发生的三件大事——宗鲁之死、受齐国国君接见、收孟氏兄弟为徒，对他产生了极大的影响。

古代没有录音机，在场的旁听者，就是录音机。旁听者用细腻的听力，记录了当时的一字、一句，或一感叹。

古代没有电视机，在场的旁观者，就是电视机。旁观者用激情的目光，定格了当时的一举、一动，或一回眸。

古代没有戏匣子，热情的老百姓，就是戏匣子。老百姓探出了一颗颗好奇的心，耐心地接收了旁听者的声音波频，精心地接收了旁观者的截图信号，然后，用越来越迷人的词汇，越来越迷人的感情，迷人地，将其滚动播放出去了。

孔子的知名度，顿时得到了爆发式的扩张。

不过，众人沸沸然，孔子若若然。他也是有一丝激动的，但更多的，却是恬淡，是从容。

或许，大师，就是这样的吧。以宁静的姿态，隐于闹市，隐于繁华，隐于喧嚣。

3.孔子的"西游记"

如果世上有一种药水，可以使时间显影，就像洗相片一样；如果世上有一种CT机，可以使时间呈像，就像扫描人体一样。那么，时间，会是什么样子的呢？

有些人的时间，大概是麦秸状的，一节一节，细细碎碎，空虚飘舞。

有些人的时间，大概是种子状的，一粒一粒，饱饱满满，充实油亮。

对于孔子，他的时间，只能是后者了。

孔子把时间塞得满满的，膨胀的程度，使时间都快发芽了。他没有时间空虚，没有时间寂寞，除了授徒，他还要专研，要求证，要考察，要游学。

孔子志于学，致于学，学得郑重，学得贪婪，学遍了鲁国，还要到外国去学。

他从鲁国的博物馆中，发现了夏历的隐隐踪迹，于是，便出境到杞国（夏禹后裔之国），去求证它，考定它。由此，他还原出了夏历，重新建立了夏历，一发推崇了夏历；由此，他使时人知道，使后世知道，使世界知道，夏历所具有的科学性、严谨性、逻辑性，是令人惊讶的。

此外，孔子还屡次到访宋国、齐国。

孔子所游学的国家，都是鲁国的周边国家，距离有限。如，杞国的首都，距离鲁国首都曲阜，只有230公里左右；宋国的首都商丘，距离鲁国首都曲阜，只有175公里左右；齐国的首都，距离鲁国首都曲阜，只有190公里左右。

若马车一天可行150公里的话，那么，去往这些国家，时间最短的，只需一天，时间稍长的，只需两天。

孔子三十六七岁时，想去中州游历。

中州是河南的古称，中州的首都洛阳，是周宗室之都，距离鲁国首都曲阜，只有400公里左右，坐马车三天可到。可问题是，孔子还没有马车。

作为一个名闻四方的大学者，他这时又不好再搭顺风车——逃荒似的，有失体面；也不好骑驴出国——轻佻佻的，不成体统；更不好步行跋涉——从山东走到河南，相当于小长征。

而且，如果他采用了上述出行方式，人们难免会以为，鲁国不重贤才。

可是，他又不能不去。对灿烂文化的渴望，会把他炙烤成灰烬。

怎么办呢？

一天，鲁国贵族孟氏家的双胞胎来上课了。

孟懿子只冒了冒头，俄而，就如树梢上的风一样，倏地，溜走不见了。

孟懿子是孟氏政权的继承人，忙得很，上课就像遛弯儿，很随意。

南宫敬叔不那么忙，上课就像吃饭，按时吃，但吃几口，吃好吃赖，他不管。

放学时，孔子留下南宫敬叔，说道，我听说周宗室的守藏室史老子，博古通今，知礼明道，我要去向他求教，你愿意一起去吗？

南宫敬叔受宠若惊，欣喜若狂——老师这样瞧得上他！

他当即以誓婚般的郑重，幸福地说：我愿意！

收孟氏公子为徒，相当于"傍大款"。南宫敬叔十五六岁了，是蜜汁儿里的花花公子，细皮嫩肉；是花浆里的娇小伙儿，喷喷儿香。这样的哥儿，要出远门，如何能不备车呢？

不知道孔子拉扯南宫敬叔的想法，是蓄谋已久，还是临时起意——我宁愿相信是前者，那样会显得很可爱。总之，他欢欣地得逞了。

出境西游，是一件带有娱乐性的学术之旅，可游戏山水，可抢购土特产，可品尝异域小吃，可被一堆一堆的外国人围观，被人菜包子似的点评。这是一种热闹的感觉，明星的感觉！不知道南宫敬叔是不是这样想的，总之，他兴致颇高。

南宫敬叔作为孟氏家族的重要成员之一，列席国务院，他的外出，需要向国君鲁昭公禀明。当日，他就向鲁昭公提出了申请，要随同孔子到周宗室取经考察。

鲁昭公同意了。

他没法不同意。孟氏权势，足可倾国，人家提出申请，不过是走个程序，其实，已经定下了。另外，他很清楚，天下虽动荡混乱，风气不正，但学术风气，却一直极正，他不能逆风而行。

所以，他很阔绰地表示了自己的支持。

鲁昭公赠送给孔子一车、二马、一小童、一壮汉，让师徒二人有车乘，有人伺候，有人保镖，确保赶路无虞，饮食无虞，安全无虞。

孔子带着南宫敬叔，风尘仆仆，一路西行，取经去了。

中州游学的第一站，是去洛阳，所问礼之人，是老子。

老子，字伯阳，谥号聃，河南本地人，国籍是楚国。史料称，老子曾任周宗室"守藏室之官"，也就是管理藏书的领导。这个职位，相当于博物馆的馆长，而老子的名声，则相当于"活化石"。

当孔子出现在老子面前时，老子应该是欣悦而感动的。欣悦于后生对文化的热爱，感动于后生追求文化的执著——据称，孔子小老子二十余岁。

当老子和悦地接待孔子时，孔子应该是感慨而倾心的。感慨于久闻老子盛名，今日终于得见了"活"的，倾心于老子平易而深沉，缓静而广阔。

老子的接待室，已洒扫清净；孔子的礼物——大雁，已恭捧多时。一个入室，一个受礼，一个谦谦，一个彬彬。两个，一样的热情，一样的动情。

在融洽如月色的氛围中，老子与孔子，进行了深入的交谈。老子还为孔子安排了多场参观。有神秘的祭神典礼，有肃穆的宗庙礼仪；有庄严的宣教场所，有古朴的祭器典籍。

从历史考察，到实物考察，孔子有了融会贯通的感觉，一如云水流荡，溶溶漾漾。

数日后，孔子将行，面辞老子。

送别的场面，很熟悉，很诗意：长亭外，古道边，夕阳山外山。

而且，旁边还流淌着黄河之水。

河水汤汤，年华漠漠，孔子不觉叹道，河水不知何处去，人生不知何处归？

这是孔子少有的迷茫忧愁状态，估计随行的南宫敬叔，一定吓了一跳。

老子仍是淡泊，道，人有生死的变化，如天地有季节的变化，本是自然，有何悲乎？若功名存于心，则生焦虑；若利欲留于心，则生烦恼。

孔子解释说，我不是悲忧于功利，而是悲忧于礼崩乐坏，大道不行，仁义不施，家国不治，人民不安。

老子觉得，孔子偏重于以礼乐倡导仁义，其想法，过于偏执，因此，想要开解他，很慷慨地进行了一大堆比喻和拟人，我们试着将其漫画化，就是这样的：

你看，天地有人推它吗？没人推！它自己运行，似个大碾盘，不知累，不知愁；日月有人给它点火吗？没人点！它自己燃明，不劳人发明火柴、打火机、火焰喷射器什么的，时间一到，就主动上岗；星星有人给它排队吗？没人排！它自己列序，整整齐齐，从来没有一颗瞎跑的，站歪的，站错排的！这是自然之道！人也要遵自然之道就可以了，何必斤斤于礼乐！专用礼乐来倡导仁义，不是距离人性越来越远吗？这就像击鼓追人，鼓越响，被追的人跑得越远。再者，你研究的都是古人的东西，古人都腐烂了，他们的话，也不要看得太死。

老子没有建议孔子向他学习，而是建议孔子，向水学习。

他指着浩荡的黄河水，安然道，上善若水。

水，为什么是上善呢？水，为什么可以为师呢？

经过老子的点拨，孔子恍然而悟。

水，人离不开它，万物离不开它，是王。可它，不争势，从来低流；不争强，从来柔弱；不争易，从来处险；不争洁，从来处秽。正因为它无争，所以，无人能与之争；正因为它无有，所以，它能入于无间。

孔子明白了，老子是在指点他，不要偏执，而要像水一样，随分，应时，无为，顺天。

终于要起程了，南宫敬叔的脚，都快站麻了。

孔子与老子行礼告别。

老子说，就要走了，按说，要送些礼物，通常情况下，富贵者会送一些财物，可我不富不贵，无财送你，就送几句话给你吧。

这是一段嘱咐，一段忠告，大意是：

聪明深察的人，常有生命危险，因为他总会议论别人；博学渊深的人，也常有生命危险，因为他总会揭发别人。身为子女，不可显示自己比父辈聪明；身为臣子，不可显示自己比国君聪明。你回国后，言表，要去除骄气，容貌，要去除志欲，不然，你的人，还没到，风声先到了，张张扬扬，咋咋呼呼，有如老虎走在大街上，谁敢用你？

几句话，字字句句，说到了孔子的七寸上。

孔子初入中年，就取得大成就，难免有些自矜，老子觉察到了他的一层浮气，一丝躁意，也体会到了他想走上政坛的热望，因此，出言相告。孔子感动于老子的恳切，深深拜谢，表示将谨遵师言。

孔子是否真的谨遵师言了呢？

纵观孔子一生的思想，其受老子学说影响的痕迹，有文字记载的，至少有两三处。如，他接受了老子的水德的观点，爱水，慕水，学水；再如，他接受了老子的不张扬的观点，不轻浮，不多嘴，不辩论。

孔子的爱徒子贡，是个能言强辩之人，自己生意做得好，有钱，日子滋润，又有知识，心气未免高扬，成日里，像个义务侦缉队员似的，老是侦察别人的不足，老是喋喋不休地数落嘀咕。因为聪明，每次嘀咕，都很精辟，都很生猛，都很敢劲儿。

孔子听说了，生怕子贡也"如老虎走在大街上"，赶紧把子贡叫来，着实教训了一番：你自己就那么好吗？要是我，我可没时间老盯着别人的缺点，我要有时间就改正自己的缺点。

孔子在这些枝枝节节的问题上，继承、发扬或创新了老子的思想，可是，在最源头的问题上，在专用礼乐来倡导仁义的问题上，他仍坚持自己的信念。他后来并且用长达十多年的流浪生涯，来追求这个信念。

有所从，有所不从，这或许才是一个丰满的人吧。

老子看孔子，是前辈看后辈；孔子看老子，是凡人看图腾。

孔子这样告诉他的弟子，鸟，我知道它能飞，飞者，可用箭射之；鱼，我知道它能游，游者，可用钩钓之；兽，我知道它能走，走者，可用网缚之。至于龙，我不知道它能如何，它变化莫测，能飞九天，能游深水，我不知道以何应之。老子，就是龙。

孔子仿佛一个青涩的文艺青年，对老子进行了浪漫主义的形容。不过，两千多年后，到了英国科学家李约瑟这里，老子的形象，已经不是龙了，而是变成了树根。

李约瑟的理论是，作为道教的创始人，老子若树根，树根长出参天大树，树的名字就叫，中国文化。

每个时代都有大师。有的时代特别少，就如难产，稀稀拉拉，不成规模；有的时代特别多，就如多产，哗哗啦啦，阵势宏丽。

孔子恰好赶逢了大师的盛世，当世，除有老子外，还有苌弘等人（在洛阳期间，孔子本人，还在大师的形成阶段），因此，孔子除了问礼于老子，还曾问乐于苌弘。

苌弘是周宗室的大夫，与老子，是同事。他多才多艺，"天地之气，日月之行，风雨之变，历律之数，无所不通"，由此，他的工作，也格外繁杂。他在岗位上担任的角色，也格外繁多，既是天气预报员、天文工作者，又是风水学家、地理学家、术数学家、历史学家。周宗室的大事，如祭礼，战争，周宗室的小事，如出行，起居，都要由他事先进行预测。

不过，孔子更感兴趣的还是，苌弘知乐。

苌弘谙熟乐律，通晓乐理，孔子主要向他请教了韶乐与武乐。

韶乐，是虞舜之乐，歌颂舜帝即位后，天下大治；武乐，是武王之乐，歌颂武王讨伐纣王，拯救万民。韶乐与武乐，古老芬芳，朴拙庄严，深深地吸引着孔子。

孔子特问苌弘，韶乐和武乐，孰为轩轾？

苌弘说，若从音乐的内容来说，无分上下，都是歌颂贤君。若从音乐的本质来说，则韶乐为上，武乐为下，因为武乐的曲调，略嫌晦涩。

晦涩，是苌弘对武乐中暗隐的腾腾杀气的含蓄表达。

孔子刨根问底，说，其杀伐之气，是周武王制乐时就有的吗？

苌弘道，应是流传后世时，乐工所为。

显然，这个回答，是修正主义的回答，有些差强人意。

孔子不言。

不言，不等于反对，没准儿，他是接受了这一说法的。出于对周宗室的追崇，他在主观上，不愿周武王沾染上更多的刀光剑影。

孔子在学乐于苌弘之前，还曾向师襄学琴。

师襄是鲁国国家乐队的领队，担纲击磬手，摆弄其他乐器，亦行云流水。孔子仰慕他，欲拜为师。师襄吓了一跳，不受。为什么不受呢？这里面有一层疑虑。疑虑孔子拜师，或为炒作，因为孔子音乐造诣已深。不过，疑虑很快就打消了。孔子很真诚，铅华洗尽，抱着一颗本心来求学，这让他深受打动。

师襄开始教授孔子古乐。

孔子带着一个守望者的坚心，日夜苦练。半个月后，曲调已纯熟动听。可孔子不满意，对师襄说，调子是会了，节奏还没掌握呢。

孔子带着一个捕蜻蜓者的欢心，弹拨节奏。几天后，节奏已灵透悦动。可孔子还不满意，对师襄说，节奏是有了，神韵还没捕捉到呢。

孔子带着一个聆听者的醉心，寻找心神合一的境界。几天后，音韵已圆融浑厚。可孔子仍不满意，对师襄说，神韵是有了，作曲人所要传达的精神内涵还没感悟到呢。

孔子带着一个修禅者的静心，揣摩曲作者的风貌。几天后，曲音已呼应万物。孔子这才满意了，对师襄说，曲作者也有了，此人胸襟宏大深远，是位王者，应为周文王。

师襄又吓了一跳，说，吾师传曲时，确说此曲名为《文王操》。

从孔子学琴的四个阶段，可以得悉，他在音乐方面的功底，是极其精深的。在如此精深的基础上，经过了师襄的指点，又经过了苌弘的讲解，孔子的音乐才华，便是屈指可数的了。

4.温情的孔子，破口大骂的孔子

西游归来，孔子的精神积蓄，越发深袤，前来求学的弟子，也越发拥挤。

有幸能够就学于孔氏私立学校的人，是快意的，幸福的，因为不必为闭卷高考而抓耳挠腮，不必为高昂学费而濒临绝望。只要带着一颗向学之心，带着一点儿束脩，就可以溜溜达达上学了。

即便没有向学之心，也不必把自己往死里谴责，孔子自会培养这样的心。

即便没有束脩，也不必把自己往死里窝囊，孔子会接受随便什么礼物，哪怕只是一小把硬邦邦的肉干，一星半点，很寒碜，只要——尊重没有风干，敬意没有流失，礼节没有硬化，万事，足矣。

那么，一群省事儿的学生，碰到一个省事儿的老师，会是何种情形呢？

历史作证，情形是极其别开生面的，时而静谧，时而激越；时而沉郁，时而活泼；时而寂寥，时而欢腾；时而优雅，时而狂放。

这是因为，益发成熟的孔子，非常侧重于因人施教，"中人以上，可以语上也；中人以下，不可以语上也"。

也就是说，有的弟子，基础好，悟性高，才智厚，孔子会从大讲起，从深讲起；有的弟子，基础差，悟性低，才智薄，孔子会从小讲起，从浅讲起。

对于直率的人，孔子会像西医一样，下猛药，直来直往；对于含蓄的人，孔子会像中医一样，予温补，缓缓滋润。

如此，孔子在面对不同的弟子时，现场的情形，也是不同的。

情形一：小火炖"温情"

孔子有一个后期弟子，叫司马牛。

司马牛非鲁国当地人，而是宋国人，因几个哥哥总是作乱，失望之余，到齐国远足去了，后因世事纷乱，又流落到鲁国，进入孔门。司马牛是贵族出身，养尊处优惯了，众星捧月惯了，吆三喝四惯了，现在，没人惯着他了，他孑然一身，自己也不能可心地惯着自己，于是，他忧惧起来，不安起来，不快乐起来，不沉静起来，不平衡起来。

他嘟嘟囔囔地说，人皆有兄弟，我独亡。

孔子的弟子子夏安慰他，四海之内，皆兄弟也。

意思是，孔门中人，都是他的兄弟。

司马牛像是没听到，还在说，还在躁动。而且，每天都不停嘴，火烧火燎的；每天都不安稳，小肚鸡肠的。

便是这样的一个人，学习的愿望，还很纯洁，修德的愿望，还很美丽。

在发牢骚的空当，司马牛还忙中偷闲似的问孔子，怎样做才是仁？

孔子说，说话慢一点儿就是仁了。

司马牛惊讶得连发牢骚都给忘掉了。

他不敢相信，结结巴巴地重复道，说话慢就是仁吗？

孔子颔首。

司马牛性格急躁，说话的速度，大于思索的速度，脆弱的程度，大于坚强的程度。这是一个湮没在自身缺点中的人，可是，他泅游其中，丝毫不觉。孔子为改掉他的毛病，又不打击他，所以，引导他从小做起，从说话做起。

这是一种耐心的提示，很温情，很用心。犹如一种小火的炖煮，咕嘟嘟地冒着小泡，等着思想熟了的一刻。

情形二：破口大骂的孔子

孔子有一个叫樊迟的弟子，爱庄稼，就像爱生命，是个有农学家潜质的人。

有一天，樊迟问孔子，怎么种庄稼？

孔子很生气，告诉他，问农民去！

转过头，樊迟又来了，问，怎么种大白菜？

孔子更生气了，告诉他，问菜农去！

孔子把樊迟撵走了，但仍气得够呛，骂个不休，"小人哉！"

孔子并不反对樊迟对庄稼的热爱，但他反对因为某种热爱而错失机会。

孔子的弟子很多，不可能每个弟子都有机会向他"问道"，当机会到来时，他希望樊迟能够紧紧抓住。可是，樊迟却问错了问题——向儒学教授问种地。

这是拧巴的问，是岔纰的问，是跑偏的问。

好比一个人好不容易等到了向专家请教的机会，却向外科手术专家问道，如何刮鱼鳞？向飞机导弹专家问道，如何蒸豆包？

入学孔门，目的不是为了种庄稼，而是为了追求仁道。孔子见樊迟胸襟不宽，志向不宏，眼光不远，生怕他不能上升为"君子儒"，反倒要堕入"小人儒"，因此，又气又急，厉言相斥。

至于樊迟，我们有理由相信，他是再三咂摸了孔子的责骂的，并终于深解其味，获得猛醒，因为他此后再也没有傻乎乎地问过此类问题。

我们权且把樊迟的解味，分为四个层次。

味道的第一层次是：辣中带点儿辛，一如吃多了薄荷，既刺鼻，又刺心，莫名其妙。

味道的第二层次是：辛中带点儿苦，一如吃多了川芎，既燥热，又煎熬，委屈难过。

味道的第三层次是：苦中带点儿甜，一如吃多了红花，既艰涩，又喜悦，有所开窍。

味道的第四层次是：甜中带点儿酸，一如吃多了五味子，既甘美，又酸凉，回味无穷。

樊迟后来名列孔门七十二贤人之一，不知与这次解味，是否有关呢？

情形三：磨磨叽叽的孔子

子路，孔子最出色的弟子之一。

他外表粗鲁，内心可爱。生理年龄很大，心理年龄很小。

他不虚伪，也不谦虚。他穿着破烂的棉袍，厮混在一堆穿着华丽皮草的人里面，不嫉妒，也不拘谨，不卑怯，也不安静。口里，叽里呱啦；肢体，手舞足蹈；面上，洋洋得意。

孔子注意到这个情况，夸奖他，不虚荣，有自信，别人做不到，独他能做到，"不忮不求，何用不臧"。

子路一听，心花怒放。有如唐僧念紧箍咒一般，他也一遍遍地念叨孔子夸他的这八个字。

问题是，唐僧只对着一个悟空念，子路却发展了无数个悟空。有叉鱼的悟空，有锄禾的悟空，有宰猪的悟空，有卖菜的悟空，有看大门的悟空，有读诗的悟空，有当官的悟空。总之，走哪念哪，见人就念，不是做广告，胜似做广告。

孔子注意到这个情况，批评他，光是不嫉妒，不贪婪，还不行，还差得远。

子路一听，神情黯然。其他学生一听，神情傲然。子路年龄大，又是孔子的前期弟子，学弟们见孔子批评他，对他便不再尊敬了。

孔子注意到这个情况，又维护他，"由也升堂矣，未入于室也"。

意思是，如果学识分为三个阶段——入门，正厅，内室，那么，子路已经达到第二个阶段，是值得尊敬的学长。

孔子已修炼成不愿多话的人，但子路，却使他不得不多说了几簸箕的话。

他对子路的教育，显得琐碎，显得忙乱，随时都要调整训导的火候，火大了，要加冷水，火小了，要加柴薪。

这是因为，对这个莽撞汉，孔子是怀着爱的，爱得切，爱得深，爱极了，爱到了不放心。

5. 鲁国国君离家出走了

有多少人，在梦里，总是会与同一个人相见呢？

有多少人，在一生的梦里，总是会与同一个人相见呢？

有一个人，是已知的，这就是，孔子。

孔子的梦，持之以恒，他在梦里遇见周公，也持之以恒。

他真诚地渴望回到周公的年代，真诚地渴望，恢复西周的礼乐文明，并真诚地痛恨，当下的无道，当下的乱世乱象，乱臣贼子，乱七八糟，乱哄哄，乱得无人伦，无人性，无人道，乱得无天法，无天理，无天道，乱得连国君都被流放了。

是的，鲁国国君鲁昭公，离家出走了。

是被迫出走的。不是为了追求自由，而是为了抗议不自由；不是为了追求尊严，而是为了抗议没有尊严。

一句话，鲁昭公是受了三桓的挤对而走的。

三桓，是鲁国的三大家族，是臣，强臣。理解了三桓的由来，对理解鲁昭公的受气，很有帮助。

"三桓"之名，要从鲁庄公说起。

鲁庄公是鲁国的第十六任君主，他有三个弟弟，都是亲的，又都是狠的，都不听话。大弟叫庆父，二弟叫叔牙，三弟叫季友。大弟最爱偷儿，偷人，偷他的人。成天和他的大媳妇儿——正夫人哀姜，快活地忙着失身。但还不满足，还嫌不够本，还馋嘴巴舌，又和他的小媳妇儿——叔姜，也吊上了膀子。叔姜，是哀姜的妹妹，从嫁给鲁庄公，生了个儿子，自己也闹不清父亲是哪一个。

鲁庄公气得要死要活的。许是，他觉得，老夫老妻才可靠，于是，对一个很早就嫁给他的孟夫人，加倍疼爱。孟夫人有一个儿子，叫子斑，鲁庄公想立子斑为继承人。可孟夫人是妾，闹外遇的大媳妇儿哀姜，是妻，哀姜无子，依照周礼，国君之位，当由大弟继承。可是，鲁庄公怎么舍得呢？他被大弟撮着撮地戴了两顶绿帽子，正不爽呢！

鲁庄公到二弟、三弟那里，去寻求支持。

二弟老实，说，既然没有嫡长子，就该兄终弟及，不该立子斑。

三弟灵活，说，该立子斑，臣将誓死维护子斑政府。

鲁庄公假装为难，唉声叹气地说，可是，二弟不这样想啊。

鲁庄公一叹，他三弟就出手了。

他三弟拿着毒药，去见他二弟，逼他二弟饮下，若不饮，便绝后，尽杀其子孙，尽夺宗庙、封土。他二弟无奈，无法，无计，只得饮了毒。

二弟死了，再也没人反对立子斑为国君了，鲁庄公也放心地驾崩了。

大弟不肯罢休，想杀死子斑。

大弟用重金收买了子斑的一个赶车人，要赶车人伺机行刺。

这个车把式，非常想干这个差事儿，因为他和子斑是情敌，爱上了同一个小丫蛋。有一次，他像西门庆似的，扒着墙头，和丫蛋甜嘴蜜舌地调情时，恰好被子斑逮了个正着，连踢带踹，劈头盖脸，好一顿毒打。因此，他极想报复，对暗杀计划，极为精心，三个月不到，就把子斑给杀了。

大弟终于出气了。

他的小情人叔姜的儿子，刚刚八岁，他立其为国君，由自己掌握实权。

大弟虽然也频频幽会小情人叔姜，但更迷恋大情人哀姜。没几天，便和哀姜合计了一个阴谋，暗杀娃娃国君，以期更方便地偷情，根本不去想这个娃娃是不是自己的骨肉。

小国君死后，哀姜以国母的身份，拥立大弟为国君，然而，美梦不成，一夕却变成噩梦了。

三弟在鲁国民众中，大搞舆论宣传，要拥立鲁庄公另一个妾的儿子为国君，得到了民众的支持，国内开始掀起反对大弟和哀姜的猛烈风潮。由于人人喊诛喊杀，大弟和哀姜，心慌意乱，先后外逃。最终，大弟自杀，哀姜被杀。

大弟庆父，饮剑自杀了。二弟叔牙，饮毒自杀了。他们以自杀的手段，保住了子孙后代、宗庙、封土。那么，三弟季友呢？

三弟季友，因为"造反有理"，"造反有功"，成为了宰相，并世代延续此职。

这样，在鲁国，除国君外，大弟、二弟、三弟的后裔，就形成了三股势力。大弟庆父的后裔，改为孟氏；二弟叔牙的后裔，改为叔孙氏；三弟季友的后裔，称为季氏。

孟氏，叔孙氏，季氏，就是三桓。其中，季氏为首。

为什么叫"三桓"，是取了他们的父亲鲁桓公的"桓"字。

三桓势力强大后，内讧不再，而是紧紧联手，密不透风地控制了国君。

他们不夺国君之位，但夺国君之权，不夺国君之命，但夺国君之土。年年如此，代代如此，在长达四百年的时间中，都如此。

三桓，巧夺豪取了大片封地。在封地上，建筑起了都城，犹如三个国中之国。国中国，很大，其夹缝的土地，才属于国君，但也只是名义上的。

富有诸侯国的鲁国国君，就这样寸土不守了，就这样寸权不握了，就这样被冷落，被制约，被操纵，被隔离似的供养着了。吃穿不愁，玩乐不愁，愁的是尊严，愁的是当家做主。

三桓的突起，与春秋时期的政治结构，也有一定关系。

当时的政治体系是：周朝天子对于各国诸侯，在名义上，是共主，诸侯们要在政治上、道德上，尊敬天子，要定期进贡，定期述职，但对于诸侯们在封国中的行政权，天子不得干涉；各国诸侯与他的大夫，亦然如是；大夫与他的家臣，亦然如是。

这样一来，天下割据，大国套小国，小国套微国。天子旁落了，诸侯旁落了，有生杀予夺大权的人，反倒成了大夫或大夫的家臣。

到了鲁昭公这一代，三桓虽然正在衰弱，但鲁国公室，更衰弱，因此，鲁国国政，还是由三桓把持。作为鲁国的户主，鲁昭公被挤对得不成模样，压根享受不到户主的待遇。

他在高位上，寂寞着；在繁华中，孤遗着；在生命中，憋闷着；在政治上，愤怒着。

三桓挤对鲁昭公，也不是一天两天的事了。

最大的一件事，还要数八佾事件。事件的主角，是三桓之首的季氏。

在一个传统的祭祖日，鲁昭公举行祭祖仪式，季氏不仅不参加，不尽职，不捧场，反而在自己家里，也祭起祖来。鲁昭公委屈极了。他不是不允许季氏祭祖，但季氏明明知道这一日是国家祭祖日，按律，应该把日期错开才对。可是，季氏懒得错开，不爱错开，不屑错开，待在家里，自己就开锣了。

鲁昭公更委屈的是，开锣就开锣呗，季氏竟然还把国君的乐队，给调自己家里去了！

依循周礼，祭祖仪式上，要有一个音乐仪式，要跳万舞。天子级的万舞，是八佾，八排八行，六十四人；诸侯级的万舞，是六佾，六排六行，三十六人；大夫级的万舞，是四佾，四排四行，十六人；士级的万舞，如阳虎祭祖，是二佾，二排二行，四人。鲁昭公是诸侯国的国君，有一个六佾的乐队。可是，季氏压根不理这个茬儿，腆着脸，从六佾乐队中，私自调走了四佾！连声招呼都不打。鲁昭公临时发现，自己只剩下了二佾！一下子，从诸侯级，变成了士级，变成了阳虎级！问其他舞蹈演员都哪儿去了，回说，都在季氏家客串呢，鲁昭公差点儿没背过气去。由于乐队凑不齐，祭祖仪式也只得中断。季氏则以八佾乐队，隆重地祭了祖，从大夫级，变成了天子级！比鲁昭公还高一级！

此事，突破了礼法底线，孔子异常愤怒，大声道，"八佾舞于庭，是可忍也，孰不可忍也？"

客观地说，三桓对孔子素来尊敬，但他们的僭越，实在让孔子难以接受。

尤其是，季氏在收拾祭器时，又以天子规格，组织了大合唱《雍》。

《雍》，代表祭祀的告终，其中有句歌词，是说天子庄严又肃穆，召聚四方诸侯同祭。孔子生气的是，你季氏既非天子，亦非诸侯，却厚着脸皮唱这样的歌，和你有什么关系！实在是无礼至极！

颜面大失的鲁昭公，再也坐不住了。他召来他那几个寂寥的班子成员，组织了一支可怜巴巴的军队，然后，由自己亲自率领，前去攻打季氏。

有史料称，鲁昭公出兵，是因为孔子说的那句"是可忍也，孰不可忍"（这都能忍，还有什么不能忍），这句话里，含有煽风点火之意。

也有史料称，孔子是在鲁昭公出兵之后才说的这句话，表达的是同情，是理解。

这是一次从清晨发起的突袭。季氏——季平子始料不及，指挥卫兵临时急搭高台，凭据险要，呼呼啦啦地招架。

季平子打得含糊，打得不认真，打得心猿意马，一边打，一边和鲁昭公讨价还价，要求谈判。

鲁昭公打得实在，打得严肃，打得咬牙切齿，一边打，一边回想着新仇旧恨，要洗除侮辱。

季平子见鲁昭公发了怒，退了一步，说，要不就容他退到沂水边吧，等昭公调查清楚后，再给他定罪。他是冤枉的。

鲁昭公不干，让将士们别手软，别恻隐，别说话，照死打。

季平子见鲁昭公发了狠，又退了一步，说，要不就把他囚禁起来吧，关到费邑去，在那里等待昭公的调查、审判。

鲁昭公一听，更来气了，还当我是傻子！费邑是你的封地，坚固厚重，哪里适合囚禁，分明适合负隅顽抗！

季平子见鲁昭公发了狂，又退了一步，说，要不就把他驱逐出境吧，给五辆车就行，让他赶着到国外讨生活去。

鲁昭公还不干。心，不解恨；口，不解气；手，不解痒。他断然不给季平子生路，誓要整死他！

季平子三次请和，被鲁昭公三次拒绝，局势于此，变得敏感复杂了。

季平子只是专权，并没有篡位，鲁昭公对他的咄咄紧逼，势必使他顽抗，使他激烈一搏。而且，三桓关系紧密，一荣俱荣，一损俱损，叔孙氏和孟氏，未必会坐视不理。鲁昭公的攻势，虽迅猛，但一直未攻下高地，所以，季平子胜算很大。但鲁昭公长期被政治边缘化，并无这个意识。

关键时刻，他的两个随军大夫，站出来了。

第一个进言的大夫，是子家羁。他劝告鲁昭公，见好就收，已经打了一天，眼看就要天黑，若叔孙氏、孟氏暗夜联手，围攻过来，后果不堪设想。

第二个进言的大夫，是郈昭伯。他怂恿鲁昭公，见势就上，已经受辱多年，好不容易盼到机会，若不杀绝，还是受欺负，后果还是堪忧。

子家羁的提议，出于公心，他想暂且羁押季平子，稍后再做处置。

郈昭伯的提议，出于私心。他想立刻击杀季平子，以泄心头怨恨。

郈昭伯与季平子有仇隙，矛盾在鸡身上。

郈昭伯与季平子原是玩友，喜欢斗鸡。一日，二人又结对捉鸡去了，准备酣斗一场。鸡打架，事很小；指挥鸡打架的人，名头很大。这意味着，谁的鸡，打出位了，谁的家族颜面，就很好看；谁的鸡，打出局了，谁的家族颜面，就很难看。二人都想赢，便都进行了暗箱操作，郈昭伯给鸡爪，定做了一副铁手套，季平子给鸡身，定做了一件皮背心。大概都是精工细作，形状、颜色、大小，都极为合体，起初，他们谁也没有发现相互所做的手脚。等到郈昭伯的鸡选手，在华丽的斗鸡场，用金属爪子，撕碎了季平子的鸡选手的微型防弹背心时，相互才发现了玄机。输了的季平子，大骂不绝，赢了的郈昭伯，极度受辱。季平子还利用职权，把郈昭伯家的地产，也强占了过去。

郈昭伯怀恨在心，伺机报复，现在，鲁昭公以国家的名义，讨伐季平子，他的劲头儿，比鲁昭公还足，他的愤慨，比鲁昭公还激越。鲁昭公一瞅他，就精神一振，一听他言，就彻底信任。

于是，混战仍在继续。

暮色四合，夜，从天边淹了过来。淹没了树枝的疏影，淹没了屋舍的瓦；淹没了鸣虫的叫声，淹没了螳螂的翅。

黯淡的月色下，黑影片片流荡，叔孙氏的军队，不知何时潜到了鲁昭公军队的后面，几乎在瞬间，就冲散了军阵。

孟氏还在家中，正与郈昭伯周旋。郈昭伯奉鲁昭公之命，让孟氏前往增援。孟氏拖拖拉拉，磨磨蹭蹭，总不发兵，等到哨探回报，叔孙氏已现身战场时，孟氏抬手就杀了郈昭伯，然后，率兵奔杀鲁昭公的军队去了。

鲁昭公大败，毫无悬念。

三桓合兵一处，既不夺占君位，也不危害鲁昭公，他们虽礼崩乐坏，不按身份举行礼仪活动，但在公室的血统传承上，却还保持着一个基本的原则，还保持着周朝初始时的意识形态，即，不弑君，不取代。即便弑了君，也不取代，而是再选有王族血统的后裔代之。

三桓打算让鲁昭公回宫去，洗洗涮涮，好生吃一顿，好生睡一觉，就当啥事儿没发生，明儿继续游园逛景。

鲁昭公的一个大夫也劝他，双方说和说和，谈笑谈笑，和从前一样，有啥不好。

鲁昭公倔强起来了，坚决不从。

这可能是他平生第一次如此固执地抗议三桓，真是忍无可忍了。他很清楚，在被三个臣子围攻后，他若回宫，就等于向世人再次承认，他是一个圈养的国君，就等于再次揭开痛苦的伤疤。那样的话，他更觉奇耻大辱，更觉窝囊。

他干脆不回宫了，不要他的国家了，出走了。

鲁昭公自己流放了自己。他带着微小的、寒碜的流亡政府，默默地、孤独地远走在地平线上。

鲁昭公流落到齐国去了，虽说是自愿流浪，但从季平子仍虎视眈眈、虎背熊腰的模样来看，他也有逐君之意。

一国之主，像小媳妇儿似的，被欺负到如此地步，实在太不像话了。孔子愤慨难当，觉得季氏这个臣子当得太不及格了，季氏所操纵的国家，太没有指望了。

国际上的舆论，也是一片哗然，纷纷谴责季氏。一时，国际影响极差。

叔孙氏帮助季氏攻打了鲁昭公，是为挽救三桓，而非驱赶国君。因此，在巨大的舆论压力下，他严重斥责季氏，让季氏把鲁昭公体面地接回家。

季氏答应了。可是，就在鲁昭公挽着小包，准备有尊严地回家时，季氏又反悔了。他摆出一副死猪不怕开水烫的模样，谁爱怎么样，就怎么样，他就是不接。

季氏是鲁国执政，事件又是因他而起，叔孙氏不能越过他，去接回鲁昭公。叔孙氏见说不动季氏，便使出了最后一招，绝食，祈死。

但不管用，不顶事，不见效，季氏无动于衷，仍旧我行我素。

季氏强硬如此，使得密切观望的孔子，更加怒不可遏了。

孔子一生，鲜为利欲怒，多为良心怒；鲜为私己怒，多为公道怒。其怒，是仁人之怒，是贤人之怒。例如，他怒殉葬。怒人殉，怒泥俑殉。怒泥俑虽非真人，但其形式，仍延续着罪恶的观念，延续着反人道的观念，因此，他怒，他骂。骂殉人的人、骂殉泥俑的人，都统统地断子绝孙。

这是泼辣的骂，刻毒的骂，敢劲儿的骂，但对于季氏，却不适合这样的骂，顶多骂个欺君，骂个僭越，骂个非礼，孔子自己都觉得苍白，虚弱，寡淡。

孔子在政治上，力量薄弱，难以干涉季氏，因此，在毫无办法的情况下，他选择了离开。

孔子也出走了。也到齐国去了。他要用行动，来抗议季氏，来声援鲁昭公，来呼应仁道。

6. 在齐国求职

孔子此次出国，可谓大张旗鼓，张扬喧腾。弟子簇拥于道，人声鼎沸于街，出城时，队伍浩浩荡荡，尘土浓浓滚滚。分明就是一出表演，演给季氏看，不过，季氏假装看不见。

穿城门，过泗水，入西北郊。平原，裸呈眼前。阔而绵绵，坦而荡荡，厚而沃沃。雾色濛濛，草色萋萋，花色潋潋，近看却无。郁郁的芳香，喷薄而来，丛丛植物，散发出涩涩的气息。

地尽头，是零星的树，犹如远方的迎接；天尽头，是舒放的云，犹如默默的召唤。

自然之美，美过人事。或许，大自然正是上天为弥补人事的不美，而赐予的礼物。孔子的团队，顿时精神焕然，心情焕然，怡然振作起来。去国离家的悲怆，杳然消失，代之而起的，是勃然的游兴。

几程过后，来到一片旱区。景象大变。荒坡上，遍布坚硬的粗砾，还有火烧过的痕迹。河谷中，流水干涸，黄泥龟裂，山石嶙峋。田畴中，庄稼成垄不成势，蔫头耷脑，发烧似的，站不稳似的，微微晃动。细细的叶片上，蒸腾着烫手的热气。

村落破败，水井枯竭，无有生气。饥民面无人色，随处可见。逃荒者病体恹恹，随处为家。回想权贵者的钟鸣鼎食，回想季氏的"八佾舞于庭"，其豪华，其奢侈，其糜烂，触目惊心。孔子心也凝重，目光也凝重，他越发地坚定了恢复礼乐、以仁治天下的信念。

走了大约100公里，到达了泰山。泰山位于鲁国和齐国之间，神秀高耸，青霭低徊。层层云缕，瞬间出岫，荡于半腰；行行归鸟，蓦地掠过，裁下一袭光影。

愈是深行，人迹愈罕，山木愈密，林影深浓，兽声愈繁，队伍愈静。

来到一处山坳中，忽闻人声，隐隐约约，似若哭泣。

孔子纳罕，此处荒僻阴森，不见人烟，何以有哭声出现？又何以这般大恸？

因子路身怀武功，孔子让他前去看个究竟。

子路循声而往，见是一妇女在哭墓，遂问之。

妇人道，她是在哭念亲人，她的儿子被老虎吃掉了。此前，公公和丈夫，也都死于老虎之口，她心里悲切，忍不住大哭起来。

子路说，既如此，何不离开这深山老林呢？

妇人泣诉，这里没有苛捐杂税。

子路将妇人的话，一一告知孔子。孔子叹道，你们要记住啊，苛政猛于虎。

告别了凄惨的妇人，孔子等人继续赶路，第二天，进入了齐国。

此前，孔子给齐国太师高昭子写有信函，表明自己有在齐国务工的打算，希望能通过高昭子的人脉关系，谋见齐景公，得一合适的工作。

高昭子表示欢迎，派人将孔子接到家中，暂且做一名家臣。

得空，高昭子向齐景公转达了孔子之意，齐景公兴致颇浓，安排了接见日期。

接见应该不少于两次，接见的情形，多是齐景公问，孔子答。

第一次接见，齐景公问的是，好的政治是什么样的？

孔子答的是，君君臣臣，父父子子。

意思是，国君要有国君的样子，臣子要有臣子的样子，父亲要有父亲的样子，儿子要有儿子的样子，每个人的角色，都演好了，政治景象也就好了。

齐景公赞叹道，说得真好，要是主子不像主子，臣子不像臣子，爹不像爹，儿不像儿，就是有多少粮食，我也吃不到嘴呀。

孔子的解说，很形象；齐景公的理解，很实在。

但有一点，不知道齐景公是否理解到了。孔子在这八个字中，深蕴着另一层意思，即，强化强者的道德，而非弱者的道德。

这是极其伟大的思想，极其先进的思想，核心是，但凡上面的人做到了，下面的人也就做到了；但凡源头上，流出的是活水，源头下，也不会是死水。

第二次接见，齐景公问的是，为政之道在于什么？

孔子答的是，在于节省财力。

孔子的解说，一针见血；齐景公的理解，正中下怀。

齐景公兴致勃勃，准备录用孔子，把尼谿之地，封与他，由他管理。

在等待入职期间，孔子不停地安排各种学习、观摩的机会，颇为繁忙。

孔子是个极度压榨时间的人。蓖麻，能榨出蓖麻油，时间，能榨出时间油，每一点时间，他都不放过，他都不虚掷，他都认认真真地榨磨，仔仔细细地利用，一点不剩，干干净净。因此，在研习之余，他又生生地榨出了三个月的时间，深入地学习了韶乐。

韶乐的理论，孔子在洛阳考察时，曾向苌弘请教过，此次，他在齐国，太师高昭子请他观赏了韶乐的表演。他被彻底俘虏了。

孔子被音乐绑架了，须臾不得离开，每天都倾心学习。本来没钱，这下为支付学习所用，更是穷得叮当响，连肉也买不上了。

他极其爱吃肉，可是，在韶乐面前，他竟然"三月不知肉味"。他很惊讶，对自己说道，音乐竟会把人感动成这个样子啊。

韶乐，原是夏朝、商朝、周朝的国家大典用乐，后因姜太公的封国是齐国，韶乐因此流入齐国，又因融入了本土元素，显得更动人，更亲洽。

孔子未习韶乐之前，对比武乐和韶乐，只觉武乐杀气重，韶乐尚肃雅；在亲自演习之后，不禁叹道，武乐，声容尽美，却不尽善；韶乐，声容尽美，且尽善！

音乐感动了孔子，孔子感动了齐国人。

齐国人对孔子这位外来务工者，表现出了无间的亲切和友好。但以齐国宰相晏婴为首的一些政治官员，却对孔子有些警惕。

晏婴，即晏子，他听说齐景公要将尼谿之地封与孔子，心怀疑虑，隐隐不安。

一日，晏子见齐景公，说了一大堆话，约略的意思是：

一般的儒家学者，都能说会道，跟算卦的似的，他们不怕法律，只怕理论得不到实践，清高着呢，是一个难以约束的群体；他们过日子，过的是心，是情，不是规章，不是制度，性情着呢，是一群难以驾驭的愤青；他们推重丧事，推重使劲儿哭，拼命嚎，为了厚葬，可弄到倾家荡产，弄到自己都活不起了，极端着呢，是一种煽情的存在；他们四处应聘，推销自己，油条着呢，是一拨随随便便的过客。

接着，晏子把话题引到孔子身上，又说了一大堆话，约略的意思是：

周王室现已衰萎，礼崩乐坏久矣，孔子提倡礼仪，本心不坏，可是，礼仪的复杂，规矩的烦琐，怕是几代人也学不完。尤其是，有些礼仪专门规定，如何走路，如何进退，这对治理国家，作用不大，有那工夫，还不如种几垄小黄米呢。齐国人将一辈子陷在繁文缛节中，蒙头转向。

晏子，是春秋时期重要的一位大政治家、大思想家和大外交家，长得砢碜，却有一颗锦心，个子矮小，却有一种高品，极睿智，极爱民，极清俭，极寡欲，极坦荡，他之所以认为，孔子的礼教，发展不了齐国，只会带累齐国，并不是因为嫉妒——就如老球迷嫉妒小球迷，也不是因为压制——就如老导演压制年轻导演，只是因为担忧，害怕孔子将齐国带入混乱。

晏子对小他二十七岁的孔子，缺乏了解，虽久闻孔子声望，但只是学术上的，政治上，并无工作经验。齐国坐落于山东中、东部，在诸侯争霸的烽火中，其霸主之位，已经滑落，只勉力维持住了富庶的局面，开发了农业，开发了鱼盐，所以，晏子不建议轻易地改革制度。

晏子之言，极大地影响了齐景公，他再也不提给孔子封地的事了。

再见面时，他也不向孔子提问关于礼制的问题了。

一日，他又对孔子叹息道，我老了，不能任用您了。

齐景公时年五十岁左右，正是盛年，他自称老迈，是一种委婉的拒绝。

齐景公原打算给予孔子的待遇，是鲁国给季氏的待遇，上大夫的待遇。现在，既然听从于晏子，便把待遇下调了，变成了上大夫和下大夫之间的待遇。待遇尚好，官职却不实，难有作为。孔子谢过了，未受。

孔子在齐国等待任命，苦苦地等了两年，苦苦地等了七百多天，最后，等来的竟是这个结局，想必打击很大。但孔子很平静，对于晏子，他的评价，也依旧客观。

他说，晏子是智贤，善与人交，相交越久，越是尊重他。晏子不理解我，我也不怨恨，这是君子之道。

不过，齐国大夫似乎并无君子之道，竟想谋害孔子，以免他日再被重用。

事发前，正值黄昏，夕阳圆垂，橘红色的辉光，扑落下来，如簌簌的粉末。孔子未有预料，安坐如昔。弟子们也一如往日，有的与孔子说话，有的淘米炊煮。

当噩信传来后，忙乱便开始了。米，被三把两把捞出锅；车，被急三火四套上辕；人，被五声六嗓招呼齐。然后，就朝着鲁国的方向，疾奔去了。

诗情澎湃的异国求职之旅，就这样暗流汹涌地结束了。

7. 招聘孔子的人

回到鲁国后，孔子依旧教书育人。公元前510年，一个信息传到鲁国，流亡在外八年的鲁昭公，死了。

鲁昭公流落齐国期间，孔子也在齐国，但孔子未去拜望。孔子是文化名人，不是政治名人，拜望与否，作用不大。尽管他还记得，鲁昭公送他的鲤鱼，还记得，鲁昭公送他的车驾，还记得，鲁昭公的不平事，但因毫无政治地位，他所能做的，唯有沉默。

鲁昭公寓齐后，境遇悲凉。齐国虽然收留了他，接纳了他，但却自视为宗主，视他为附属，并不尊重他、礼遇他，而是藐视他、侮慢他，因此，他又向晋国提出了居留请求。晋国将他安置到乾侯邑，在河北的地界上。

由于鲁昭公是周公的后裔，齐国、晋国、宋国，这三个国家，也都与周宗室关系亲近，因此，三国都曾与鲁国执政季平子交涉过，晋国甚至强迫季平子把鲁昭公接回去。可是，鲁昭公或许是因为久处压抑中、动荡中，情绪也不甚稳定，执拗地拒绝了。在一个无味的大白天，他带着一腔愤恨、一腔遗憾、一腔悲怆，倏离了人寰。

鲁昭公死了，鲁昭公的弟弟，在鲁国继了君位，是为鲁定公。

此前八年中，鲁国君位空缺，一直没有最高领导人，但鲁国未出现什么动荡，民众只是纳闷了一阵，不平了一阵，就各干各的营生去了。甚至于当鲁昭公的死讯传来后，各诸侯都当做是头条新闻，可鲁国国内，却反响平淡。把鲁昭公撵跑的季平子，照样吃香喝辣，频频亮相娱乐场所，没人怪他，没人骂他。他和鲁昭公并立已久，是个不挂牌的君主，民众已经习惯了，鲁昭公已经被忘掉了，没人怜他，没人悼他。

可是，孔子却是痛心的。

这种痛心，渗入了血液，蚀入了骨骼，以至于当子贡问他为何不从政时，他说，我没找到好卖家。

孔子其实很渴望从政，可是，一旦从政，就是为季平子工作，而道德感，却使他不能为一个间接弑君的人工作。

五年后，公元前507年，鲁定公五年，一个酷热的夏天，季平子也死了。

他的儿子季桓子，继承了上大夫之位，继续掌控国政。

国君失政于三桓，三桓又失政于家臣，这个畸形的结构，错乱的结构，在季桓子掌权后，得到了突变性的展现。

季桓子的家臣中，有三人最霸道，一是阳虎，一是仲梁怀，一是公山不狃。

阳虎与仲梁怀不睦。阳虎粗恶，仲梁怀看不顺眼；仲梁怀骄横，阳虎看不惯。反正，谁都瞧谁各色。阳虎想用武力，把仲梁怀赶走，公山不狃认为没必要，和了一把稀泥，把阳虎劝住了。

秋天，树叶或金黄，或火红，好一片绚烂。仲梁怀或横征，或靡费，好一派势头。阳虎眼里揉得下沙子，揉不下仲梁怀，他组织了一个特别行动队，几个人狼形虎势，蹿上去，搋住仲梁怀，连踢带踹，连拖带拽，就给关起来了。

阳虎在季桓子的眼皮子底下，私设牢狱，私自捕人，无视于季桓子的存在，使得季桓子火气陡升。他早就顾忌阳虎窃夺权柄了，趁此机会，便怒气冲冲地出面干涉。

惊人的是，阳虎不怕。

不但不怕，还像是正等着季桓子来兴师问罪呢。等季桓子一露面，阳虎的特别行动队，又一次蹿上去，把季桓子也给关起来了。

季桓子被挟持了，这下闹大发了。

阳虎押着季氏，召鲁定公、叔孙氏、孟氏，开了个临时会议，让四位领导人立下誓言，肯定阳虎有合法主宰国家的权力。

于此，鲁国虽有国君，虽有三桓，但实际大权，却已落到阳虎手中。

阳虎如愿后，把季桓子放了。

他很强悍，不担心三桓对他发起复仇之战；他很无情，也不操心三桓被他吓破了胆。

他只有一件烦心事，焦心事，焚心事，那就是，无人可用，无人可倚重。

阳虎是私生子，在礼法家族中，是"孽子"的地位，极卑微，极低下，所以，尽管他本事大，懂卜筮，擅演讲，会武功，却极辛苦，极艰困，足足付出了十多年的努力，才成为季氏的家臣。但他自己，仍无寸土。夺权后，他给自己抢了块地，算是犒劳，并想以此为基地，开拓势力范围。可是，发展需要人才，他却人才短缺，虽有权贵簇拥，但他知道，簇拥，不是因为爱戴他，而是因为惧怕他，他知道。他都知道。所以，他想在名利场之外，寻觅人才。

阳虎想到了孔子，欲攀孔子以自重。

客观地说，阳虎很有能力，也很聪明，他深知，孔子是"四有新人"，有学问，有学生，有声望，有国际影响。拉拢了孔子，也就拉拢了孔子的学生，也就拉拢了鲁国的顶尖知识分子，也就拉拢了鲁国精英的半壁江山，也就拉拢了一股社会势力。

孔子是士，与平民关系密切，相当于平民明星，因此，拉拢了孔子，还意味着，拉拢了庞大的平民阶级，拉拢了劳苦大众。而拉拢了劳苦大众，就等于培养了群众基础，浇灌了社会地位，夯实了政治势力。

因此，阳虎对于孔子不出来做官，很着急。他是真着急。他急不可耐地去召请孔子了。

可是，他的召请，竟是那样的尴尬，那样的小捅咕，那样的啼笑皆非，迫使孔子不得不与他进行了一场侦察与反侦察的活动。

阳虎召孔子，身段不倒，脚步不移，只是张开大嘴满世界放风，让孔子来见他。然后，他大模大样地危坐家中，干等。

他等啊等，等到两眼发花，腚根发麻，手脚发凉，人快凝固成了望夫石，孔子也没来。

他等啊等，等到太阳咕嘟一下从房后的菜窖里冒出来，等到月亮被屋前的大酱缸囫囵一下吞下去，咕嘟了好几次，囫囵了好几遭，孔子还是没来。

他白白地摆好了Pose，白白地流失了表情，累得够呛不说，孔子还假装不知道。

眼瞅着干等不行，坐等不利，阳虎只得亲自去拜访孔子。

奇怪的是，早去，人不在，晚去，人不在，不早不晚去，人还不在；晴天去，人不在，阴天去，人不在，不晴不阴的天去，人还不在。他不去的时候，孔子天天在家教学生，他一去，孔子就有事外出了，还真是巧啊。

见不到人，阳虎急呀。他的心，就似一颗情人的心，怦怦乱跳，摁都摁不住，把自己都惊到了。

回到家，阳虎琢磨过劲儿来，孔子分明是不想见他。

阳虎有韧性，不半途而废，他自己鼓励了自己几句，然后，派个家人出去当侦察员，监视孔子的动向。等到孔子有一天真不在家的时候，他让这名侦察员给孔子送了一头蒸熟的小猪。

这头可爱的小乳猪，可不白送。按照周礼，大夫致礼于士，士若不在家，或未能亲自拜受，必须择日到大夫家里，亲自答谢。阳虎的正式官职，虽然只是季氏家臣，但因为他是实际的执政人，因而，位同大夫。

这下，孔子无法躲避了。他是倡礼之人，断然不可违礼，尽管他知道，这是阳虎设下的小圈套。

如何才能不失礼，又不与阳虎相见呢？孔子也采取了侦察手段。

孔子的几个弟子潜伏在阳虎家附近，监视阳虎的一举一动。等到阳虎驾车外出了，急忙飞报孔子。孔子即刻动身，前往阳虎家，还了礼。

然而，孔子和他的侦察员们，在侦缉工作上，还不够专业，他们以为尽过了礼数，就算了事了，所以，没有继续跟踪探查阳虎，而意外，就这样发生了。

孔子在回家时，阳虎也在回家。当时的曲阜，主要街道并不多，可是，再不多，也是有几条的，孔子和阳虎，随便选择哪一条回家去，应该都会交错而过，可是，不偏不倚，出奇的巧，他们恰恰都选择了同一条街道，结果，在路中间，正正好好地相遇了。

刹那的惊喜后——惊的是孔子，喜的是阳虎，二人走近了。

孔子舒缓和雅，阳虎傲慢粗鄙。

阳虎冲着孔子说道，过来，我跟你说话。

阳虎高踞车上，盛气凌人地问道，怀有绝世才学，却眼睁睁看着国家混乱，这算得上仁吗？

孔子静静地答，算不上。

阳虎还是满脸不乐意，凶巴巴地问道，怀有出仕的愿望，却没完没了地错过出仕的机会，这算得上有志吗？

孔子静静地答，算不上。

阳虎赌气似的，大声总结道，日月流逝，时光不会等待任何一个人。

孔子寒暄似的，匀声慢应道，是啊，是啊，我将出仕才对啊。

至此，这场道中央的意外相见，才正式宣告结束。

此一见，阳虎步步为营，步步紧逼，恶而无礼，尽露强霸辞色；孔子辞缓意峻，俨然平常，客气有礼，尽显大师风范。因此，虽然孔子日后并未俯就阳虎，但阳虎终是无可奈何，无话可说。

公元前502年，鲁定公八年，孔子四十九岁。

阳虎专政已三年，虽然未得孔子辅佐，但他联合了一些与三桓有隙的贵族，势力逐渐膨胀。

为迅速剪除三桓，彻底取代三桓，阳虎决定捉小虫似的，再把季桓子捉起来，将其杀掉，将其名号废掉，由其庶子继承。

阳虎很喜欢季桓子的一个庶子。这娃儿，性情亲和，对人，无分别之心，大家都鄙视阳虎，独他友好；这娃儿，头脑又平庸，对事，无明辨之力，大家都清醒时，独他糊涂。阳虎因此很亲近他，很看好他，无形中，很温柔地，把控了他。

阳虎一想到这个可心的庶子，就欢欣鼓舞。这也加快了他暗杀季桓子的行动。

阳虎的暗杀计划，很明确：10月3日，设宴于蒲田，邀季桓子赴宴，然后，伺机扑杀。10月4日，再袭击叔孙氏、孟氏。这一天，要将驻扎在郊区的战车部队，调集入城，以便随时出击，或补充兵力。并通知同党公山不狃，在季氏的费邑，搞叛乱，呼应暗杀行动。

应该说，计划完整细致，若无意外，三桓将受致命打击。

10月3日到了，阳虎坐镇蒲田，他弟弟阳越去邀请季桓子。

季桓子不知有暗杀，但知没好事，不愿去，吭吭哧哧，磨磨叽叽。阳越不耐烦，命卫士上前，揪住季桓子，一路推搡到室外，三把两把塞车上去了。

季桓子的私家车司机，名叫林楚。事前受到阳虎威胁，已知端倪，只得按照阳虎设计好的路线，向蒲田行驶。

蒲田，位于城东门外。行至半途时，季桓子蓦地感觉到了危险。他惊惶地与林楚说话，让林楚把车赶到附近孟氏的封地去。

林楚原本就不愿意为阳虎服务，此时，便开始玩命地戳马，笞马，挑逗马，直把那老实的马，弄烦了，弄惊了，狂野地向孟氏的封地，飞奔而去。

孟氏的封地，是成邑，邑宰是公敛处父。公敛处父作为孟氏的家臣，忠心耿耿，既无叛逆之心，又无僭越之意，而且，睿智英勇，能担当，能耐受。他早就注意到了阳虎的暗中活动，怀疑阳虎有所谋诈，劝请孟氏提前做好了军事部署。因此，当他哨探到林楚的马车正飞驰而来时，便命卫士进入了紧急作战状态。

林楚的车在前，阳越的车在后，公敛处父的埋伏卫队，放过了林楚的车。之后，猛攻阳越的车。转眼间，阳越便死于乱箭之中了。

阳越之死，打乱了阳虎的计划。

此时，驻扎在郊外的战车部队，还没有入城。部队应该在翌日到达指定位置。可阳虎无法再等了，再等，就意味着要坐以待毙了。

他急忙披甲入宫，挟持了鲁定公，以国君作为挡箭牌，去攻打孟氏。

孟氏不敌，慌张退逃。危急时，公敛处父从成邑带兵赶到了，与阳虎决斗。

阳虎和公敛处父，都是虎将，都很勇武。他们指挥卫士上阵搏杀，喊声震天，箭戟声刺耳。他们两个，也是酣战不休，你来我往，起起落落，弓箭刀戟，讥讽咒骂，热闹得很。

双方先是在城内打，接着，又打到城南门处，后来，又打到城南门外，在荆棘里，在水洼上，在野坟圈子旁，厮杀搏斗。

打着打着，天地间，戛然静了。

季氏、叔孙氏的大批援军到了，阳虎不敌，撤离了。

这是发生在10月3日的战事全貌。

阳虎败落后，追兵一直咬住不放。可是，追兵很多，盯得很紧，马械很精锐，却总也追不到。而且，一追，就追了好几个月，一直追到第二年，追到鲁定公九年，才从曲阜，追到五父之衢。

　　按照曲阜与五父之衢是25里地的距离，约略计算一下，那么，大概十分钟可追一米。

　　这是以蜗牛的速度，以极慢的慢镜头，才能完成的动作。

　　何以如此呢？

　　原因就一个，阳虎有本事，集体群殴尚且忐忑，更别提小股追杀了，更加胆怯。所以，追兵虽在执行任务，虽在追，但并不敢追得太近。指挥追兵的三桓，深知就里，催促不得，也放弃不得，就那么期期艾艾地追着，鬼鬼祟祟地追着。

　　阳虎随时回眸，都能看到身后的追兵，就像看到不称职的保镖一样。

　　在五父之衢，他慢腾腾地架火煮饭。随从劝道，快走吧。他说，不忙，他们追不上我，我逃跑了，他们乐呵着呢，因为不用害怕被我杀掉了。

　　尽管阳虎骄矜自得，但为防备意外，他在有板有眼地吃了饭后，还是离开了鲁国，去了齐国。逃亡路上，稳稳当当的，慢条斯理的。

　　对于阳虎，这漫长的逃亡之旅，算是圆满了；对于追兵，这熬人的追杀之旅，总算结束了。

　　阳虎去后，在季桓子的重要家臣中，就只剩下了公山不狃一人。

　　公山不狃一度是季桓子的心腹，季桓子因此将封地费邑宰的职务，委任给他。然而，随着公山不狃实力劲增，他和季桓子的隔阂，也逐渐加深。阳虎造反时，公山不狃原打算呼应阳虎，未料中途事变，未及呼应，造反就草草收场了。公山不狃的反叛之迹，也因此，未得暴露。

　　公山不狃的野心，却并未因此而消失。他蹲伏在费邑，以费邑为大本营，不停地征收兵马、招揽人才。

　　兵马，以数量计，可以多多益善；人才，以质量计，必得精明强干。为此，公山不狃也去召请孔子，以壮声势。

　　这一年，孔子的修养，已至仁德之境；孔子的伦理思想体系，已至完善之期。他年至五十，循道弥久，却温温无所试，为此，心生涟漪，未免想去。

　　孔子说，周文王兴起于丰、镐之地，现在，费邑虽小，但也和丰、镐之地差不太多吧。

　　孔子想以费邑为根据地，向外传播周礼、仁道。

子路不干。这个莽撞而亲密的弟子，脸色难看，拦着不让去，嘟嘟囔囔地说，没地方去就算了，干吗要去公山不狃那里。

子路觉得，公山不狃虽然未露反迹，但不服从季氏的迹象，却比比皆是，这也是不合"君君臣臣、父父子子"之道的，也是违礼的。

更让子路不高兴的是，孔子再没有政治经验，也是圣贤，怎么能沦落到给逆臣当跟班的地步呢。因此，四十一岁的他，孩子似的，黏在孔子跟前，生着气，撅着嘴，挡着道，发着牢骚。

孔子对子路说，难道我去了，就是个摆设吗？就毫无作用吗？若重用我，将会出现一个复兴的周朝啊。

子路未被说服，孔子自己，也没有彻底说服自己。他虽想应召，但终归无法冲破礼制，无法忽略公山不狃的行为，因此，还是罢了。

孔子的五十年，就这般过去了。有过小波澜，有过大愉悦；有过小哀伤，有过大不忍；有过美愿，有过落寞；有过彷徨，有过狼狈；有过怒，有过骂；有过气，有过急……有过更多的，却是自若，安宁，是静，大静。

第三章　初出仕，桃花纷落

　　年过半百，孔子走上政坛，担任地方官，他以神笔马良的速度，规划并实施了农业改革，由是，他升任了司空；他以精卫填海的精神，兴修了水利，由是，他升任了大司寇；他以后羿射日的担当，震慑了齐国，由是，他升任了代理宰相；他以盘古开天的力量，打杀黑恶势力，由是，他下岗了。他触犯了当权者的利益，他的救国理想，俨若神话，于是，他背着神话，流浪去了。

1. 升职，神的速度；惩罚，佛的速度

一夜细雨过后，曲阜的河套边，春天，已等在那里了。

轻寒是有的，料峭着，浮动着。斜风从疏篱间，筛出来，细细的，怯怯的。

桃花却开了，从隔夜的雨里，从隔夜的梦里，绽出一点儿微红，一点儿粉白，一抹寒香。轻柔，而不轻薄。

红的深，白的浅，深浅处，忽地荡出风来，癫狂地，断肠地，吹落一地影子，花影，树影，乱乱的。

这一幕，早起的流莺，看到了，早起的人，也看到了。

早起的人，不正是孔子和他的学生吗？

他们神色庄重，脚步稳重，是要做什么去呢？

这是公元前500年，鲁定公十年的一个清晨，五十一岁的孔子，正带着弟子到中都走马上任。

中都，是位于山东汶上县以西的一个小镇。阳虎事变后，鲁定公和三桓心有余悸，一见权重的家臣，就起生理反应，身体直战栗。战栗之余，他们想起了孔子的言论，意识到，孔子具有前瞻性的目光，战略性的头脑，有利于维护他们的生命安全，他们的职位安全，和鲁国的稳定局面，因此，他们决定聘请孔子为官。但又不放心，不落底，不坐实，觉得最好还是试用一下，先出任中都宰，即，中都的行政长官，等通过了试用期，再给予重要岗位。

这可真是一件意外的事：逆臣的叛乱，竟然促成了孔子的出仕；拒绝逆臣的聘请，竟然得到了鲁定公和三桓的信任。

中都宰，官位虽小，但却正统，孔子不再犹豫，接受了任命。

到任后，孔子施以仁政，导以礼教，事事，物物，人人，都给予了合乎礼制的规范。就连下葬用的棺椁，也都定制了尺寸，如，"四寸之棺，五寸之椁"。

凡事，有理可循，有礼可依，中都的面貌，骤然一变。风气儒雅了，治安清宁了，文明程度提高了，小镇，出名了。

仅一年时间，前往中都向孔子取经的官吏，不绝如缕。来自四方的管理者，来自各诸侯国的行政人员，把小小的中都，当成示范村镇，纷纷仿效。

孔子之圣，或许就在此间吧：用大牛刀，宰杀小鸡崽，可以宰杀得很好，纤毫不乱；用小竹刀，宰杀大公象，也可以宰杀得很好，整饬利落。

中都的变化，让鲁定公和三桓，既大吃一惊，又喜出望外。

鲁定公在召见孔子时，问道，用治理中都的方法，来治理鲁国，如何？

孔子说，治理天下也是可以的，何况鲁国呢。

由此，孔子被破格提拔为司空，进入了中央政府。

司空，有大司空、小司空之分，大司空是上大夫，正职，小司空是下大夫，副职。在鲁国，三桓中，季氏为司徒，叔孙氏为司马，孟氏为司空，孔子为小司空，是孟氏的助理。

司空，又称司工，主要掌管水土、工程之事，既要负责城邑的营造，河道的疏通，又要负责郊祭的乐器制造，场所的保洁。

在孔子心里，无论负责什么，核心都是，以民为本。因此，他先是带领弟子进行实地勘查，把鲁国的领土梳理清楚，把领土内的森林、丘陵、高原、平地、湖泽等，各自分类，分属，加以规划，开发，利用。

在农业用地上，指导百姓如何种植；在水域林野间，指导百姓如何渔牧。

水利工程也得到极大的发展。根据不同地势地形而兴修的导流系统，解决了旱区的用水问题，也解决了涝区的积水问题。既无水匮乏，又无水泛滥，水资源得到合理分配，百姓的生活和生产，得到合情保障。

孔子任教时，是公众人物，是社会名流，在百姓的意识里，很亲切。

孔子出仕后，是大政客，是国家领导人，在百姓的意识里，很威严。

这两种身份的转换，带来了变化，孔子不仅有府邸，还有臣仆，不仅有车驾，还有车库。变化之大，让百姓们以为，两种身份的背后，隐匿着两个孔子。

一日，孔子退朝归家，见马厩被焚，一片狼藉，仆从跪于路，等候处置。

孔子开口道，伤人乎？

仆从很意外，围观民众也很意外，答，无伤。

孔子又问马之情况，然后，吩咐各自去工作，并无惩罚之举。

那名不慎将火掉到干草上的仆从，原本吓得要命，现在缓了瓢子，这才悟到，孔子无变，变的，是他们。

当他日后为孔子驾车出行时，看到孔子"不内顾，不疾言，不亲指"。

作为一个驾驶员，他不被打扰，不被指手画脚，不被吆来喝去，他的人格独立性，他的工作独立性，获得了尊重。

他的衷肠，因这份尊重，而感动。他的生命，因这份尊重，而分泌出了一种潮湿的情愫。

孔子在小司空任上，滞留未久，又再度升职，职位是：大司寇。

大司寇是上大夫，负责司法工作，国家法律、社会治安，都包括在内。相当于司法部长。于此，孔子更深入地参与了政治。

孔子是士，其阶层，位于贵族最底层，但因其家族衰落，他又致力于教育事业，未曾致仕，所以，士，也不被承认了，被视为了平民。从一介布衣，从非贵族，刹那跃升为上大夫，在当时，不合法制，很罕见，有些一步登天的意味。鲁国的贵族们听闻了，都非常不满，非常憋气。

为了不把自己憋出个好歹来，为了撒撒气，鲁国贵族有如应对紧急事件一般，十万火急地开了个座谈会，然后，撺掇有贵族身份的文艺青年，或文学爱好者，创作了一首劝谏歌。

歌词就四句，但很给力："麛裘而韠，投之无戾；韠之麛裘，投之无邮。"

意思是，鹿皮的衣服，为粗民所用，太一般，但却在上面配了蔽膝！蔽膝是朝服的佩饰，为公卿所用，太不一般。鹿皮配蔽膝，太一般配太不一般，极不合适，极不配套，极不成个样子，赶紧扯下来，丢掉吧。

鲁国贵族急切地希望鲁定公和三桓，像扯块抹布似的，把孔子扯下来，扔一边去。但鲁定公和三桓呢？

一声不吭，沉住气，运足气，不抛弃，不放弃。

他们极其信任孔子，极想重用孔子。贵族视孔子为抹布，他们视孔子为锦绣；贵族视孔子为玻璃球，他们视孔子为夜明珠。

这是孔子与鲁定公、三桓，关系最亲密、最融洽的阶段。孔子的工作，得以顺利展开。

让人难以想象的是，在孔子还没有具体施政之前，孔子效应，竟然就神奇地发挥作用了。

孔子上任前，曲阜混乱，城有恶霸，市有奸商，内有淫乱，乌烟瘴气。

有一个慎溃氏，是曲阜的一个黑帮老大，一天找不到人影，争分夺秒地忙着，忙着为非作歹，忙着违法乱纪。可是，当他一听孔子当司法部长了，吱溜一下，消失了，离开鲁国了。

有一个沈犹氏，是曲阜的羊贩子，也忙得很，倒是能找得见人影，每个清晨他都死命地摁着羊头，硬塞草给羊吃，硬灌水给羊喝，羊被撑得都快昏迷了，走路直打晃，迈出每一步，都极艰难，他这才把羊卖出去。可是，当他一听孔子当司法部长了，立刻收敛了，再也不跟羊较劲儿，不赚黑心钱了。

有一个公慎氏，是曲阜的绿帽子老公，他太太风流，不满多妻制，向往多夫制，天天等着有人来拈花惹草，等不来人，自己就去招摇，招揽，招人，搅得家风不正，四邻不安，搅得男人们心发热，眼迷离，搅得怨妇们直发恨，直磨牙，他却不管不顾，任其荒淫。可是，当他一听孔子当司法部长了，立刻严肃起来，庄重起来，和太太离婚了。

显见得，孔子的威望，已大过了刑罚。而以威望治世，更人性化，更理想化。但以我们今天的现况来观望，则是更实验化，更神性化了。

孔子的升迁，很高很快，若神的速度；孔子对人的惩罚，很少很慢，若佛的速度。

孔子的司法主张是，尽量无讼，无罚。当他接到一起父告子不孝的案子时，他在长达几个月的时间内，不予判决，不予惩处，只是安排弟子做调解工作，做心理辅导工作，最终，疏导至撤诉。

季桓子第一次对孔子显示出了愠意。他叽叽歪歪地说，不杀一儆百，不震慑不孝之人，岂能形成好风气？

孔子第一次对季桓子显示出了坚持。他和和气气地说，司法，要合公理，合道义。若当政者未能教化好百姓，发现不孝，立杀，这是暴虐；若百姓步入歧途，当政者不予警告，发现犯罪，立罚，这是残暴；若当政者很晚才予警告，故意蹲点，故意伏守，专等百姓犯法，这是贼。古代天子舜，最喜欢的，是生养百姓，最不喜欢的，是恶杀百姓。

在孔子看来，刑法，不是为了惩罚，而是为了预警，若刑法搁置不用，遭受冷落，布满尘埃，表明这是一个美好的国家。

　　这种思想，贯穿孔子的一生。日后，当他被迫离职，浪迹国外时，在楚国，也碰到一起父子诉讼案，父亲偷了羊，儿子去告发，他的观点是，不该揭发，应当掩盖。理由是，子告父，在表面上，是正直的，遵法的，在实际上，是无亲情的，无人伦的，而亲情比正直重要，人伦比法律重要。若子不告父，法律可以通过其他途径，将父亲绳之以法，体现公正，何必逼迫儿子正直呢？

　　孔子倡导，法律，不追求绝对的公正，只要不断地去追求公正，就可以了。

　　这种理论，是仁，辐射的辉光，是仁，释放的激素，可在一定环境下，消灭人性的病菌，调节文明的代谢。

　　当然，这是孔子的理想。三桓可不这样想。

　　尤其季桓子，作为执政，他被一篓子一篓子的大事小情，缠得直瞪眼。他想，鲁国小，飘摇，像根水草，若不打针强心剂，只靠仁的频谱照射，怕是难有直腰之日。

　　因此，他对孔子的理论，接受得较勉强，较生涩。

　　常日里，季桓子与孔子的关系，看起来，依旧融洽，热络，但内底里，季桓子却有了一丝别样的感觉。

　　那感觉，有如喝了几口水，喝前，不知水是陈水，喝过了，喉咙间，泛出一股腐味来，淡淡的。而每一次回想，这种味道，都会被加重，胃口的不舒适，都会被加剧。

　　2.夹谷：一个人的战争

　　孔子出任大司寇后，一些诸侯国有所耸动。最心怀忌惮的，是齐国。

　　齐景公在议事时，听到一位名叫黎鉏的大夫，说"鲁用孔丘，其势危齐"，他心里没底，瑟瑟然，恍恍然，让大夫们快出主意。

　　一堆大叔大爷们，便把脑袋凑在一起，脸对脸，嘴对嘴，忽而窃窃私语，忽而慷慨激昂，最终商定：约鲁定公会盟，在气势上，给予威吓，在盟约上，给予限定，以实现打压鲁国、控制鲁国的目的。

　　计议已定，齐景公派使者到鲁国去了。

　　在鲁国外交部，使者向工作人员表示，齐国提议，两国国君将进行友好会谈，会谈地点是齐国夹谷。

虽说是提议，但地点都确定了，显然就是通知的意思，爱去也得去，不爱去，也得去。

鲁国接受了提议。

鲁国不敢不接受，鲁弱齐强，齐国一旦激怒，鲁国只有挨打的份儿。

鲁国不好不接受，鲁国的保护国晋国，衰落了，鲁国还得寻找下家。

晋国为鲁国西邻，齐国为鲁国东邻，这恼人的地理位置决定了，齐国，即便不是鲁国的下家，也惹不起，只能哄，只能谀，只能供奉。

鲁国的外交政策，实在不怎么样。孔子出仕之前，也就是一年前，晋国还是诸侯国的龙头老大，强权控制中原，鲁国一边倒，随风飘，贴过去，依附在晋国的胳肢窝下，不睬齐国，闹得双边关系格外紧张。两国戍边人员，隔着边界线，哧哧地抽着冷气，眈眈地瞪着冷眼。

未久，孔子刚刚出仕，齐国和晋国的争霸赛，就开始了。在一连串的招架与还架中，在一连串的战胜与战败中，齐国最终占据了上风，占领了夷仪高地，使晋国饱受了失地之辱，失势之痛。

齐国，抖擞着，崛起了；晋国，瑟缩着，颓败了。

鲁国，张望在齐国和晋国的夹缝中，凄惶着，不安了。

晋国的胳肢窝，不安全了，鲁国急需一个机会，与齐国修好。就在此时，齐国提议夹谷会盟了，鲁国有些惊喜，殷勤地示好：将如期赴约。

鲁国想抓住这次机会，取得和解，免遭齐国踢踏。

可是，想法容易，行动也如此容易吗？尤其是，还要时刻留意着，切莫因喜新厌旧而被晋国记恨，反咬，晋国再不济，也是强于鲁国的呀。

夹谷的春山，美兮。苍林遥默，青如削；烟草万径，深如梦。

夹谷的春水，清兮。绿净若空，野花映；缥碧无痕，落青鸦。

然而，山再美，水再清，也不赏心，也不悦目，因为夹谷坐落在齐国境内，会谈顺利，看啥都美，若谈崩了，翻脸了，看啥都窝心，弄不好，就是要受挫，受辱，受胁迫的。不在人家的地盘上，都不敢对抗，何况在人家的地盘上呢，到时候，丢了体面，予人笑柄，也只能干挺着。

三桓想到此间，犹豫迷惘，忐忑焦灼。以往会盟，都是三桓与鲁定公同行，现在，会盟难测，困难重重，恐将受制，他们缩头缩脑，不敢去。

可是，若让鲁定公单身赴会，又显得他们太不仗义了，等于把国君一个人推到浪尖上，摔下波谷，也没个垫底儿的。

既然他们不想垫底儿，就要寻摸个垫底儿的，寻摸来寻摸去，很快找到了。孔子最合适。

孔子有声望，在国际上，比他们名气大；孔子有专业，恰好可担任代表团礼相，总制礼仪；孔子有人脉，与齐国国君谈过经、论过道，即便会盟掰了，旧谊还在，买卖散了，交情还在，不至于太过为难；孔子有亲和力，早年游学齐国，求聘齐国时，与齐国百姓交好，路上应顺当。

更重要的是，孔子有肝胆，知会盟艰难，也必不会推诿。

于是，三桓把孔子拱了出去。

孔子出使齐国的决定，不知是通过外交渠道，照会了齐国，还是通过流言渠道，风传到了齐国，总之，齐国的大夫黎鉏听知了，颇是振奋。

黎鉏入见了齐景公，忙不迭地说，孔丘是文人，不是军人，只懂礼仪，不懂军事，既然鲁方代表团如此虚弱，干脆就把鲁定公绑架了算了。

齐景公一顿，怔怔然的。少刻，又是一喜，美滋滋的。

好啊。他答应了，认为劫持了鲁定公，控制起鲁国来就很容易了。

这是齐国的机密，孔子并不知晓。但他预见得到，此行，必将危机重重。

首先，会盟之地，确定在夹谷，这就不是一个好地界。

深入夹谷，就等于深入齐国的腹心，深入齐国的国防禁区，深入齐国的军事警戒圈。齐国素有恃强凌弱之势，鲸吞诸国之志，而况，鲁国曾一度隔阂于齐，疏冷于齐，悖逆于齐，此遭，齐国必要计较，必要使出下马威。

其次，夹谷之民，多为莱人，这也不是一个好兆头。

夹谷的具体位置，是在山东莱芜之南，此地，原为莱国旧址，原住民为莱人。莱国小如微芥，齐国大如硬石，齐国的势力，碾过此处后，莱国就消亡了。国家灭了，莱人未灭，莱人加入齐国国籍，仍居故土。莱人的聚居地，是原始部落，莱人的开化程度，还在蒙昧阶段，两国和谈，既正式，又庄重，齐国不选择进步的精英群体作为国家背景，却选择落后的野蛮族群作为会盟主角，不是有意使然，又是什么？

孔子有所预见，必也有所提防。

临行前，孔子对鲁定公说，我听说，办理文事，必要有武备，办理武事，必要有文备，古时候，诸侯出境，必要有文武官员随行。所以，请您也带上武官吧。

鲁定公也怯于会盟，他虽无国君之实，却有国君之身、国君之名，脱身不得。三桓把他抛弃了，他不敢不满，害怕被三桓忌恨，也不敢做声，害怕被天下耻笑，他只有一个孔子可倚赖，可信任，他把自己的荣光和羞辱，都托付给了孔子，因此，对孔子言听计从。

他心许道，然。

鲁国的大司马，即军事总长，是三桓之一的叔孙氏，因其不敢行，便命低一级的左右司马，加入了随从队伍。

孔子统领会盟事务，兼领军事长官，镇定地指挥代表团，向夹谷开拔而去。

代表团虽小，代表们虽少，但也是一色的兵甲森严，庄重肃穆。远望，整饬有致，近观，各有所守；行之于野，引人瞩目，宿之于市，令人尊崇。

夹谷，终于到了。

会场犹似露天剧院，露天舞台，又似一个草率的外景地，空旷的野地上，临时搭建了一座土台，作为主席台。土台不高，三级阶梯可上。

围绕着土台，还筑有简陋的草院，院为方形，四个方向，各有一门，有些北京四合院的古朴气质、家常气质。

鲁定公与齐景公，见了面，行了礼，面上，都很郑重，心里，都很戒备。前者因紧张而忐忑，后者因阴谋而忐忑。

二君登台入席后，各自随从，皆列于台阶之下。

会盟开始，齐国官员出班启奏，请演四方各族乐舞。齐景公准奏。

眨眼间，一群莱人蜂拥而现，持旌旗，披甲胄，舞矛戟，呱啦乱吼，跳跃喧噪。场面热闹嘈杂，混乱恐怖，毛骨悚然。

孔子眼见这支乐团，奇形怪状，荒蛮古怪，乱七八糟，但却目标一致——直奔鲁定公，顿觉诡诈，不顾礼仪，疾身出列，疾步跨越三级台阶，呼叫左右司马保护国君，自己大声谴责起齐景公来。

孔子的谴责，温煦中，不失威严，劝告中，透着刚强。他是这样说的：

鲁国齐国进行会盟，友好庄重，莱人，夷人后裔，是臣服于中原的外族俘虏，其乐舞，如何能出现于此种场合？之于德行，这是失义；之于外交，这是失礼；之于神灵，这是不祥。此非乐舞，乃武力捣乱。您不会允许吧？

齐国的主事官员，感到了压力，稍有愣怔。之后，命莱人退离。

莱人不舞了，但也不动，木然地站在台上，身上所饰的羽毛和树叶，静静地飘动着。

孔子不语了，但也不动，决然地隔离莱人，不错眼地盯着齐景公和齐国宰相晏子看。

齐景公惭色微露，肢体微动，有些不自在，冲着莱人挥了挥手。莱人这才退下了。

预谋受挫，齐国不甘心。稍后，齐国官员又奏请，表演宫中之乐。齐景公又准奏了。

照理，宫乐，应是雅正之乐，不料，却是一群侏儒翻跳鼓噪，径上了土台。孔子本已回到了队列中，看到矫健的侏儒们，暗含杀气，凛冽生寒，只好又三步两步跨过台阶，呵斥道，下等人惑乱诸侯，肆意胡闹，岂有礼法！按律当罚。

齐国方面，面面相觑，无言以对，只得缚住戏子侏儒，下去了。

提议挟持鲁定公的齐国大夫黎鉏，见计划落败，极为沮丧，但并未泄气。

他琢磨着，狰狞不成，还可以挣扎一下，在盟书上做做文章，制约鲁国。

于是，两国盟誓时，齐国自作主张，在盟书上，加了一项条款，意思是，若齐军出境征伐他国，鲁国作为同盟国，需派出三百辆战车参战，支持齐国，否则，就要接受惩罚。

这是齐国单方面的立项，孔子没有驳斥，而是，也提出了一项条款，意思是，若齐国不尊重鲁国领土完整，不将汶阳、郓、龟阴三地归还鲁国，却要鲁国支持齐国作战，也要接受惩罚。

汶阳、郓、龟阴之地，都属鲁国疆域，曾为叛臣阳虎私占，阳虎在逃离鲁国时，为使齐国接纳他，不将他引渡回鲁国，便将这三块属于鲁国国土的地皮，作为他私人的不动产，送给了齐国。现在，两国既然重建双边关系，势必要理清这个历史遗留问题。而此三地之田赋，确可应付三百乘甲车的供给。

孔子的态度，既不刚严，也不偏颇；孔子的语调，既不激越，也不怯懦。

他不是威胁，也不是恳求，而是以公正客观的立场，因事论事。因此，齐国君臣想起衅，也挑不出理来。

会盟结束后，齐景公要设宴招待鲁国君臣，孔子替鲁定公谢绝了。接踵而来的刀光剑影，重重杀机，让他格外审慎、精警，他知道，多滞留一刻，就多一分危险，因此，决定即刻辞归鲁国。

既要罢宴，就要有个理由。这对于孔子来说，就像佛祖拈花，随处可得。

孔子拈出的理由是：

举行国宴，就不能没有礼器，不能没有嘉乐，可是，现处郊外，若将象尊等礼器，拿出国都，将钟磬等嘉乐，奏于荒野，有违礼法；若不设礼器，不奏嘉乐，对待国君，俨如秕子、稗子般，轻贱随便，堪称羞辱，也有违礼法。两种方式，都会招致恶名。享礼的本意，是宣扬德行，若不得其宣，不如不用。何况，又使办事人员辛苦劳累。

齐国大夫梁丘据，将孔子的意思，转达给齐景公。齐景公不吱声。宰相晏子不吱声。大夫黎鉏也不吱声。君臣一片沉默。

他们是郁闷的，懊恼的，不明白孔子为什么总是有话说，无论什么场合，什么情形，什么阵势，总是一席一席的，一串一串的，都是配套的，都是合卯的。而且，都极其正当，端正，有力度，让人无从辩驳。

他们的初衷，是打算让齐国做鲁国的保护国。保护国，就意味着，会给被保护国撑腰，但并不意味着，不去伤害被保护国，因此，他们还准备一手蜜枣，一手巴掌，一边支持鲁国，帮鲁国的忙，一边钳制鲁国，揩鲁国的油。不料，在会盟中，在孔子的主持下，鲁国不仅没有自甘堕落的意思，反而表现出了尊严自主的气势。这让他们很泄气，有些慌惧。

人没劫成，反丢人了。

齐景公受到很大震动，回到京都后，闷闷不乐。

道义上，有逊于鲁国，德行上，有失于鲁国；整个会盟，鲁国追求上流，齐国自甘下流——齐景公非常担心各诸侯国会因此耻笑他，悔愧不已，恼羞成怒，冲着大臣发脾气。

他叽叽啾啾地嘟咕道，鲁国的大臣，用君子之道，辅佐国君，你们倒好，专使那歪门邪道、夷狄之术，煽动国君，这下好了，人没逮着，还给得罪了！奈何？弄得我在诸侯面前，抬不起头来，也没个君子样！奈何？

齐景公连问几个"怎么办"，问得自己越发心慌意乱了。

大臣们也觉得不妥。他们意识到，孔子仕鲁，使鲁国有了脊梁骨，不好轻易操控，便道，君子有错，应秉诚致歉；小人有错，才遮盖掩饰。您既然过意不去，那就谢罪好了。

齐景公气得下巴都要拧掉了，但也不得不接受了建议。

那个时代，传媒匮乏，不像现在，一出事故，往镜头面前一抻脖，张开嘴巴一呱唧，一说对不起，就算了事了，当时，不时兴口头道歉，而是，讲求行动道歉，因此，齐景公便把汶阳、郓、龟阴三地，还给了鲁国，作为道歉之举。

夹谷会盟过后，鲁国和晋国，也发生了微妙的变化。

鲁国国君既感动，又振奋。为铭记表彰孔子，专门在归还的失地上，建起一座小城，谓之曰：谢城。谢，是道歉之意，以齐国之歉举，念孔子之功劳。

晋国国君既受用，又体面。孔子会谈，既未忤逆齐国，又未投怀送抱，既表达友好意向，又坚持独立主权。作为鲁国的前保护国——晋国，也能够接受。

孔子一个人，最大限度地，解决了鲁国的窘境，维护了鲁国的权益；最大限度地，平息了齐国的威胁，稀释了齐国的仇视；最大限度地，打消了晋国的警惕，获得了晋国的理解。

取得如此重大成果，重在礼仪。孔子配备了军事武装，但并未动用。武力，只做背景，只做夹衬，只做花边，只做包装，而礼仪，却被演绎得实实在在、掷地有声。

夹谷会盟，在一定意义上，是孔子一个人的战争，是孔子一个人的胜利。

3. 孔子杀人了

公元前498年，鲁定公十二年，五十三岁的孔子，在大司寇任上，兼行丞相事。鲁国丞相，是季桓子，季桓子授权孔子代理丞相职务，是给了孔子一个副丞相的职务，相当于国家第一副职。

弟子子路，在跟随孔子施政时，忠诚耿耿，勤苦奋勇，让人印象深刻，季桓子将其吸收为家宰，填补阳虎离任后的空缺。这是一个部长级的职务，相当于季氏第一家臣。

师生二人，成为鲁国的实权人物，斡旋在政治高层，举足轻重。

孔子面有喜色，洋洋溢溢。

弟子讶然，问道，您不是说，君子要"祸至不惧，福至不喜"么？

孔子欣然，说道，我是说过，可我不是还说，君子要"乐以贵下人"么？

喜色，非得色。前者实，后者浮；前者诚，后者骄。

孔子之喜，喜在终于可以为百姓谋福了，喜在，高高在上的国家公共权力，终于可以扶持弱势群体了。

其心情，可谓愉快；其情怀，可谓美好；其境界，可谓干净。

夹谷会盟后，鲁国、齐国、晋国之间，国际环境尚且安定。有疑虑的鲁国，有鬼胎的齐国，有过节的晋国，均各自安抚、压制或疏解。在这般光景下，孔子的精力，主要用于国内事务。

但在孔子主政第七天，一桩血案忽地发生了。

一个叫少正卯的人，死了。

少正卯，才华横溢，强闻博记，有"闻人"之称。在政府的花名册上，他名列大夫一栏；在私学的签到簿上，他名列校长一栏。在政坛上，他有着飓风般的影响力；在公众中，他有着磁铁般的号召力。

与孔子一样，他招收了许多学苗。又与孔子一样，他对待学苗，像浇灌菜苗一样经心，像侍弄鱼苗一样经意。

甚至，他还有着孔子所没有的能耐，他在授课时，竟把孔子的学生，也都吸引过去了。而且，不是一次。是三次。

孔子一进门，惊见课堂上寂寥惨淡，空空荡荡。后进的弟子——在读的学士、硕士们，都如轻浮的粉蝶，顺着少正卯的痕迹，逐香去了；先进的弟子——深造的博士们，也只剩颜回一人。颜回独知孔子之圣，风雨不动，端矜候学。

在诸侯国间，能与孔子在学术上相峙的人，几乎是没有的。少正卯是个特例，他不仅能与孔子均势，甚至风头更健，社交更炫。

若说，孔子是一个在时尚圈跑龙套的人，上不得海报和花边新闻，那么，少正卯就是一个在时尚圈主导风向的人，垄断了海报和花边新闻。

若说，孔子是一个在娱乐圈弄水的人，只随便撩拨那么一下两下，那么，少正卯就是一个在娱乐圈扎猛子的人，整个身心都投进去了。

那么，这样一个活泼的大学者，这样一个阳光的老男孩，是谁杀了他呢？

答案是：孔子。

孔子杀人啦！？

这个消息，如移动的海啸，令人惊悚，如滚动的地震，令人错愕。怎么会呢？

难道，是因为少正卯光顾着抢学生，光顾着挖墙脚，抢得奋不顾身，挖得忘乎所以，以至于招致了孔子的嫉恨，让孔子看不惯？

难道，是因为少正卯忽略了孔子因为课堂的"三盈三虚"，而产生的丢脸感？

难道，是因为少正卯漠视了孔子因为丢脸，而产生的震怒感？

所以，他才被剁小鸡似的，给剁掉了？而且，还以解剖的姿势，被曝尸三日？

孔子的学生们，极为纳罕，极为痛惜，议论纷纷。子贡忍不住要去问。

子贡，是个优秀的学生，也是个优秀的商人。有知识，有票子；又敏锐，又灵活；其聪明，似若剔透，其口才，似若江河。

子贡没有站在少正卯的立场上，询问孔子，而是站在孔子的立场上，询问后果。

他说，那个少正卯，是鲁国名流，时尚绅士，您一上台就杀他，会不会引发损失呢？

子贡很机智，可孔子善察机智，他明白子贡的意图，遂道，你坐下，我告诉你原委。

孔子遂提出了五恶之说，阐明了少正卯品性中的奸佞。一句话，少正卯虽多才，但五毒俱全。

一毒，毒在"心达而险"。他有知识，但心念不正，他通史变，但心地不纯，他是冒着邪气的精神领袖，是思想狂热的极端主义者。

二毒，毒在"行辟而坚"。他是另类，不走寻常路，专走邪僻路，他悖逆礼法，另行开辟大岔路，越走越远，但却意志坚定，顽强如石，执拗如风。

三毒，毒在"言伪而变"。他是个职业碎嘴子，文雅的野心家，能说会道，强词夺理，在全民范围内，掀起狂野的风潮，热辣的追随，煽动民情，蛊惑民意，怂恿改革、造反。

四毒，毒在"记丑而博"。他是博学者，但却博而不正，学而不端。其胸襟，尽是怪诞野论；其视野，尽是负面阴暗。

五毒，毒在"顺非而泽"。他是阴谋家，放任过错，纵容谬误；他也是个搅浑水的，模糊过错，掩饰谬误；他又是个造假、掺假的，像勾兑酒和水一样，勾兑了文化与伪文化。

这样一个人，一肚子坏水，一腔子毒气，可谓小人。世上有无数的小人，可是，像少正卯这样的小人，却是有数的。他是小人中的领袖，小人中的枭雄，是小人之首，小人的极致。《诗经》中早就有言在先："忧心悄悄，愠于群小。"言下就是，最让人愁闷的，就是小人成群！少正卯这厮，鼓邪说，聚党徒，拒真理，是一个乱心的人，因而，也就是一个乱国、乱政、乱民的人。在人的品性中，有一不端，即可杀，他一人就有五不端，不杀他难道还要便宜他吗？

孔子的结论是，诛少正卯，乃"君子之诛"。

按照孔子的说法，少正卯之死，与学术竞争无关，与抢学生无关，与公报私仇无关，而是，与极端分子的言论有关，与恐怖主义的烧包有关，与个人性格的得瑟有关。

首先，少正卯虽未组建反政府武装，未组建地下游击队，但却卖力气地团结了一支支闲散力量，拉拢了一个个游离在是非边缘的孤魂野鬼。

其次，少正卯虽未发动恐怖袭击，未在鲁国金融街掀起"占领华尔街"等示威抗议活动，但却公开发表了大量分裂祖国、颠覆祖国的言论。

种种行径，足以证明，他犯有唆使反祖国、反人类、反人道的罪行。

孔子对少正卯的判断，是站在周礼的立场上。

周礼，一本正经。相对于周礼，少正卯，就是老不正经。

然而，如果站在周礼的对面，站在行进的历史本身，那么，少正卯，就是文化先锋，就是新新人类了，就是产生了民主意识的思想家，准备解放农奴的革命家了。

就是初春里，新鲜的气息，新鲜的河流。

就是，一条野河。裹挟着陈年的残雪，陈年的碎冰，冲破重重的寒冷，冲破寒冷的封锁，哗哗地流向四方。

那么，少正卯，到底是怎样的一个人呢？

根据后世学者的推测，少正卯，或者，不存在，或者，存在，但与孔子关涉不大，是自然死亡，因记录者想表现孔子的深晦，所以，特将二人，生捏一处，证据如下：

从来源上看，记录不全。

孔子诛杀少正卯的记载，最早见于《荀子》。可是，早于《荀子》问世的史书，如《左传》，如《国语》，如《论语》，如《孟子》，对此，竟无一字记载。这很诡异，很蹊跷。要知道，《左传》和《国语》，最爱寻隙，最有锋芒，最是犀利，在记载孔子言行时，最是刻毒，就像有仇似的，常有诬罔之词，常露峥嵘之容。若孔子果杀少正卯，《左传》和《国语》，岂能错过？定是要痛快淋漓地大记、特记、拼命记的！不怕浪费字，只怕字不够用！因此，此事应为虚构。《荀子》等诸子百家的著作中，很多都是寓言，此事，怕也是一篇速写的小寓言而已。

从史实上看，事理不通。

孔子在副宰相任上，只有区区七天，从大夫的身份，到副宰相的身份，才刚刚过渡，按照孔子谨慎的性格，他不弄险，不事危，不草意，不滥行，怎么可能尚未坐稳，坐实，就去诛杀一个堂堂大夫呢？未免太过突兀了。

从道义上看，于礼不合。

孔子终生推行礼制，倡导仁义，避免冲撞，反对杀戮，如果他诛杀了少正卯，那么，就是对信念的伤害，对思想的背叛，对灵魂的戕伐。这样的孔子，已然突变，已然扭曲，已然畸化，连他自己，也是要接受不了的。他身为孔子，也势必失去了意义。

从情理上看，形象不肖。

故事中，有一节，说学生们有意少正卯，不听孔子讲课了，都跑少正卯家上学去了，这一点，颇荒诞，经不起斟酌。先说子路，他虽鄙野，虽张牙舞爪，虽老责备孔子，老刺激孔子，老跟孔子怄气，但勇武诚信，最守诺，他对孔子的感情，极亲极近，他外向，张扬，好奇，他会跑到少正卯那里看热闹，然后，再跑回来报告，却绝不会离弃孔子；再说子贡，他虽好炫耀，好滔滔不绝，好讲究，好做生意，好盘算计较，但最能鼓吹孔子，最自豪，他对孔子的感情，极深极重，他机敏，善谈，善打听小道消息，他会了解少正卯的情况，然后，探问孔子的想法，绝不会贸然离去；另说闵子骞，他虽蔫巴，虽不声不响，虽总是满脸淡泊，总是鲜于生气，总是半死不活，但遵循礼法，最仁孝，他对孔子的感情，极厚极静，他恋家，恋父母，恋孔子，他甚至不会理睬少正卯，而是安于日常的学习，和简单的生活。因此，孔门"三盈三虚"的状况，杜撰的嫌疑，是很大的。

少正卯之死，是有关孔子的最血腥的杀人案，最离奇的公报私仇案。

看起来，是一个谜中谜。却原来，是一个梦中梦。

缘起，是虚幻的，缘落，是缥缈的。

4. 堕三都

孔子位高权重后，头一个思考的问题，不是打击报复，而是安国抚民。

既要安国抚民，就需国正民顺，可鲁国的现况，国不正，民不顺，国家在三桓的操柄下，倾斜了，民众在失衡的环境中，混乱了。一色的动荡，一色的惊躁，鲁定公，被架空在富丽的君主制中，干瞪着眼，无所事事，毫无办法。

鲁定公势小，三桓势大，公室权小，私家权大。权与利，纷争复杂，人与欲，熙攘不绝。政治上的暗箱操作，因此猖獗。对外，有损鲁国强盛，对内，有损民众权益。

为此，孔子决定打击僭越，挽救朝野秩序，归政鲁定公，还政界清明，还民众安乐，还国君尊严。

这是力挽狂澜的壮举，要有孤注一掷的勇气，要有背水一战的魄力，要有干脆的举措，要有明亮的智慧，要有好看的理由，好听的说辞，要有心，以便留意周遭，寻找时机。

机会，就在不经意间，溜出来了。

　　三桓之一的叔孙氏，近来，碰上了一件尴尬事。他的家臣，接二连三地不听话，召他们来见，一去二三里，半天不见人；问他们事情，闲扯四五家，半天找不到北；查他们家产，楼盘六七座，半天走不到正门；听得他们老婆，八九十枝花，半天也搭咕不完。

　　叔孙氏的尴尬，都形成数字了，逗闷子可以，过日子可就难了。

　　叔孙氏心里有气，最气的，是公若藐。

　　公若藐是郈邑的邑宰，郈邑，是叔孙氏的封地。叔孙氏授权公若藐管理郈邑，建大城，筑深池，招人工，募粮马，形成割据势力，可是，他并未授权公若藐把割据点变成自己的呀，并未允许，公若藐在他的势力范围内崛起，又在他的势力范围外，与他旗鼓相当，与他对峙、僵持的呀。

　　这不等于，他用巨资，赞助了一个对手，培养了一个天敌吗？

　　这不等于，他窝囊到家，败家到底了吗？

　　叔孙氏一赌气，把侯犯叫来，让这个家臣，去一趟郈邑，把公若藐宰了。

　　侯犯很听话，拎着大钢刀，转身就去了。

　　可是，公若藐刚被杀掉，侯犯就不听话了，就成了公若藐二世，与叔孙氏争起权，夺起势来，又是骂嘴架，又是打兵仗，反主子，反得更邪乎了。

　　叔孙氏着实气不过，亲自率军，包围郈邑，攻打侯犯。

　　侯犯是个白眼狼，但不是个白吃饱，他有些勇武，有些智谋，叔孙氏使出浑身解数，发兵好几回，仍不能胜。

　　回回败退，回回丢脸，回回打蔫。最后，叔孙氏只好发动了间谍战。

　　他派出一些卧底，混入郈邑，策反侯犯的高级助手。之后，再与反水人员，里应外合，这才攻进了郈邑。

　　郈邑破了，侯犯跑了。

　　侯犯出逃的时候，把郈邑作为礼物，送给了齐国，以便齐国接纳他。

　　叔孙氏使出吃奶的劲儿，攻下的自家封地，一瞬间，竟成了齐国的领土了。叔孙氏气得就差没吐血了。

　　齐国的高层，这时，很谨慎。在接纳侯犯时，他们没有犹豫，但在接纳郈邑时，却感觉烫手。

　　按照他们一贯的霸权思维，这是一个大便宜，可是，现在情况不同，鲁国有了孔子，很容易把这大便宜，调理成大把柄，大诟病，大麻烦，弄不好，会拖累齐国。

有了这层顾虑，齐国把郓邑的地图户籍，整理清楚，虽恋恋不舍，但还是还给了鲁国。叔孙氏这才保住了自己的食邑。

此事，对叔孙氏的触动，极大，对孔子的触动，更大。孔子意识到，他可以借助打击家臣之名，拆毁三桓的封地，家臣没了造反基地，势力就会削弱，三桓没了割据封地，势力也会衰落。如此，鲁定公自会逐渐归位，国民自会逐渐安定。

孔子将想法，告诉给了子路等弟子，之后，便开始了他一生中最隆重的举动：堕三都。

三都，分别指，季氏之费邑，叔孙氏之郓邑，孟氏之成邑。

堕三都，就是要把费邑、郓邑、成邑的违规城墙，捣毁推倒。

三桓有僭越之举，他们所建造的封地城墙，也有僭越之势。按照古制，大夫级的封地城墙，高，不逾一丈，长，不逾三百丈，以防墙高院深，预谋反事。可是，三桓铁定了是反动派，因此，再没个顾忌，把城墙，愈发建得高大宏阔，好像不逾规制不过瘾似的。

在文学家欧阳修的视野中，庭院，本是审美重地，深且迷离，以诗拟之，便是，"庭院深深深几许，杨柳堆烟，帘幕无重数"；但在政治家三桓的视野中，庭院，却是军事重地，深且森严，以诗拟之，便是，庭院深深深几许，武器堆藏，兵甲无重数。

尽管古制也规定，禁止大夫私藏战斗械具，禁止私建武装部队，然而，可着墙高城深，三桓啥都干了。

古制，在三桓眼里，大概就如创可贴，受伤时，急用时，扯过来，贴一下，但问题是，他们很少受伤，他们总是让人受伤，所以，古制，总是被扔在一旁，被搁置在尘埃簌簌的角落里。

三桓的封邑，自成规模，自成系统，独立于国家政权之外，凌越于国家政权之上，是不合法的存在，又是极强悍的存在。它使国君被冷置，被疏离，被漠视，被模糊了。

设想，如果一个人的存在，被模糊了，那么，其存在的意义，除了摆设、玩意儿，还有什么呢？

孔子不是国君，但他理解国君的痛苦，因而，他对鲁定公念叨道，为臣者，家中不得藏纳武器，封邑城墙的规格不得超过古制，若违之，当堕毁。

这贴心的体己话，让鲁定公激动得颤颤巍巍，悲喜交集。他当然是接受的，情愿的，巴不得的。

孔子也很高兴。在得到了鲁定公的批准后，他接下来就要去做三桓的思想工作，毕竟，扒的是人家的墙头，不是自家的炕头，不能硬来，还需软磨。

孔子首先动员叔孙氏。其情形，可以"历史温情版"来诠释。

孔子对叔孙氏说，为杜绝侯犯之流再作乱，咱把郈邑拆毁了吧。

语调诚恳，声气切实，意图清楚明白。他有如在面对一头雄狮，柔和地劝导：请让我把你的爪子切掉吧。

叔孙氏被侯犯折磨得疲软，从雄狮变成了困狮，一听"侯犯"二字，就头痛，就烦躁，回想侯犯的前番对抗，烦不胜烦，暗忖，封邑本是自己的阵地，大后方，目的是为增强势力，不意，却演变成了家臣的窝巢，大前方，对着他倒戈相向了。

想到此间，叔孙氏脚发软，腿肚子发虚，略一商议，痛快地应了孔子之请。

孔子接着动员季氏。其情形，可以"历史直情版"来诠释。

孔子对季氏说，古礼规定，私人不纳兵甲，私人封邑的城墙不逾百雉（长三丈、高一丈为一雉）。拆毁费邑，并可清除阳虎党羽。

语调平实，声气镇定，意图直截了当。他有如在面对一头猛虎，开门见山地表示：请让我把你的皮扒掉吧。

季氏被阳虎闹腾得神经过敏，从猛虎变成了病虎，一听"阳虎"二字，就谈虎色变，就戒备，回想阳虎的前番挟持，阴影犹在，暗忖，自己背叛了国君，家臣又背叛了自己，患苦深切，今孔子谈古论道，自己虽不能深解，但感觉孔子之意，不是为了算计我，而是为我算计。

想到此间，季氏眼发乜，脑神经发软，略一沉吟，就依孔子扒皮去了。

孔子又去动员孟氏。其情形，可以"历史疑情版"来诠释。

他对孟氏说，家臣权势喧天，威胁大夫，威胁国君，威胁国家安全，封邑作为滋生家臣叛乱的温室，当予堕毁。

语调不温，声气不火，意图坦荡磊落。他有如在面对一只鹰隼，正正经经地说道：请让我把你的眼珠抠掉吧。

孟氏被家臣伺候得熨帖，从抢食的鹰隼变成了积食的鹰隼，一听"家臣"二字，就舒坦，就安逸，一听"堕都"二字，就疑虑，就困惑，暗忖，家臣忠心，精诚自律，封邑安宁，强大繁盛，何必抑之堕之？

孟氏的当家人孟懿子，和他的弟弟南宫敬叔，都是孔子的学生。孟懿子因公务繁忙，受教无多，是孔子的挂名学生，外围学生，今见老师要刨他家后院，心有不舍，却又不好反驳，煞是两难。

想到此间，孟懿子喉发紧，腮帮子发酸，略一嘀咕，表了态：不反对。

不反对，就是不确定，有想法，就是心里起了化学反应，具有不稳定性。表面的意思，是依从，深层的意思，是质疑。

但因为终归没有阻拦，堕三都还是开始了。

季氏是鲁国执政，三桓之首，堕三都的计划，由他总制。

孔子的学生子路，是季氏家的一把手，因而，季氏又授权子路，由他代表处理堕都事宜。由此，子路便成了堕都的第一员大将。

孔子让子路先拆叔孙氏家的郈邑。叔孙氏积极配合，遣来了精锐部队。虽说拆自家墙头还要动用军队，十足是个冷笑话，但威胁在即，已经顾不得了，甩开膀子开干就是了。

时值夏秋，阳光仍辣，半是枯焦，半是丝凉；树叶仍盛，半是凝碧，半是微红；花朵仍密，半是红黄，半是香埃。子路仍勇，半是意气，半是果敢；家臣仍拒，半是抗斗，半是惶乱。

最终，家臣力量不济，匆遽结束战斗，像鸡蛋清似的，四面流散而去——逃跑，也不成个气候，半是摸爬，半是滚打。

叔孙氏的郈邑城墙，被堕毁后，该轮到季氏的费邑了。

盘踞在费邑的家臣，是公山不狃。季氏曾一度信任他，可他不堪信。他暗通阳虎，与阳虎谋乱。

他虽不像阳虎那般如豺似狼，以尖利的爪牙，动不动就劫持季氏，但他却像眼镜蛇一般，以强直的身躯，动不动就吓唬季氏。

在季氏眼里，公山不狃的姿势，是袭击的姿势：他说话时，就像吐着信子，滋滋作响，声音很可疑，似乎马上就要喷出毒液来；他倾听时，就像在感知对方的温度，微微震颤，神情很可疑，似乎马上就要滑行过来。

季氏很害怕，堕费很坚定。可是，行动还没开始，公山不狃却提前起兵了。

公山不狃率领费邑人，一路冲向首都曲阜，攻打三桓和鲁定公。

公山不狃的想法是，武装夺取政权：首先，要保卫费邑，保住本钱，其次，若能打倒三桓或鲁定公，还可赚上一笔，捞得政治资本。没准儿，经过历史的造神运动，他还能跃身成为一个不世枭雄，一个起义将领了。

三桓和鲁定公可没这么多想法。他们见公山不狃势如破竹，长驱直入，就想着跑路。仓皇中，他们躲到了季氏的宫室里。

公山不狃的部下中，有一个人，是叔孙氏的儿子，名叔孙辄，因为不得宠，不得志，干受辱，干受气，便远了老子，近了贼子，跟公山不狃一起打他爹去了。

子叛于内，臣叛于外，叔孙氏气怒交加，可他没工夫咒骂，情况危急，光顾着扯步开溜了，哪里顾得上扯口大骂。

但季氏的宫室，也不安全了，费邑人似水银般，从四面八方涌过来，转眼，就汇聚成了一大片。个个攒足了劲儿，人人铁定了心，抡圆了胳膊，拼力挥砍，抻长了手臂，狠命射箭。

三桓和鲁定公慌里慌张跑到宫室内的武子台。可是，台好上，下台难。费邑人围拢过来，团团困住高台。虽有卫士重重保护，费邑人一时攻打不下，可是，时而有奋勇者，会冲到台旁，飞刀抢舞，让人惊心，时而有善射者，会射出猛箭，凛然生风，让人胆寒。

刀戟响彻耳畔，血腥渗入骨髓，三桓相觑失措。

箭簇落到身边，寒意落到心上，鲁定公面色苍白。

就在这水深火热之时，孔子出现了。

不知他是原来就在，还是后来赶到，总之，他急命两位守在武子台上的大夫，下台挥军，反攻费邑人。

曲阜人也被发动起来，联合国家军队，四处追打费邑人。毕竟是自家地盘，地形、地势都熟悉，河道、河谷都了解，追打时，快捷方便，顺风顺手。

费邑人有些始料未及。曲阜人未反抗时，他们兜头就打，打得又结实又欢实；曲阜人反抗后，他们抱头就逃，逃得又机智又机灵。

曲阜人向东追击，一直追到姑蔑，在距首都45公里地的这个地方，停住了脚，任费邑人自去了。公山不狃和叔孙辄，混迹在残军中，猫腰弓背，跨越国境，进入了齐国。

费邑的城墙，终于被拆毁了。

郈邑和费邑已毁，唯余成邑。成邑的主人孟氏，态度暧昧，行止含糊。

他的犹豫，一如锯齿的拉动，错错落落；他的困惑，一如树枝的横斜，参参差差；他的担忧，一如水渣的浮沉，荡荡悠悠；他的隐痛，一如橘瓣的筋络，丝丝拉拉。

孟氏的家臣，也和孟氏，是一般心思，一种肝肠。

在孟氏家，气氛格外融洽亲厚，主臣合心，上下合意，内外和睦，远近和气，远远不同于季氏家和叔孙氏家。

因此，成邑的邑宰公敛处父，率先反对扒墙。

公敛处父郑重其事，仰着脖颈子，对孟氏说了一通"官方话"：城墙不能拆，成邑位于鲁国北部边境，与齐国接壤，一旦堕都，齐国人必会逼近北大门，这等于是自毁国防，自断防御圈。

孟氏默然不语。

公敛处父情深意切，贴着耳根子，又对孟氏说了一串"私房话"：城墙真不能拆啊。成邑是什么？不就是孟家的保障，孟家的老底吗？若成邑没了，孟家又能有几天？

孟氏恍然大悟。

堕都计划进行到这一步，孔子抑三桓、强公室的深意，终是被揭破了。孟氏见道未明，信道未笃，也终是坚定了保存封邑的决心。

公敛处父肝胆相向，掏着心窝子，又对孟氏说了一席"慷慨话"：您是孔子的学生，不能违逆师意，您就不露面，假装啥也不知道，我来处理，我反正不拆。

孟氏欣然而从。

公敛处父在鲁国的勇士中，是佼佼者，勇魄智能，堪与阳虎匹敌，阳虎叛乱时，他曾冲锋陷阵，冒着生命危险，保存下了孟氏。此刻，他再一次走到了台前。

在捣毁成邑之墙时，公敛处父表面上大声呼吁，积极参与，喊得起劲，冲得卖力，可是，只是言论上的激昂，只是形式上的猛烈，并无实打实的攻杀。

季氏和叔孙氏，起先有所不明，稍后也都有悟，因此，不予干预，冷眼坐视。

情况发生了逆转，成邑之毁，原以为是一场遭遇战，不料却变成了一场持久战，突袭的战场，也变成了胶着的战场。

秋初时，双方对峙在深草中、蛙鸣中，汗流浃背、热火朝天。

秋盛时，双方对峙在野径下、鹭影下，往来冲杀、尘翳重重。

冬初时，双方对峙在雪塘旁、雉羽旁，喘着粗气、忽冷忽热。

冬深时，双方对峙在篱落间、雀迹间，打打停停、寥落冷寂。

从秋到冬，白日长时，他们打，蛱蝶乱时，他们打；梅子黄时，他们打，杏子肥时，他们打；菽香荡时，他们打，苎麻枯时，他们打；白雨坠时，他们打，白雪飘时，他们打；池月明时，他们打，天霜浓时，他们打……

打来打去，一直打到十二月份，还是未见分晓。三桓坐得稳稳当当，鲁定公沉不住气了，亲自指挥军队攻袭成邑，但仍未攻下。

转眼就是次年春天了，成邑依然高高屹立。

桃花开了，又落了。一树一树的花瓣，一朵一朵地扑灭；一树一树的香雾，一层一层地洇远；一树一树的颜色，一帘一帘地飞散。

曾经的繁华与锦簇，曾经的氤氲与浓郁，重重复重重，深深复深深，而今，却于刹那间，纷然而坠，碾化成泥了。

落红阵阵，仿佛叹息；飞白幽幽，犹若怅惘。

在这落花的时节，孔子的心情，大概也不会很好吧。堕三都失败了，作为一力主张者，他势必是要有所承担的。

其实，堕三都虽然告败，但在一定意义上，孔子仍是成功的。

在堕都事件中，三桓沉陷于身体的躯壳中，沉陷于一己的欲望中，所见者，多私利，所闻者，多私语；孔子则俯瞰于精神的无极中，俯瞰于众生的希望中，所见者，唯公道，所闻者，唯公论。

孔子之谋，是与狮谋爪，与虎谋皮，与隼谋珠，是为鲁国谋，更为民生谋，亦为三桓谋——纠三桓以正途。他能将郈、费二都堕下，已是石破天惊之举了。

三桓之谋，是与国谋权，与君谋位，与民谋利，是为自身谋。因而，他们久陷其身，对孔子之谋，既看不得，也听不得，暗暗作梗，才终使孔子未得彻底成功。

三桓冷落孔子了。

按照他们的逻辑，在三桓的战壕里，孔子不是一个好士兵；而在鲁定公的阵营里，孔子却是一个好将军。

这个定理，促使他们得出了一个结论，那就是，孔子是敌人。

三桓中，最敌视孔子的，还是执政季氏。有一件往事，最让季桓子耿耿于怀。

这件事，有关鲁昭公，原委是：鲁定公的父亲鲁昭公，被季桓子的父亲季平子逼到了外国，在流亡八年后，客死异乡。季桓子他爸心狭，仍怀怨于鲁定公他爸，死了也要为难一下，发泄一下，不把灵柩葬在国君陵园，而是，葬在先君墓葬群的对面，就这样，一片墓地在道南，隆重庄严，一个孤墓在道北，衰落伶仃，眼巴巴望着，却永远隔绝。孔子看不下去，不忍心，一升任大司寇，就命人挖了一环形沟，将鲁昭公之墓，与先君墓葬群，圈在了一个范围内，合为一体。

在这糟心的时候，季桓子想起此事，便认定了孔子是胳膊肘往外拐，名义上，是三桓家的人，实际上，是国君家的人。

季氏开始对孔子使脸色了。

孔子因公务去拜访季氏时，先后几次，季氏都没个好脸，下巴耷拉着，眼皮耷拉着，拉老长，表情灰暗，面上像是蒙了一块不干净的塑料布。

季氏也开始对孔子使绊子了。

初仕时，孔子每提出政见，季氏都予以肯定和支持，"三月不违"。现在，孔子再施政时，季氏冷淡不悦，挑剔寻隙，情形像是挑刺，可是，根本就没有刺啊。

孔子病倒了。

不是病于肢体，而是病于精神。他的救国理想，遭受重创，他的救国渠道，就要断绝。他病于理想仍切进，而仕途却渐远，病于，对希望的追求。

鲁定公凡庸，但并不傻，他知道孔子掌权，对他，意味着什么。他不愿孔子被排挤，可他，又不敢声明，他只是亲自去看望，亲自去表达感情。沉默的感情。

孔子得知国君来了，卧床中，无法施礼，便让人将朝服覆盖身上，将佩带摆在衣上，正面朝君，以示尊礼。

想着不要流露出坏情绪，孔子虽一脸病容，身体沉重，但仍平和缓静，如轻风萦树，如细雨润土。

这种情怀，鲁定公或许不懂，孔子知道。但他更知道，人有表里，礼无表里。

孔子的立场，遭到三桓的质疑，但孔子的学识，依旧受到三桓的尊信。

季氏的费邑城墙，被毁掉后，邑宰公山不狃跑路，费邑需要一个新主管主持事务，季氏拒绝通过其他途径选拔邑宰，而是一头扎入孔门，从中网罗人才。最终，他瞄上了闵子骞。

闵子骞，其年三十九岁，小孔子十五岁，清苦仁孝，德行昭著，深得众望。

奈何，闵子骞不愿意。态度坚决，毫无通融。

闵子骞生性不喜做官，而且，他或已觉察到，孔子有去位之意，若老师去，他不愿独在，因此，更加坚辞季氏了。

子路是季氏的家臣，具体负责邑宰的任命，他强不过闵子骞，便举荐了子羔。

子羔，其年二十四岁，小孔子三十岁，矮小实干，貌丑耿直，是子路左右手。

奈何，孔子不愿意。态度激烈，连批带骂。

孔子是有隐忧的。费邑是大都，是鲁国第一大县，繁华昌盛有若首都曲阜，而子羔才二十出头，所学有限，他又觉得子羔愚笨，反应迟钝，恐难担当县长大任，应该多加学习，所以，他批评子路，这是在害人家孩子。

子路犟嘴，说在实践中，就能学会管理民生社稷的经验，没必要先读书习礼，然后再做官。孔子听他左一句右一句，呱啦呱啦，没完没了，觉得他急躁激进，有些生气，便责骂他，巧言强辩让人讨厌。

孔子虽是老师，但却是落魄的大夫，子路虽是学生，但却是掌权的家臣，因此，孔子反对无效，子羔还是上任了。

事实证明，子羔，是个干才，施政甚当，这让孔子惊喜不已。

然而，风雨很快来袭了。子路被撤职了。

子路，其年四十五岁，小孔子九岁，与孔子亦师亦友，虽吵闹，愈亲密，且是孔子的精神替身，是孔子的急先锋、孔子信念的实践者。他的离任，代表孔子的政治主张将无法予以实行。

孔子再度受到了打击。

鲁国贵族子服景伯，是孔子的拥趸，他来探病，悲伤中，透着愤慨，愤慨中，透着无奈。

叙谈间，子服景伯说，听闻您的学生公伯缭，是个告密者，他进馋季氏，中伤诋毁子路，才使子路离职了，对于这样的人，留之何用？我把他杀掉示众吧？

孔子连忙劝阻，说道，我的主张，能实行，是命，不能实行，也是命，公伯缭能把命怎么样呢。

孔子的想法是，公伯缭与子路，许是在政见上存在分歧，在权力上存在冲撞，远不至于要抵以性命。仁爱的施与，应如雨露，疏密均匀。

而况，公伯缭只是个引子，只是个饵，不过是赶巧勾起了季氏的疑窦。子路在堕三都时的急进，早就让季氏深怀戒心，迟早都是要起隙的。

至于子路的鲁莽，还有可能影响了堕三都的胜利，季氏就不会去考虑了。

孔子黯然，愀然。

子路既去，他的大司寇之位，也应去之不远了。桃之夭夭，凋之何速！芳华灼灼，灭之何切！

此刻的孔子，没顶于沉思中。他无从知道，他作为大司寇，所推行的慎刑，所倡导的无讼，在之后的几千年间，在错综的封建司法中，在流光与碎影下，在正史与野史里，在起伏的宏论中，在闪烁的片语中，已经形成了一种耀眼的人道传统。

其伟大，若万物生长；其蕴涵，若花苞怒放；其意义，若芳香流荡。

第四章　出走的君子，私奔的灵魂

　　夫子慢慢地走，像一首诗，平平仄仄地踏着梦想之途；夫子静静地走，像一首小令，长长短短地思考着往昔与未来；夫子悠悠地走，像一支曲子，抑抑扬扬地咏叹着历史的嬗变、世事的难测。在长达十四年的苦旅中，在往还于七个国家的滚滚尘烟中，夫子不是在赶路，就是在逃难，然而，他总是从容、平静。他的思想，就像长篇小说，总有续篇；就像电视剧，总有续集。而每一续篇，每一续集，虽然总有坎坷，总有流离，总有伤怀，但也总有——希望。

1.告别故国　君子流浪

有一种现象，叫变化。

有一种变化，叫重大变化。

回顾孔子进入政治核心的前三个月，鲁国出现的重大变化：

一、有一种政治，叫清正廉明。

孔子总领政事后，各地区、各国的人，在前往鲁国首都，求见政府官员时，无论是上访，还是申请营业执照，都能得到专人的接待和照顾，无须奔走哭号，不必放血行贿，都能满意而归。

二、有一种分别，叫男女有别。

鸿蒙初始，人类最初的对视，是惊悚的，奇异的，不知所措的。先人们注意到，人，是不同的，男女，是有别的。这种思想延续到了孔子的时代，孔子想，男女既然有别，就要别出格局来，别出礼制来。于是，在鲁国，他开创了男女分路而行的先河。古代路况不紧张，交通不堵塞，随时随地随处都可以开辟出人行道来，一道一道，各具特色。有的人行道，严肃整饬、步声跫跫，唯男子专用；有的人行道，光色潋滟、香氛骀荡，只有丽人行。

三、有一种品行，叫拾金不昧。

古代叫路不拾遗。有人把钱物掉到地上了，看见了，却不捡，丢失者发现后，转身回来找，一找即得。

四、有一种商业，叫童叟无欺。

历史如何变化，投机者永远不变；朝代如何更迭，奸商却是永恒的。孔子针对此种现象，加强了工商部门的管理，深化了对从商者的职业教育，致使鲁国的CBD商业中心，繁华有序，价格公道；其他边缘地带的农贸市场、大排档，也都有统一的收费标准。猪贩子再也不缺斤少两了，羊贩子再也不哄抬价钱了，什么能卖，什么不能卖，也都心里有数了。比如，国旗不能卖；没有国旗的，战斗旌旗也不能卖；兵车不能卖；军装——铠甲，夏不能卖；家具倒不是不能卖，只是制作得不合规矩，不能卖；麻布丝绸纺织得过于精致，或者过于粗糙，裁减得过于宽，或者过于窄，染色染得不正，染得接近了印象派、抽象派，也不能卖；不成熟者受到保护，未成年的水果，不能卖；未成年的树木，不能卖；未成年的鸟兽、未成年的鱼鳖，都不能卖。犯禁者，罚无赦。

五、有一种温暖，叫养老。

和历史上的一些国家一样，鲁国人口也存在老龄化的问题，也存在鳏寡孤独的问题。鲁国没有养老院和慈善机构，但鲁国有孔子。孔子于是制定法度，辅以情感，要求子女必须尽到赡养老人的义务，乡邻要以仁爱之心照顾鳏寡孤独。不久，一片其乐融融的人间美景就此呈现。

六、有一种大爱，叫教育。

孔子推行义务教育，把教育事业普及到偏远的小村落里，分三种教育形态。对孩子，免收学费，让他们直接到附近的学校就读；对年轻人，致力于教授他们专门的技能，成为各个技术领域的专有人才；对老人，让他们懂得修身养性，保持良好的心态和处世标准，从而减轻年轻人的负担。无疑，这是一种先进的教育模式，最后一条在我们现在的生活中，依然具有前瞻性的指导意义。遗憾的是，我们中间的很多人，现在依然没有意识到。

未遭三桓冷遇前，孔子致力于革新事业，使朝野上下，焕然一新，其变化，正在逐渐接近孔子所向往的"天下为大家所公有"的"大同世界"。

然而，之于鲁国，这是一种美好盛景；之于齐国，这却是一种恐怖的远景了。

鲁国的变化，被齐国的间谍觉察到了，把情报迢迢传递回去。

鲁国与齐国，一衣带水，是鸡犬相闻的邻国，鲁国一旦强大，势将威胁到齐国。此刻，齐国的政治高层，还不知道孔子遭遇到了政治雪藏，因此，惶恐得很，紧急召开首脑会议，商讨对策。

在齐国，劳模级政治人物晏子，已经死了，齐国未免觉得国体虚弱。齐国一个大夫原本就心里空怯，现在又被孔子吓破了胆，所以，他不战而自屈其兵，在会上提出了一个讨好鲁国的建议。

建议说，孔子掌握了鲁国国政，鲁国必将成为春秋霸主，鲁国称霸后，最先吞并的，就是齐国。为了避免这个结局，齐国可提前示好，强化两国外交关系，先主动割让一些土地给鲁国，以示友好和诚意。

齐景公听了，面色阴晦不定，没有决断。

齐国大夫黎鉏很生气，觉得此议有辱国风，遂慷慨义愤地表示抗议。

抗议说，请先试试挫败他们不行吗！连试都不试，就拱手投降了，像什么样子！如果不能挫败他们，到那个时候再送一些土地，难道会迟吗！

齐景公听罢，当即拍板，就它了。

黎鉏试着挫败鲁国的招数，并非武招，亦非文招，而是艳招：海选美女，专事迷惑。

显然，这是一个上流的人儿，出的一个下流的招儿。

当下，齐国便秘密挑选了八十个貌美如仙的少女，由齐国的时尚大师为她们量身定做了霓裳、佩饰，由一级舞蹈家教她们跳《康乐》舞。

同时，又秘密挑选了一百二十匹骏马，饰以彩绸明缎，结以鲜艳红缨。

万事俱备后，齐国将美女骏马送出齐国，陈列在鲁国都城外，等待接收。

八十个少女，犹如八十枝桃花，粉琢玉妆地招展在香风中；一百二十匹文马，犹如一百二十尊唐三彩，华光四溢地顾望在锦绣丛中。

鲁国执政季桓子先忍不住了，他换上便装，像个特务似的，缩头缩脑地溜出了南门，跷脚抻脖地观看。

垂涎三尺是肯定的，至于咽了几次口水，我们就不知道了。总之，他准备接收了。

接收这批风华绝代而又风骚绝伦的女艺人，于季桓子，将有损品德，他自己知道，所以，他不想一个人扛着坏名声，他要推出一个替罪的，示众于台前，他自己则变成一个作陪的，隐身于幕后，偷着乐。

那么，在一个国家中，谁最擅长走台步，谁最擅长公开表演，或公开隐私呢？

无疑就是国家元首了。

季桓子回去后，直接面君，怂恿鲁定公也去观看。

一国之君当然不好换上便装去偷看女人。季桓子于是出了一个主意，让鲁定公以外出巡视为名，大大方方地去欣赏美色。

鲁定公觉得此计甚好，迫不及待地动身了。

结果，他不止是垂涎三尺了。

左一天右一天，他死不挪窝了。他一杯杯地喝酒，一遍遍地观舞，一次次地纵欲。

鲁国阵容最豪华、性质最重要的祭天活动，鲁定公也没空参加了。

他确实没空，八十个美女，一天二十四个小时，就算白班连夜班不停地应酬，每个小时，他都要与三个美女扑蝶戏酒，二十分钟一个，着实是忙啊。

政事荒废了，美女受宠了，齐国得逞了。

在这场戏剧中，另一主角——马，冷落了；最大的幕后主角——孔子，落寞了。

自堕三都失败以来，孔子刚起步的仕途，被蒙上了一层阴影，虽未正式宣告夭折，但已然名存实亡。

子路从首席家臣的位置上，被季氏扒拉下来，气性并不大，但一看到季桓子和鲁定公如此受惑于酒色，便气性大发，劝告孔子辞职，说，夫子可离开鲁国了。

孔子不想放弃最后一线希望。

他告诉子路，鲁国行将举行大型郊野祭祀，到时候，将会分赐祭肉给大夫们，如果还有肉分给他，说明还视他为公职人员，还想重用他，那么，还可以留在鲁国。如果不分给他肉了，再走也不迟啊。

此前，鲁定公曾煞有介事地向孔子询问过郊祭的问题，孔子也曾一丝不苟地回答过这个问题，说，万物源于天，人源于祖先，郊祭，就是报答上天的恩惠，报答祖先的恩惠，反思自己的根源，从而正确行事。

说白了，就是显示天道；再白一点，就是要活得有根据，有道理；再再白一点，就是要正经地活着。

这是多么重要的一件事呢？从笼统的意义上说，人生不就是这么一件事吗？

然而，孔子这唯一的一根稻草，也漂走了。

鲁国接受了齐国的馈赠，鲁定公舍不下美人去上朝，自然也舍不下美人去郊祭，至于是否将祭肉分赐给大夫，他那一颗缤纷忙乱的心，哪里能余出一丝空隙来考虑呢？

况且，季桓子已经打算抛弃孔子了，即便他有所不舍，又能如何？还是和美人逗眼更实惠。

于是，孔子空等朝夕，最终没有等到属于他的那块肉。

没有得到肉膰（镇在冰上的祭肉），就意味着，得到的，是另一样东西：
暗示。

来自统治阶层的暗示。

意思是，官职还在，名分还在，但事业不在了，伐冰之家的身份，不在了，尽可以弃官去国了。

这是公元前497年，鲁定公十三年，孔子五十四岁。他并不年轻了，虽然仍然对国外充满兴趣，但并非强烈渴望，只是，他领会到，若不自动出国，若要强留鲁国，可能会有生命危险，所以，便半是自愿，半是被迫，带着十多个学生离开了。

是夜，孔子安宿在屯地。

野草的茎叶中，不时飞出闪烁的荧光，是萤火虫在提灯路过。

惆怅的夜色中，不时有低声忽隐忽现，是师己在与孔子告别。

师己是鲁国大夫，季桓子让他来向孔子道别。

师己感念孔子仁德，远路追来，执手相送，恳言道，先生是没有过错的。

孔子无言。

师己是季氏委派而来的，在政治立场上，为季氏代言，有数据线的作用，可是，他所传输的信息，并未显示出季氏有丝毫自责之意、有丝毫挽留之意。另一方面，季氏不愿自责，不愿挽留，却又感觉留恋，感觉惋惜，又专门嘱咐师己追赶叙话。纠结到了这个份儿上，孔子也不愿多说什么了。

因师己是乐官，孔子唱了一首别歌。

像一首哲理诗一样，这是一首哲理歌：彼妇之口，可以出走；彼妇之谒，可以死败。盖优哉游哉，维以卒岁！

大意是：美人的细吟，可将大臣赶走；美人的谒请，可致忠信遇害。既然如此，我为什么不放下心，自在悠游地过我自己的日子呢？

师己回去后，季桓子召见他，问他孔子的态度，师己秉实相告。

季桓子听了，说，先生是在怪罪我接受了那些婢女呀。

喟然一声叹息，像颗小石子，投掷在夜的中央，溅起一声清脆的回响，寂落而宁静。

孔子终于离开了鲁国。

他走得很慢，学生们埋怨他，在齐国时，齐景公不用你，你跑得飞快；现在鲁国，鲁定公不用你，你走得恁慢。

孔子道，在齐国，那是客乡，感情淡薄，慢不下；在鲁国，这是祖国，感情深厚，快不得。

究其实，在他心里，是还残余着一缕期盼的，期盼季氏和鲁定公的悔悟，与挽留。

孔子"迟迟吾行"，尽管他不愿离开故土。他脚步留恋，目光踟蹰；他徘徊之，流连之，怅望之，但还是走了。

他即便留恋，又当如何呢？

复周礼，施仁政，他从二十多岁时，就做好了准备，直到五十一岁，他与鲁定公相遇在历史的一刹那，鲁定公擢拔了他，他才走出了家门，走进了宫门。

等待是漫长了点儿，机会是迟暮了点儿，可总比没有好啊。

他善自珍重，不负等待，不负机会，他就像一位老中医，通过望、闻、问、切，诊断出了鲁国的痼疾。他期望对症下药，以期治本。他没有误诊，没有下错药方，他下了一料猛药，下得精，下得准，只是病者拒绝服药。即便是他想强制治疗，也需要配合呀。可鲁定公和三桓都忙着呢。前者忙着装糊涂，后者忙着看热闹。他就这样败走鲁国了。

他就这样空有悬壶之衾，也难以济世了。

可他，并未绝望。

他的思想，就像长篇小说，总是有续篇；就像电视剧，总是有续集。每一续篇，每一续集，或许仍有坎坷，仍有流离，仍有伤怀，但总会有一个固定元素，那就是：希望。

"天行健，君子以自强不息。"他常读《易经》，或许，这句话也时常翻腾在他的心头，时常如温润的水缓缓注入，使他的梦想更加光荧明丽，使他自己都无法抵挡诱惑了吧。

梅花香自苦寒来，他半个世纪磨一剑，是为了出鞘时的光华璀璨，而不是为了无声地留在鞘中。时光飞逝，剑，不能默默静待有识者的主动观赏，而是要主动抽出，以那光芒四射的一瞬，以那云气流荡的一瞬，吸引有识者。

谁知道有识者不在远方呢？

于是，他选择了远行。

远行，并不是放弃，而是为了更好地追求。

二十六岁的学生冉有，挥鞭驾马，无声地载着夫子，穿行在干燥的灰尘中。

夫子慢慢地走，像一首诗，平平仄仄地踏上梦想之途。

夫子静静地走，像一首小令，长长短短地思考往昔与未来。

夫子悠悠地走，像一支曲子，抑抑扬扬地咏叹着历史的嬗变、人生的难测。

这一年，夫子五十五岁，是一个繁华落尽的年龄，是一个尘埃落定的年龄。追求梦想，他似乎显得有些老了。

然而，这个悲壮的歌者，毅然向他的生命、他的时代，发出了呐喊，发出了挑战。他誓要周游列国，实现复周公之礼、以仁治天下的政治抱负。

他逐梦去了。

倘或他知道，此一去，便是长长十四载，他是否会回头？

倘或他知道，此一去，逐梦如逐水，他是否会就此淹留？

桑梓阔别，何时是归期？

烟尘滚滚的官道上，孔子渐行渐远了。

2.卫国，从惊喜到惊心

孔子离开鲁国时，已经计划好了落脚点，那就是卫国。

选择卫国，是经过考量的。

首先，卫国岿立于鲁国以西，二国是唇齿之国，是连体的兄弟国。在边境处，鲁国的土壤中，冉冉渗透着卫国的草香；卫国的鸟语中，窸窣洒落着鲁国的鹤鸣。

其次，鲁国乃周公之后，卫国乃康叔之后，而周公和康叔，又是一对亲兄弟，是打断了骨头连着筋的，是分建了国家连着血脉的。同源同宗，一奶同胞，既有一脉相承的周朝习俗和文化因子，大概也有同样糟糕的政治情形，而这恰合了孔子弘周道、复周政的目的。所以，孔子看好了卫国。

另外，在卫国，还有一些人脉关系。卫国大夫颜浊邹是子路的大舅哥，通过这层裙带关系，可以与卫国的大掌柜——卫灵公建立联系。卫国的政坛黑马，如史鱼和蘧伯玉等人，虽然志在千里，但大都垂垂老矣，所以卫国最抢手的就是人才。孔子此行，没准就是雪中送炭，助人为乐呢。

走了几日，行了几程，卫国的城郭隐现在眼前。

飞扬的尘土，辽远的草野，从天而降的大风，从林中盘旋而起的云雾，模糊了一行人的视线。他们仿佛走在梦境中，走在扑朔迷离的海市蜃楼，走在历史的一条窄仄的胡同中。

在恍然中，他们进入了卫国的首都——帝丘。

帝丘城里，阛阓交错，熙来攘往，繁华热闹。一幅卫国版、缩微版的《清明上河图》，徐徐展开；一个青莽莽的现实世界，霍然开启。

他们没有护照，没有身份证，也没有海关拦截他们，更没有人口普查员和当地片警，没完没了地纠缠他们。他们几乎就在出现的一刻，就被这个异国毫无保留地接纳了。

孔子观望于巷市喧阗、人物辐辏，感叹着帝丘的人口密度。

"这里的人口真是不少啊。"他似乎发现了卫国与鲁国不同的地方。

此时，孔子或许没有留意到，接下来，他与赶车的弟子冉有的四句对话，会成为历史上的经典记录，他或许也没有设想到，这几句话，会穿越两千多年的时光隧道，一直影响到今天。

对话如下：

冉有问，人口多了，该做什么呢？

孔子说，让他们富裕。

冉有问，富裕之后，该做什么呢？

孔子说，让他们受教育。

对话很简单，性质很重大，意义很深远。时至今日，几乎每个国家，都以此为强国信条，有意无意、有形无形地隔着千年岁月，隔着不尽的沧桑与辉煌，与孔子遥远地呼应。

在子路的引领下，孔子在颜浊邹家里落了脚。颜浊邹喜滋滋的，第一时间就把孔子的卫国之行，汇报给了卫灵公。卫灵公也喜滋滋的。

孔子的作用，在一定意义上，相当于定海神针。神针从哪个国家拔走，哪个国家就会动荡，飘摇不定；在哪个国家扎根，哪个国家就会平稳，波澜不兴。

颜浊邹和卫灵公意识到，孔子离开鲁国，是鲁国的一大损失，鲁国的政府要员都是些庸驽货色，是些二手的政治贩子，鲁国的国力会逐渐衰落，最后会沦为二三流国家。就像二三流演员一样，不红不紫，不时冒出一头，似曾相识，但无人过多地在意，很快就会被湮灭。而孔子来到卫国，却是卫国不知何时修来的大福分。

想到孔子是个潜力股，绩优股，他坐镇卫国，必会风沙顿收，祥云顿起，必会让卫国成为众国中的老大，卫灵公很快召见了孔子。

初相见，和岚如流，气象瑰然。

这是一次规模宏大、排场隆重的面试。孔子了无怯场之意，相反更为自若。

在口试阶段，孔子阐释的治国见解，更是给卫灵公留下了深刻印象。没等孔子提出对薪酬的期望值，卫灵公就主动询问孔子在鲁国从政时的俸禄。

孔子在故国时的薪水很高，他是鲁国公务员，又是公务员中的领导，所以，每月工资有六万小斗的米粟。

卫灵公不嫌高，他也照着这个数，给孔子定下了工资标准，尽管他此时还没有想好任命孔子于哪个部门。

怪异的是，一连好几个月，卫灵公都没有确定孔子的任职问题。

卫灵公对孔子，态度很尊敬，语气很和悦，面容很舒润。然而，在嘘寒问暖中，在倾谈古今中，他礼貌而坚定、客气而顽强地拒孔子于政事之外。

或许，孔子终归是个外人吧？猛然空降到卫国的政治核心里，空降到卫国的商业机密中，空降到卫国的人权圈、生态圈中，或许，会使一些卫国人感到唐突，感到冒失吧？

总之，孔子拿着卫国军政大员的薪水，却仍是布衣的身份，平民的身份。在浮躁的当世，对于某些浮躁的人，这也许是求之不得的美遇，但对于庄正的孔子来说，这就是有违礼和道了。

这种无功受禄，让孔子不安，深觉罪过。

好像一个科学家看到了千古难遇的样本，却无法采集；好像一个音乐家发现了一个隐蔽的泛音，却无法弹出，孔子又是焦灼的。

孔子认为，有必要与卫灵公长谈一次。但就在这时，一场变故，突如其来地降临了，孔子的异国求职之旅，不期然地被打乱了。

卫国有个大夫名叫公叔文子，公叔文子有个儿子叫公叔戍。

为父的公叔文子，与孔子交厚，为人沉着稳重，按照庙堂的叙述，他多智谋，按照民间的叙述，他则是脑瓜子灵活；为子的公叔戌，与孔子无交，为人骄纵狂傲，依照文雅的叙述，他少谋略，依照坊间的叙述，他则是没脑子。

这个富二代、官二代，没脑子到了何般光景呢？

他竟然要对卫灵公的第一夫人南子下手！

他也不想想，南子结成的党羽，几乎覆盖了卫国的半边天，几乎把持了卫国一半的朝政，就连卫灵公都要小心候着，小手扶着，小言小语哄着，其势力的盘根错节、扎实强大，岂是一个突发奇想就能了结的？

公叔戌更没脑子的是，手头没有像样的员工，他竟然还敢起事，还敢变革！

根据一些历史学家的评价，公叔戌要取代南子的势力，应该去精选一批慷慨激昂的烈士才行，这才是上流的做法；实在没有烈士，也可以选择下流的做法，精选一批像日本的"神风"敢死队一样的死士才行。

可是，他既没有烈士，也没有死士，更没有良士、谋士、义士、壮士，唯有一帮随便划拉来的乌合之士。

都是一些菜鸟，没有谋反经验，不谙绸缪，缺乏职业杀手的素养，本来是秘密行动，却上蹿下跳，人前人后瞎张扬，南子想不知道都不能够了。

第一夫人可不是菜鸟，她没有硬碰硬，而是软碰软，一扭身，跑到卫灵公那里哭诉去了。哭得梨花带雨，哭得肝肠寸断，打小报告时，添枝加叶，添油加醋，说公叔戌今日是叛乱，明日便是夺国！

沿着这个思路想下去，好像也有一定逻辑：第一夫人尚能挑战，第一先生不就是一枕之隔吗！

卫灵公大惊失色，大发雷霆，马上调动军队，对公叔戌实施军事打击。

公叔戌极不扛打，几乎刚一开战，就败得稀里哗啦。谁也不顾谁，谁也顾不上谁，他自己趁乱一溜烟跑没影了。

不久后，有人在公叔戌的封邑蒲城，见到了他那干树杈一样忽闪而过的身影。

公叔戌猫到蒲地去了，卫灵公仍然余怒难消，芥蒂犹存。

本来，此事来如微尘，去如风雨，过去也就过去了。但好事者不甘寂寞，总是就此说事，口沫横飞中，总有对孔子的微词，说孔子跟公叔戌他老爸公叔文子走得近乎，谁敢保证他没有掺和叛乱？公叔文子虽然死了，但孔子可不是人走茶凉的人啊！说到底，这个外来务工人员是可疑的，不靠谱！

这几番营营切切的私语，在卫灵公听来，就是知心的体己话，就是振聋发聩的警世恒言，于是，他对孔子采取了警力监视。

孔子在进出时，身边便多了一些执杖的武装人员。

他被明目张胆地跟踪了。

孔子是磊落之人，不屑鬼祟之举，但兵在卧榻之侧，凶险之气日益浓重，如果不能保全性命，日后如何实践政治主张呢？

于是，孔子催促学生们赶紧收拾行囊，离开卫国。

与一切逃难一样，这也是惊心的一刻，惶急的一刻。学生们犹如暮色来临之前的投林之鸟，纷乱而匆遽。十个月前，一行人初到卫国时的希望和欢喜，已经化成了泡影和云烟。

3. 孔子被劫持了

孔子名声远播，即便在逃难中，也有追随者。

一个祖籍陈国的年轻大款，名公良孺，从绮罗丛中抽出身来，志愿跟随孔子颠沛流离去了。

他放弃了肥鸡大鸭子不吃，去吃粗菜糙饭；放弃了贵族公子的待遇不受，去受一路风尘，饔飧不继。他好像就是为这苦楚而存在似的。

到底财大气粗，公良孺的束脩，十分气派、惹眼，齐刷刷五辆私家车——车身流畅结实，堪称古代的劳斯莱斯；拉车的牛，健硕高大，也和他这个壮小伙子一样，虎虎生风。

孔子原本只有一辆座驾，还是一位学生请求家里捐助的。这下团队中竟然多了私车五乘，俨然就是一支车队了。俨然就是一支阔绰豪华的车队了。

更重要的是，它们的出现，很及时，在逃离险境时，可运载难民。

公良孺建议孔子，可以到他的祖国陈国落脚，陈国距卫国不是很远，也就200公里的样子，想回头时也不犯难。

孔子同意了。

在滚滚红尘中，这一群追梦人，便又穿行在了荒漠中、孤山下、古泉旁，穿行在了不眠的细雨中、炎日下、晚霞里，穿行在落红阵阵中，穿行在石魂月魄中，穿行在无悔的追寻中……

走了近60公里的路程，他们途经了匡。

匡，是一个很小的诸侯国的名字，具体位置在今河南长垣县张寨乡孔庄村一带。方域不大，过了此处，就距陈国领土不远了。

孰料，意外又发生了。

此间，为孔子代驾的是弟子颜刻。几年前，颜刻曾应征入伍，参加过鲁国伐匡的战斗，因而对这里的地形和周围环境，都很熟悉。

当匡的城门越来越近时，颜刻沉浸在昔日的斗争中，顺手指着城门对孔子说："以前，我们攻城时，就是从这里进去的！"

不知是天生大嗓门，还是刻意炫耀，总之，声音不是娓娓陈述出来的，而是高声嚷叫出来的。匡人听得真切，听得愤恨，尤其看到头车中安坐的人，外貌特征极像阳虎时，他们更咬牙切齿了。

阳虎是鲁国恶棍，曾大肆残虐过匡人，匡人于是口口相传，说阳虎送上门来了。一瞬间，大街小巷，匡人如涌，号呼着冲过来，将孔子和学生们围了个水泄不通。

匡人围困孔子一行的官方理由是，孔子等人没有办理出入境手续，没有事先打招呼，便擅入擅闯，因此，他们根据司法程序，有权予以询问，调查。

因此，他们不杀，只是盯着看，只是围困。

无粮吃了，还只是盯着看，还只是围困。

无水喝了，仍是盯着看，仍是一动不动地围困。

整整五天过去了，匡人还是眼珠铮亮，武器雪亮，学生们惶惶不能自安。

孔子临难不惧，安泰如初，慰曰，自从周文王去世以后，周朝的礼乐道统，都集我一身，如果上天要毁灭它，那么，就不应该让我们肩负传承它的责任；如果上天不是要毁灭它，那么，匡人又能把我们怎么样呢？

孔子的慰语，带有一丝宿命的味道。但担任孔子的兼职保镖的子路，冒进好斗，还是忍不住勃然作色，操着大戟，怒气冲冲地就要扑杀出去。

在子路的理论中，痛快地战死，永远要好过慢腾腾地饿死。

孔子急忙加以制止，让子路席地而坐。然后，把戟拿走，把琴拿来，让他抚琴而歌。

或许也曾有过片刻的踯躅，或许是震撼于孔子的严肃安详，子路最终还是拨动了琴弦。孔子在一旁和之。"曲三终"后，翻腾在子路胸襟中的惊涛骇浪，已经化为了粼粼静水。其他学生的心，也舒展起来。

为了改变局面，孔子与学生们多次与匡人进行友好谈判，最后，有一名学生还到卫国大夫宁武子的家中，做了家臣，其实就是包装精美的人质，以此来解匡邑之围。

匡与卫国的关系很复杂，有点儿像现在美国和日本的关系——美国既扶植日本，又在一定程度上控制日本，而当时的匡与卫国，就是这种利用与被利用的关系。所以，孔子的学生，才去向卫国称臣。

既然已经向顶头大国称臣，孔子等人看起来又是斯文有礼，所以，匡人也就"卸甲而罢"了。

危厄终于得解了。

孔子带着学生又像离开卫国时那样，紧急地离开了匡地。

匡的城垣，刚刚消隐在云雾蒸腾的重山间，一封信，就赶到了。

是一封快递。送件人，是卫国大夫蘧伯玉。

急函由快马一路飞送而来，内容是，卫灵公澄清了误会，真诚地邀请孔子师生返回卫国。

蘧伯玉是卫国贤人，曾因奸小进馋，遭卫灵公摒斥。卫国大夫史鱼，崇仰蘧伯玉，他临死前，嘱咐家人停棺于阶上，表示未寿终正寝。家人依嘱。卫灵公来悼时，感到怪异，问，何以不停棺于正厅？家人道，因贤者未得重用，死未瞑目。卫灵公有些尴尬，之后，便重用了蘧伯玉。孔子特赞史鱼：是个正直的人。可是，他更赞蘧伯玉：是个君子。君子，体现的，是综合素质；正直，体现的，是综合素质中的一种。显见得，孔子更欣赏蘧伯玉，因为史鱼坚持原则，像箭一样，把国君都弄得不好意思了，非上策；而蘧伯玉内直外宽，邦有道时，就出仕，邦无道时，就隐退。因此，孔子在游历期间，多投奔蘧伯玉，不仅在他家开旅馆，安排自己和弟子食宿，而且，还在他家开学堂，招收学员，传教授课，对他极为信任。

现在，孔子收到了蘧伯玉的急函，知邀请不虚，又因受了匡难，师生被惊，便当即决定，返回卫国。

4. 子与南子

返卫后，孔子宿于蘧伯玉家中。不久，宫内来人，拜见孔子。

此人非卫灵公派来，而是卫灵公的夫人南子派来。

孔子对南子有所耳闻，一是南子貌美如仙，风流韵事不断，与当朝大夫关系暧昧，终日沉陷于绯闻的旋涡中；二是南子把持着卫国朝政，外国人到卫国后，若想与卫灵公结交，必须要经过南子这一关。

此次，南子派使者主动提出，要见孔子。

对于很多人来说，这是莫大的荣耀。因为以往都是求见者巴结南子，现在却成了南子巴结孔子了。但是，因为南子涉政、有淫事，违背了礼法，所以，孔子再三温言辞谢，拒而不见。

其实，从客观的立场上看，姑且不论南子的作风问题，这个女子应当是一个机敏的政治家，是一个响当当的女强人。她要求与孔子见面，大概还出于追星族对明星的崇拜与渴望，因而，她不容孔子不见，以政治砝码相压，定要见他。

孔子无奈，只好前往谒见了。

子见南子的情形，不仅历史记载很朦胧，见面现场也很朦胧。

南子置身在细葛布织成的帏帐中，向北正襟端坐。待孔子行礼后，南子恭谨地还礼。隔着一层帘幕，南子的身影并不真切，只在她还礼时，听得到环佩发出的清脆之音，想必是盛装出见，礼遇隆重。

此次会见，时间倏忽而逝，南子的表现，谦雅有礼，并无招蜂惹蝶之嫌。

子路却因为孔子去见名声不好的南子而生气，孔子回来后，他二话不说，直言不讳地问孔子，怎么能去见那样的人呢？

孔子说，他是不得已而为之，否则，"天厌之！天厌之！"

从两个连续的用词上，可以看到，孔子的语气是急促的，激动的，颇有些赌咒发誓的意味。孔子最重天，最敬天，他能够说出"上天厌弃我"这样的话，对他而言，已经不啻于一种"毒誓"了。

从中也可见，世人对子见南子的绯红解读，也是真正存有误会的。

不日，卫灵公接见孔子，气氛融洽，宾主欢洽，又是设宴，又是讲谈，意兴勃发，风生水起。孔子因其见解烛彻四壁，溅起声声惊叹。

有一个卫国大夫，对孔子的渊博深厚，极其好奇，打听小道消息似的问子贡，仲尼的学问，是谁传授的？

子贡觉得这是在挑战孔子的尊严，极其生气，抢白娱乐记者似的叽歪道，我老师无处不学，干吗要有人教！

此后，再没人问这个问题了。

然而，一个多月过去了，孔子虽屡被宴请，但仍未被任职，反倒又横生出些许不快之事。

日间，卫灵公外出，邀孔子同行。卫灵公坐在第一辆车子上，孔子被授意坐在第二辆车子上。

国君主乘，臣子次乘，这种安排颇合礼制，孔子欣然上车。不料，车队行经闹市区时，忽闻主乘中传来笑语声，孔子这才知道，卫灵公是与南子同乘，旁边还有个太监。

如此安排，表明孔子的地位，还不如夫人和太监。

可是，这虽然是一种侮辱，却又不能拒绝，否则，就是逆君，就是违礼。

孔子厌恶地叹道："我没有见过爱好德行如爱好美色一样的人。"

好色者众，好德者寡，面对这种局面，孔子又悄然萌生了去意。同时，他也意识到，卫灵公把他当成了礼贤下士、博取好名声的工具。

不久后发生的一档子事，更坚定了孔子的离意。

卫灵公的夫人南子，并非卫国的土著，她的籍贯是宋国，她和卫灵公的结合，是跨国婚姻，是政治联姻。宋弱卫强，她是被迫才嫁给大她三十多岁的卫灵公的。她和亲去了，但仍和青梅竹马的宋国发小——公子朝，藕断丝连。卫灵公为了哄她开心，还经常邀请公子朝到卫国进行国事访问，为他们创造幽会的机会。

南子的儿子蒯聩，因此一直笼罩着身世谜团，不知其父究系何人。当时也没有DNA鉴定，他只能屋里憋屈着。公元前496年，鲁定公十四年，孔子正被围困于匡的时候，被侧立为太子的蒯聩，因公事途经宋国，在旷野中，遇到当地人作歌嘲笑他，歌中把南子称为"漂亮的种猪"。

蒯聩不堪羞辱，而且，眼见着卫灵公年迈，南子掌有政权，自己风光无望，便决定将他的娘亲杀了，然后夺取君位。

岂料，机事不密，暗杀计划刚刚启动，就有知情者报知了卫灵公。蒯聩自知败露，难以为继，遂逃亡到晋国。

儿杀娘未遂，娘杀儿心切，南子撺掇卫灵公去攻打晋国。卫灵公脑子里乱糟糟的，此时，他已经顾不上孔子了。

不过，这似乎是表面原因，因为在这段期间，孔子的一些学生，已经分别被委以重任。而孔子，依然没有被委派任何职务。

卫国的政务，已经露出了废弛的颓势，孔子难免望而兴叹，他明确地表示，若让他管理政务，一年后，卫国面貌就会改观，三年后，卫国就会强盛。

可是，他仍然不被重用。

尴尬的处境，彷徨的遭际，使得孔子决定，还是到陈国去，到学生公良孺的老家去，在那里，谋求新发展。

5. 宋国，又一次亡命天涯

好像逃不出一个怪圈，与第一次去卫适陈一样，行旅多劫难，半路又落入了凶险中。

世道混乱的情况，由此可知；孔子救世之心的迫切，也由此可知。

从卫国到陈国，孔子避开了匡，重新选取了一条路线。这条路线，中途要经过曹国、宋国和郑国。

颠簸了80公里地，先到达曹国首都陶丘。

曹国之行，并无任何悬念，来得顺利，走得顺当。曹国人对孔子一行反应冷漠，孔子他们所做的，就是直线向前，穿城而过。

又颠簸了200公里地，到达了宋国首都睢阳。

宋国之行，却出了大状况，来得稳重，走得惶急。宋国人对孔子一行反应友好，但有一个贵族却要刺杀孔子，让孔子猝不及防。

孔子对宋国感情深厚，一是因为这里是他的祖籍之地；二是因为这里也是他的夫人亓官氏的老家；三是因为宋国的首都商丘，就是前朝——商的故都，这里遗留着宝贵的殷商礼仪的痕迹，他在年轻时代，曾在此进行过殷商礼制的考察工作。所以，他对宋国，怀有一种本能的亲近，一踏入旧地，他就计划，要在宋国小住。

好心情就像好光阴一样，转瞬即逝。

公元前495年，鲁定公十五年，五十六岁的孔子，还没进入城门，就听到器与石的敲击声，直待进入城门，又看到一群劳工正在凿建石椁。

劳工衣衫褴褛，面色惨淡，瘦骨嶙峋，病弱不堪。三年前，他们正在田中耕作，正在闾巷叫卖，正在奉养双亲、陪伴妻儿，却被司马桓魋粗暴地抓为苦役，在此为他开凿石椁，因石椁宏大豪华，千日未能完工。

司马桓魋是宋桓公的后裔，也是孔子的学生司马牛的二哥，更主要的是，他是宋景公的男宠。司马桓魋长得好看，白露葱一样水灵，面若傅粉，唇若施丹，眉若青黛，宋景公一见他，就心爱，就心疼，就心急地送礼物。有一次，司马桓魋眼馋公子地的白马，宋景公立刻把马赶过来，特意用红颜料，把马尾、马鬃，都染了色，红白相映，分外美艳，司马桓魋看了，欢喜不禁，拱在宋景公怀里，直撒娇。公子地，却也不是一碟小菜，也有来头，也有背景，他是公室成员，是宋景公的弟弟，他也有男宠，也要送礼物呢，况且，他素来就讨厌司马桓魋。因此，他着人把司马桓魋捉起来，毒打了一顿，又把马赶回来了。司马桓魋吓得肝颤，想要避到国外去，宋景公疼得心颤，说什么也不让走，把门关上，苦苦哀求，泪水把袖子都湿透了，眼睛都肿得睁不开了，总算是把司马桓魋留住了。宋景公既要保存司马桓魋，势必就要打击公子地，公子地于是逃到陈国去了。

司马桓魋得意了。他粉脸一扬，腰身一拔，作威作福起来。其飞扬跋扈，其心狠手辣，其无恶不作，其无所不为，堪称宋国的黑手党老大。

现在，他又劳民伤财地役使国民为他大造死后宫室了。

对于司马桓魋的这项工程，孔子指出，这是不合礼制的。

他说，从沿袭下来的礼制文书中，可以看到这样的话，死后的事，不能活着时候操办，因为死了之后，才有谥号，有了谥号后，才能安葬，安葬之后，才能立庙祭祀、纪念，所以，凿石椁应该是死后才由家人办理的事情，而不应该自己提前为自己操办。如今，司马桓魋还没死，就办起后事来了，这是悖礼而为呀。如此奢靡，死了还不赶快腐烂的好呀。

依照孔子的思想，操办丧事，不以奢华为追求，而以哀痛敬意为尺度。这是什么样的尺度呢？简言之，就是富裕也不必超过礼，贫穷也不必非要依礼制备；如果礼仪完备，而哀痛敬意不足，那还不如礼仪不足，而哀痛敬意深挚呢。

司马桓魋的眼线和卧底极多，因而，孔子的言论，只多不少地传到了司马桓魋的耳朵里。

这个家伙差点儿银牙咬碎——如果有银牙的话，一心想实施报复。

以前，孔子曾在宋国研究殷礼，因此，有一日，他在一棵大树下，专门给学生讲解、演习殷礼和周礼的异同。前来听讲的宋国人也很多。司马桓魋得到消息后，也带着一伙黑帮成员狼形虎势地扑过来了。

司马桓魋命人刨树根，挖大树，让孔子没有倚身之处，先立个威势，给孔子一个警告，然后，准备伺机实施刺杀。

挤在人群中的司马牛，看到他那妖娆的二哥，破坏学术环境，威胁学者生命，又气，又恨，又羞，又奈何不得。

学生们催促孔子尽快离开险境，孔子说，上苍让我承担了传播仁道的使命，司马桓魋又能把我怎么样？

学生们可不这样想，好说歹说，终于把孔子说动了。

他们再一次准备外逃了。

为了不引起歹人的注意，他们换上了便装，化整为零，悄默无声地分散开，脚步匆匆地离开了宋国。

这时候的孔子，虽然满脸风霜，满身飞尘，但在险难重重的漫漫求索路上，其行走，仍如歌，其信念，仍如磐。

6. 郑国，孔子为丧家之狗

按照事先的约定，师生们集结的地点是，郑国的国都——新郑。

和匡地遇险一样，这一次，师生们也走散了。孔子赶到新郑时，已是孑然一身，四顾苍茫，新郑东门外不见学生们的身影。

孔子没有进城，定定地站在东门外等候。

子贡已到新郑，只是进了城。孔子在城外等，他在城内找，一墙之隔，焦虑不堪。

子贡逢人便打问孔子的消息。后来，一个过路的郑国人告诉子贡，他在东门外看见一个"长人"，身高九尺六寸，长得很有特点，额头突出，双眼平长，头长得像尧，脖子像皋陶，肩膀像子产，下身比大禹短三寸，孤零零地站在那儿。

此人的描述，令人疑惑他并不是一个普通过客，而是一个事先被导演安排在这里的古代历史学家，或者一个下凡的神仙，专门等着子贡的到来，然后点拨他的。至于这个导演，是命运呢，还是史官呢，至于这段剧情，是神话呢，还是流言呢，至今仍是模糊着。

"看起来很狼狈，跟一条丧家狗似的。"此人最后说。

子贡听了，急忙跑到东门外去找，果然见到了孔子，欢喜不禁。

之后，他一五一十地把郑国人的话复述了一遍。

孔子认真地听了，然后，认真地说道，说我长得像古代的贤人，这倒未必，但说我像失去了家的狗，倒真是贴切啊！真是这样啊！真是这样啊！

从宋国到郑国，需要走175公里的路程，坐马车，需要花费一天半的时间，一路上，风尘扑面，孔子又夜来未眠，看起来疲惫沧桑，没什么精神头儿，所以，他觉得丧家犬之说，非常恰当。

万丈红尘中，孔子欣然而笑，他的豁达温良，日月可感。

滚滚云海下，孔子放眼远视，他的深邃宽广，天地可应。

7. 陈国岁月，怅惘如烟

陈国，终于到了。

陈国大夫司城贞子以至高之礼，迎接了跋涉而来的孔子。

陈国首都为宛丘，位于今河南淮阳一带，据传，陈国是舜的后裔，这层关系，使得孔子对陈国充满了期许。

陈国的国君，是陈闵公。司城贞子在他面前力荐孔子，说孔子是在世圣人，不可多得。陈闵公将信将疑。

后来发生了两件事，才让陈闵公对孔子刮目相看。

第一件事发生在夏季。

有一天，一条远道而来的消息称，鲁国发生了一场严重火灾，损失不小。孔子立刻说，大火一定是燃烧在桓公、僖公二庙中。

语出惊人，满座噤言。既然身在陈国，如何得知遥远的鲁国的具体火情呢？想必不是故弄玄虚，就是满口胡诌。

又一天，一条消息跨越千山万壑而来，称，火灾发生在桓公、僖公二庙。

陈闵公诧异不已，把孔子惊为天人。

其实，孔子判断火情，根据只有一个：这二庙的建制，有悖祖制，所以，会发生火灾。在他眼里，火灾就是一种天谴。

我们从科学的角度来看这个千古之谜，会发现，孔子的判断，存在一定的偶然性，因为天谴是不存在的；我们再从客观的角度考察孔子，又会发现，孔子的判断，存在一定的必然性，因为他知识广博，仰观俯察，在鲁国时，大概早已注意到二庙的木质结构干朽易燃，加之正逢雨季，多雷电，所以，天谴便成了火灾的载体。

所以，这个历史典故中，才没有出现大尴尬，大诳语，大妄言。

第二次事件的主角，不是两座庙了，而是一支箭。

陈闵公与孔子闲聊，有一搭没一搭正说着，一只中箭的鹰隼自空中跌落，有人将它呈给陈闵公。陈闵公看到鹰隼身上的箭，很陌生，没见过，问孔子是什么箭。

孔子端详了一下，箭头由石头制成，箭杆由楛木制成，整支箭，长一尺八寸，便说，这是肃慎人的箭，陈国就有。

陈闵公目瞪口呆，惊讶得不得了。

正如孔子所说，此箭颇有来头，且年代久远。

昔日，周武王推翻殷商政权，建立了新政府，搞民族大团结，与九夷百蛮等少数民族一家亲。与他们沟通、往来，使他们臣服，并按时进贡当地的土特产，就像税收一样，成为公民的义务。在东北，那些猫在大兴安岭的雪峰中，渔猎在黑山白水间的肃慎人，也积极地响应中央政府的号召，上缴的就是这种箭。周武王对这种看似落伍的土箭，很重视，很感动，因为它代表着民心所向，代表着领土完整、国家统一，代表着他使远方归顺臣服的美德，所以，他珍重地把肃慎人的箭，分给了长女大姬。大姬嫁给虞胡公后，虞胡公的封地就是陈国，所以，陈国也有了这种箭。

陈闵公听过孔子的讲解后，命人即刻到国库中查找此箭。一通翻箱倒柜、上扯下拽，轰轰烈烈地折腾了几个来回后，终于在灰尘累累中，找到了。

陈闵公不为先王遗物的蒙尘而沮丧，不为国家管理的混乱而懊恼，不为淡忘轻视礼仪而羞惭，而是为验证了一个谜底的正确而兴奋欢悦。

而孔子，却悲凉至极。心海上，泛波千里，波波，寒烟重。

陈国虽为舜之后裔，有千年历史，文化底蕴丰厚，孔子的学生公良孺，在陈国也有很大势力，可是，孔子在陈三年，始终不得起用。

孔子的团队，共十多个人，在路上，作为行旅，显得不大不小，但一入内阁，作为政治集团，就显得浩浩荡荡了。因此，陈闵公疑戒重重，不肯聘任。

另外，陈国国情紊乱，国政凋敝，正值忧患中。就像一颗软柿子，哪个国家气不顺，都能过来捏一把。

先是晋楚两国开展争霸赛，你争我夺，往来穿梭，捎带地总不忘攻伐一下陈国。被晋楚轮着番地捏了个遍后，又遭到了吴国的进犯。陈国自顾不暇，一片仓皇混乱，大概也没工夫搭理孔子的求职问题。

干戈扰扰，兵甲喧喧，孔子有些思行了。他一向认为，君子应"危邦不入，乱邦不居"，否则，会浪费生命。

一日，孔子带弟子踏叶入山，在草稗子里，几只山雉，被惊起，扑棱棱，飞到远处的石滩上。孔子轻声道，识时务。

孔子之意是，山雉看到危险，懂得提前避祸，是动物界的"君子"。

子路不知孔子之意，只知道野鸡受了夸奖，必有道理，便向迷茫的野鸡，拱拱手，表示敬意。

野鸡不知子路之意，只当是，子路要袭击它们，急促地飞走了。

既然山雉是兽中"君子"，孔子是人中君子，想到"陈常被寇"，后果堪虞，莫不如离去。

于是，孔子告诉弟子们，收拾行囊，再回卫国去。

8.蒲，一个不幸的字

如果字也有幸运和不幸的话，那么，对孔子来说，匡和蒲，就是不幸的字。这两个字，就是克他的字。因为孔子从陈国走到蒲时，他再一次遇到了生命危险。

　　蒲，位于今河南长垣县一带，距离匡，大约有七八公里的路程，是一个比匡还小的诸侯国。国虽小，主子却大，在这里执政的，是公叔戍。他曾于卫国搞政治阴谋，试图扳倒南子夫人。

　　公叔戍被卫灵公逐出卫国国境后，打马直奔他的封邑——蒲。他虽然落败了，但一点儿也没死心，心里昂扬着呢，变本加厉地厉兵秣马，企图再杀回卫国去。

　　第一次兵败让他意识到，两兵对垒，策划团队最重要，为此，公元前494年，鲁定公十六年，当他得知五十七岁的孔子途经蒲时，便希望能够留下孔子来为他做叛乱的总策划人。

　　这说明公叔戍在吃了大亏后，长了大智，可是，他的大智，在一定意义上，也就相当于弱智。他聘请孔子的方式是，强拉入伙。

　　这哪里是受请就职，分明是落草为寇的意思。孔子师徒断然不从。

　　公叔戍又不能好声好气地商量，他哪怕是死乞白赖地缠磨："你就从了吧。"话是软塌塌了点儿，靡靡之音了点儿，可毕竟在态度上还是好的。可是，他不仅没有这样软磨硬泡，相反，还以武力要挟。

　　估计他应该是这样邀请孔子的："你从也得从，不从也得从！"就像占山为王的山大王，抢劫压寨夫人似的。

　　于是，双方剑拔弩张起来。

　　有一身好拳脚的子路，最好征战，这时紧握武器，瞪着眼睛，马上冲上去了。

　　捐赠了五辆私家车的陈国贵族子弟公良孺，力大豪勇，十分生猛，也冲上去了。

　　公良孺是懊恼的，又是愤怒的，他刚刚从师不久，学习还没步入正轨，这一路上，光被拦截了，光逃难了，他实在忍受不了了。他对孔子说，我之前跟随先生在匡地，遇上患难，现在又在蒲地，遇上患难，这是命啊。我宁愿跟他们以死相拼。

　　抱着死拼的信念，公良孺和子路等学生的冲锋，显得格外奋勇。

　　蒲人原以为这些书生们，都是吃素的，不比他们这些腥膻之徒在打砸杀抢方面有经验，不料读书人拼起命来，更激烈，更凌厉。蒲人心生畏惧，想要停战，要议和。

那是一个取暖基本靠抖、交通基本靠走、通讯基本靠吼的年代，所以，蒲人对孔子吼道，如果孔子不去卫国，他们就可以放行。

匡与卫国亲厚，蒲与卫国敌对，公叔戍担心孔子回到卫国后，会助长卫国威势，所以提出了这个条件。在这一点上，他似乎不比卫灵公糊涂。

孔子听了，表示愿意答应这个条件。

蒲人这时候谨慎起来了，又让孔子立誓。孔子马上郑重地对蒲人发下了誓言。

蒲人于是打开东门，放行了。

孔子带领学生们疾行而过，那情形，就像去西天取经的唐僧师徒被一伙妖怪放行了一样，带有一点儿劫后余生的感觉。

远离了蒲之后，孔子让队伍绕道而行，还是到卫国去。

此时，对蒲人发下的誓言，热乎气还没有完全消散，誓言的尾巴，好像还衔在口里，子贡觉得，如果回到卫国，会有违誓言，便对孔子说，我们刚跟蒲人立誓，怎么能言而无信呢？

"在要挟之下发的誓，神明是不会认可的。"孔子庄重地说。

不清楚孔子是从哪个经纬度绕行而过的，总之，他很顺利地就到达了卫国都城帝丘。卫灵公听闻孔子回来了，高兴得不得了，简直就是心花怒放了，竟然以国君之礼，去迎接孔子了。

孔子的车队，刚刚行到帝丘郊外，就看见卫灵公的仪仗队，正庄严肃穆地迎候在婆娑树影中。卫灵公本人也亲临荒野，耐心地眺望着崎岖的山道。

春秋时期的郊迎，是极郑重的国礼，极尊贵的仪式，类似于今天在机场迎接国家主席，因此，卫灵公之前的鬼祟，刹那就获得了谅解。

孔子受到了庄严的礼遇，心里感到很快慰。卫灵公想到孔子不顾蒲人威胁，毅然归卫，心里也感到舒畅。并且，他还生发出一种情投意合的滋味，一种同仇敌忾的情绪。

闲唠嗑时，卫灵公问道，若发兵攻伐蒲城，是否会有胜算？

孔子给予了肯定的回答。

卫灵公犹疑道，可卫国的军政要员们却认为，蒲，不可攻伐，因为蒲的地理位置很重要，它横亘在卫国和晋、楚之间，是卫国抵御这两大强国的天然屏障。如果攻伐蒲，就等于开门揖盗，就等于把卫国一览无余地袒露给晋国和楚国。

孔子说，蒲的男子，都有效命效忠之心，蒲的女子，都有誓死护城之志，他们是不可攻伐的，但卫国要攻伐的，不是蒲之男女，而是公叔戍和他的四五个叛党，这是可以的。

卫灵公点头称是。

孔子以为卫灵公当真要出击了，可是，他很快就发现，和以前一样，卫灵公只是说说而已，并没有行动。

在列国中，卫灵公可谓是最尊敬孔子的人了。

可是，他爱才，却不用才，这就像他有梧桐枝，却不让凤鸟栖落；他不用才，却又不舍才，这就像他给凤鸟复制了一根梧桐枝，不愿凤鸟飞离。

凤是高洁之鸟，它对树枝的选择，是有洁癖的，是有指标的。复制的梧桐，是假的，空的，是不纯净的，有杂质的，凤鸟如何能栖呢？它又不是复制的。

因此，孔子虽受厚待，虽受厚禄，精神上，仍是寂寞，仍是彷徨。

恰逢此刻，孔子收到了一份来自晋国的邀请函，他悄悄地，动心了。

9. 晋国，近在黄河岸，远在天涯中

关于晋国，我们先插播一个小故事。

晋国想要攻打宋国，特派出一个便衣，到宋国去刺探情报。这名便衣潜入宋国后，看到宋国的一个领导人子罕，正陷于悲伤中，原因是，一个城门卫士死了。

便衣返回晋国，对晋侯说，宋国不可攻伐，宋国一个城防兵死了，子罕哭得十分伤心，宋国人深受感动。在这种情况下，他们面对侵略战争，定会誓死抗战。

孔子对这名便衣，印象很好，觉得他善于观察，觉得晋国有这样的人，也很好。

可是，邀约孔子去晋国的人，并非晋国的好人，而是晋国的叛人。

此人，是晋国叛党的头目佛肸。

孔子满腹锦绣，世人皆知，可是，在他的一生中，召请他出山的，竟然都是叛贼——如佛肸，如阳虎，如公山不狃。而他所尊崇的正统派势，却对他拒之千里——或寂寂若无见，或喧喧欲害命，或眈眈冷眼观。

或许，这就是孔子的宿命吧。

可是，对于佛肸的邀请，尽管孔子动心了，可动身并不像动心那样容易，子路死活不同意他去。

子路好狠斗勇，但在孔子的教化下，他只遵从正统派，只认政府军，不认反政府武装。而相邀之人佛肸，就是反政府武装的代表人物。

此时，晋国国内正在闹内战，大夫们打得风风火火，不可开交。交战双方乃是，赵简子和中行氏、范氏。

起因是，卫国给晋国进贡了一份大礼——五百户人家。赵简子想把这部分移民，从邯郸迁往晋阳，但却遭到了同宗大夫赵午的非难。赵简子盛怒之下，杀了赵午。然而，赵午是中行氏的外甥，而中行氏和范氏又是姻亲，所以，中行氏、范氏联合起来，杀气腾腾地给赵午报仇去了。这一年是鲁哀公元年，也就是卫灵公四十一年。

而佛肸是何许人也呢？这场内战关他什么事？

佛肸乃是中牟的县长，而中牟，正是中行氏和范氏的封邑，佛肸于是为中行氏、范氏助阵，攻打赵简子。赵简子势力强大，是晋国的实际掌权者，很快就将中行氏、范氏打退了。佛肸拒不投降，试图以中牟为依托，抵抗赵简子。

今天，当我们隔着数千年的光阴望过去，当我们静静地审忖着置身在乱象中的佛肸，或许会有这样的感觉：佛肸的行为，近乎反叛；佛肸的心，却近乎义。

佛肸或许也是这样想的吧，所以，他请孔子到中牟帮他筹划，以便使他的抗拒更有效力。

中牟位于卫国以西，渡过黄河，再行走大约五十公里的路程，便到了。

孔子斟酌着，想去。

子路拦截着，不让去。

子路的理由是，他记得孔子说过，君子是不和做坏事的人共事的。现在，佛肸还想发动持久战，还想长期造反，君子是不能到这样的人那里去的。

孔子表示，自己是说过这样的话，但他也说过，坚硬之物磨不薄，洁白之物染不黑。他到中牟去，不是帮佛肸反叛，而是帮晋国平息战乱，使百姓免遭涂炭。

"我难道是瓠瓜吗？成天挂在一个地方，瞅着好看，却不被食用？"孔子缓缓地说。

这寂寂一语，道出了他在卫国被当成摆设的苦衷。

可是，尽管如此，孔子最终还是放弃了中牟之行。或许，在他心里的万顷碧海中，也是不平静的吧。

在赵简子刻不容缓的穷追猛打中，中行氏最终退出了春秋政坛。

这段杀伐史，仿佛一枚压缩饼干，被压缩到了历史的缝隙中去，把更多的空间，让给了更多正待发生的故事。

关于中行氏的消逝，子路是有很多疑问的。

一日，孔子讲论治国之道，说道，治理国家，需要尊重贤人，轻视不贤之人。子路听了，不禁想到，中行氏也具备这种品质啊，可是，他还是灭亡了。于是，便问孔子，这是怎么回事。

孔子回答道，中行氏尊重贤人，却不重用他们；轻视不贤的人，却不撤换他们。结果，他身上便聚集了两重恨，一重是贤人的怨恨，一重是不贤的人的仇恨。这是国内的恨，国外还有恨，邻国的军队就驻扎在近郊，虎视眈眈地窥视着他，他如何能不灭亡呢？

子路若有所思。

他或许是忆起了他拦阻孔子前往中牟的事情吧，或许也忆起了那个名叫佛肸的造反分子吧。

他尚且不知，多年后，他也遭遇了一场内乱，他也处于和佛肸一样的社会地位，一样的境况，他也是出于一个"义"字，仗剑挺身而出，并最终死于非命。

唯一不同的是，在他看来，佛肸是站在非正统的势力方面，而他，至死，都站在正统的势力方面。

孔子终是来到了黄河岸边。

他不是为佛肸而来，而是为赵简子而来。既然赵简子是晋国正卿，不如去投他好了。

可他，临到渡口，却沉思不前了。

夕阳西下，古渡沉寂，他默默地望着浩荡流水、滚滚逝波，良久无言。

奔波日久，时序交替，节物变迁、人事升沉离合，何其匆遽，何其沧桑！

"逝者如斯夫，不舍昼夜。"他终于开了口。

在这千年前的一刻，不知道这一句感叹，是喃喃自语，还是慷慨浩叹？不知道他是面色平静如昔，还是面含悲怆和怅惘？

唯知，暮色愈加沉落了。

远处，几丛稀疏古树，几个茕茕的孤影，点点归雁，缕缕晚烟，将凝视的目光，拉得更长了。

夫子为何止步不前了呢？他为何只是伫望着逝水呢？

他看得是那样不舍，那样全神贯注，那样浑然忘我，究竟为何？

我们套用卞之琳的诗歌《断章》来形容观赏流水的孔子，应该是这样的：

夫子站在川上看流水，

看流水的人在远处看夫子。

夕阳装饰了夫子的牛车，

夫子装饰了别人的梦。

但问题还在，夫子为何缱绻于水呢？

这个问题，问起来很无聊，得到答案后，很深邃。

子贡也产生过此等念头，他看到孔子逢大水必驻足，想必有深意，便询问个中玄机。

孔子于是这样解释道：

水如德，因为它不停地滋润万物，却不居功。

水如义，因为它在流动时，无论地势起伏高下，它总是遵循地理。

水如道，因为它浩浩荡荡地奔流，永无穷尽之日。

水如勇，因为它可以赴百仞深山，万仞河谷，无所畏惧。

水如法，因为它盛装到容器中，是平的。

水如志，因为它自源头流出后，坚持不懈向东流淌。

水如明察，因为它看似柔弱，却可以抵达任何犄角之处、细微之处。

水如教化，因为它可灌洗万物，使其干净洁白。

……

在我们眼中，水是H_2O，在夫子眼中，水是美德。

所以，我们视水，把水停留在生活层面；夫子视水，把水升华在精神层面。

夫子乐水，从他的言辞中，还可以寻到另一种解释：

知者乐水，仁者乐山；知者动，仁者静；知者乐，仁者寿。

夫子一世，内心动，外表静，既常乐，又长寿，或许，这与他既乐水又乐山有关吧。

浑浊的河水，翻腾着奔涌。它一刻不停地重复着每一次翻涌，覆盖着每一片大浪。如果每一片大浪，都是一片饱满的鱼鳞，那么，二十四小时中，黄河要翻涌出多少片巨大的鱼鳞呢？

这是一个欢愉的问题。可是，我们相信，夫子内心，并无这样的欢愉。

他站在一川烟霞中，站在寒色微敛的草影中，想着的，是一个悲伤的事件。

在渡河之前，他听到一个消息，晋国的两个贤人，窦鸣犊和舜华，死了。非自然死亡，而系他杀，杀人者，就是赵简子。

窦鸣犊、舜华是晋国的社会名流，他们在赵简子徘徊在弱势群体中的时候，伸出了热情之手，全心全意辅佐他成就大业，是大义；而赵简子在得势后，为实现他独断专行的目的，却反手杀了他们，是不义。

所以，孔子视水多时，不再前行。

许久，他叹息了一句："美哉水，洋洋乎！丘之不济此，命也夫。"

流淌的黄河水啊，多么美啊，于今不能过河，应是命运的安排吧。

然后，他告诉学生们，回吧。还回卫国去。

子贡不解其然。

孔子对他说，如果有人把有孕的动物剖腹，把胎儿取出来，那么，麒麟就不会出现在他周围；如果有人放水竭泽，把小鱼崽都捞干净了，那么，龙就不会调和阴阳、行云布雨；如果有人掏鸟窝，把鸟卵磕破了，那么，凤凰就不会出现在他身边。因为他杀害的是幼弱，是君子的同类，是不义。

"连鸟兽都知道避开残忍不义的行为，何况我孔丘呢？"孔子说。

于是，这些天涯孤客们，又取道折回。依然是深山荒径，依然是草木野藤，幽幽复萋萋。

途经一个叫陬乡的地方时，距离卫国帝都，只有38公里了，他们在星光下歇宿。孔子作了一首琴曲《陬操》，隔着滔滔的流水声，遥遥悼念窦鸣犊和舜华。

夜凉，重了。

10. 放弃唯一的工作机会

此次返回卫国，在我们看来，无论从哪一方面来讲，都略嫌尴尬。

就起行来说，卫灵公并未赶你走，是你自己不满，主动要求离开；就返归来说，卫灵公也并未请你回来，是你自己不顺利，自顾自地回来了。

客气点儿说，你是拿卫国当做第二故乡了，当做避风港湾，产生亲情了；直白点儿说，你就是拿卫国当做自己家的旅馆了，想待，就诗书吟唱地待着，想走，就立刻拔腿走了，似乎又很冷淡，很寡情。

不知道这种尴尬，是否为孔子所介怀？是否陡增了他的悲凉？

即便他未曾介怀，怀才不遇的焦虑、寻求明主的挫败，是否也会让他心生苍茫呢？

到了帝丘，卫灵公貌仍和蔼，只是不甚热情，有些爱搭不理。

孔子对卫灵公纵容南子干涉内政，并导致太子蒯聩流落他国一事，仍生着气，所以，神色严正，也无欢色。

隔天，卫灵公见孔子，问他军队列阵的问题。孔子对卫灵公不重礼制而重杀伐，更加有意见了，直截了当地说，我只知道礼乐祭祀方面的事，至于军事问题，从来不知。

此前，孔子明明讨论过军机大事，现在却如此作答，摆明了是故意为之，与直接表达不满已经没什么区别了。

卫灵公颇是不乐。

次日，两个人又见了面。大概是在露天地里交谈，孔子正说话时，空中飞过一行大雁，排着整齐的队形，那倾斜的翔姿，好像一种诗意的抒情。卫灵公的目光，追随着大雁，须臾不离，不仅浑然忘我，更把孔子浑然忘掉了。

孔子知道，卫灵公已经对自己了无兴趣了。

回到居所后，孔子敲击石磬作乐。有一个背着草筐的人，从门前经过，顺路听到了，大声说，这个击磬的人，是有心事啊，敲得这么响亮，这么急促，好像在诉说没有人知道自己一样。没人知道自己，又有什么呢？那就自己安顿自己呗，水深，就穿着衣服过河；水浅，就撩起衣服过河！

这话，不是说给自己听的，而是说给孔子听的。

能从乐声中，听出一个人的心思，可见，这不是一个背草筐的农民兄弟，而是一个背草筐的哲学家。把他的哲学语言翻译过来，中心思想就是，既然乱世难为，就甭操心了，算了吧。

孔子答道，要做到那个样子，又有什么难的呢？

他不是不能，而是不想，不忍。

他不想放弃自己的仁道主张，不忍坐视苍生陷于疾苦，既然身有济世之才，为什么不把自己贡献出来呢？

他锲而不舍地追求仁与礼，其坚忍执著、奋发图为的精神和气魄，之于后世，不也是一面可照鉴的明镜吗？

孔子觉得，自己无法去说服那个草筐哲学家，因为对方已经彻底绝望了，已经想通了，放下了，洒脱了。

孔子还放不下，还不够洒脱，可是，这却恰恰显示了，他还够伟大。

孔子继续延居于卫，继续接受卫灵公的招待。卫灵公的情绪，时而腻腻歪歪，时而和和切切，时而叽皮酸脸，时而诚恳有礼。孔子无合适的去处，唯有接受。

在孔子的一生中，他与卫灵公的关系，始终处于变化中，若一对欢喜冤家。

卫灵公既景仰孔子，又严防孔子步入他的政治帷幄；既闲置孔子，又不愿孔子彻底远离他的身畔。他坚定地拒绝孔子，又热情地召唤孔子。

这种似是而非的暗示，若即若离的招惹，给了孔子忽隐忽现的希望，让孔子始终抱有一丝幻想，直到公元前493年的到来。

鲁哀公二年，卫灵公四十二年，早春4月的一天，卫灵公奄然病故了。

孔子那细如游丝、扑朔迷离的希望，倏地断绝了。

就政权归属问题，卫国政界再度迎来了强烈的动荡，随之，就爆发了争夺君位的战争。

卫灵公的夫人南子，想让她的另一个儿子郢，继承国君之位。然而，郢是位贤人，尊重长幼有序。按照礼法，政权应由他的兄长、前太子蒯聩继承，因为蒯聩刺杀母亲南子未遂，正在晋国政治避难，所以，郢推荐了蒯聩的儿子辄，作为国君人选。辄，还是个青青少年，在思想上，行为上，都容易控制，所以，南子很称心，把这个小孙子扶上了君位，史称卫出公。

蒯聩看到自己的儿子得到了继承权，非常不甘心，在晋国的支持下，跑回卫国，要夺回继承权。他娘南子，他儿子辄，立刻出兵，劈头盖脸地痛击了他一顿，连卫国的大门都没让他摸着。

没混进卫国大门，蒯聩并未放弃，因为卫国的反对党在积极支持他回国主政。反对党的理由是，卫出公主政，有违礼制，拒父亲于国门之外，有悖孝道，是没羞没臊。

为了平息这种乱象，卫出公和南子决定把孔子推举出来，让孔子安坐在庙堂之上，以他的德高望重，来增加卫出公执政的合理性。但他们并不知道孔子是怎样想的。

孔子是怎样想的呢？

他是站在卫出公一边，还是站在卫出公他爹蒯聩一边呢？

这是让我们好奇的问题。

但孔子的学生更好奇。子贡自告奋勇地提出，由他以委婉的外交辞令，打探孔子的心意。同学们一致叫好。子贡于是矜矜然地去见孔子了。转眼也就出来了，寂寂然地说，夫子不为也。

其实，子贡并未直截了当地询问孔子，而是别有深意地问了孔子另一个问题，即，伯夷和叔齐，这两位大贤人，最是仁义礼让，但却活活饿死，怨乎？

连日来，孔子斋戒沐浴，正襟危坐，也在思考工作的问题。他已经五十九岁了，入仕的机会越来越少，这有可能是他最后的机会了，他应该抓住。可是，卫出公即位，终究于礼不合，他又应该推翻。孔子正踟蹰着，煎熬着，忽听子贡发问，就在这一瞬间，他忽地明澈了，宁静了，温温道，求仁而得仁，又何怨？

这句话的言中之意是，伯夷和叔齐，是殷商国君之子，国君死，他们为了让位于对方，跑到深山野林中归隐，当周朝灭掉殷商时，他们不食周谷，以死殉国。他们求的是仁，因此，死而无憾。

这句话的言外之意是，孔子，是求道之人，此处道不行，他就要继续寻找，继续流浪，他不能将就，他要保持道的纯洁性，否则，就不是道了。颠沛流离的生活很艰苦，可是，他求的是道，因此，苦而无憾。伯夷、叔齐不怨，他也不怨。

这两层意思，第一层，孔子明说了，第二层，孔子隐喻了。子贡虽然只有二十八岁，但极聪明，他立刻明白了内中想法，所以告诉同学们，没戏，夫子不会助卫出公。

子路接受不了这样的回答。他很着急，越过子贡，一个高就蹿进去了，见了孔子，疾声问道，出山后，第一件事要做什么？

"要正名。"孔子说。

正名，就意味着，孔子站在蒯聩一边，意味着，他虽是受卫出公之聘，但他却要说服卫出公迎回蒯聩，而这，也就意味着，他将得罪卫出公，将失去工作机会，失去这个唯一一个出现在周游苦旅中的掌权机会。

子路不禁生了气，吵吵嚷嚷地数落起来，不会吧，您怎么还是这样呢？怪不得人们说您迂腐，您可真是迂腐啊。好不容易逮到这么个从政机会，您还操那么多心干吗！名正不正，跟您有什么关系！

子路生气，是因为他知道孔子常年流落的艰辛不易，所以，他希望孔子先入政治圈，混个脸熟再说。

孔子理解子路的心思，也意识到，子路的想法出现了歧途，所以，当即严厉地喝斥、纠正了他。

孔子以"仲由，真粗野啊"为开头，说了下面这席话。

名不正，则言不顺；言不顺，则事不成；事不成，则礼乐不兴；礼乐不兴，则刑罚不中；刑罚不中，则民无所措手足。

名分，相当于多米诺骨牌，它若不正，它若倒下，会引发一连串的结局：说话不合理，事情办不成，礼乐兴不起，刑罚行不当，人民不知怎么办才好。人民都不知道该怎么办了，还侈谈什么天下和盛，那不是扯淡吗！

子路不言。他理解正名之说，但不能接受。

他做过高级官员，有过实际工作经验，他深知，如果孔子是个政治评论者，其正名之说，应该会走红。可是，现在需要的，不是政论家，而是行动家，作为政治操作者，其正名之说，只会走低，根本行不通。至于卫出公，想必，也会理解正名之说，当然，更不会接受。卫出公虽然只有十三岁，可是，一个小小少年，并不等于一个小小傻子，卫出公拨出公款，高薪聘请孔子，是为了稳固自己，提升自己，断不是为了推翻自己，束缚自己。卫出公还傻不到这个地步，也贤不到那个地步——让位给亲爹蒯聩。这小子，不傻，也不贤，即便被孔子的理论，套晕乎了，还有一个撑腰的奶奶——南子夫人从旁盯着呢。南子名声不好，眼神却挺好，怎么能坐视孔子正名呢？

孔子其实也是深谙就里的。他明知，他的正名之说，谁都不会接受，他的工作，会因此而泡汤，可他还是坚持己见。

在他心中，他宁愿工作泡汤，也不愿信念泡汤，否则，他就是一个有水分的人了。

不过，子路的激烈吵嚷，还是让孔子意识到，正名之论，不可公开，否则，就是间接地反对卫出公，批评卫出公。卫出公毕竟是当朝国君，他毕竟是寄居在卫出公的屋檐下，所以，他要把好口风。孔子在朝堂上，在朝臣间，表现沉默，言语审慎，使得卫出公和南子，对他印象很好，感觉他很温和，后来，当孔子一再遭受厄运，而无处可去时，是卫出公迎接了他，不仅无偿地供养他，还供养了他的一大堆学生。

既然卫国的政权更替，不合孔子的论调，那么，在卫国的滞留，显然又是蹉跎岁月了。孔子便再度开拔了。目的地仍和第一次离开卫国时一样，是公良孺的故国——陈国。

11. 身在陈国，心在鲁国

深秋，在陈国，枯黄的树叶窸窣而落，孔子正在与陈闵公对话，语声安静，就像叶片在轻轻飘掠。

深秋，在鲁国，微凉的秋风萧瑟而过，天字第一号大人物季桓子，病重了，他语声微弱，就像风声在低低呜咽。

这是公元前492年，鲁哀公三年，也就是五十九岁的孔子入住陈国的第一年，季桓子料知，大限将至，想最后一次仔细地凝望一下鲁国。他的儿子季康子陪护他，乘车出了庭院。

季桓子看着残破的城墙，想着孔子常年的流离，不止痛悔，不止内疚。

他悲戚地自语道，这就是我们的国家啊。曾经，它本可以强盛，但我错过了机会，我没有重用仲尼。是我对不起他啊。

这是季桓子生命的最后时刻了。

他挣扎着回过头去，嘱咐季康子，我死之后，你将担任宰相的职务，你记着，你上任后，必要召回仲尼。

季桓子死去的时候，孔子正在陈国倾听民歌。

陈国的民歌，非常浪漫，非常深情，动人，缠绵，非常美。这是孔子旅陈期间，最旖旎的收获，也使他在后来编制《诗经》时，多了一抹浓酽的情愫。

有一首歌，名《月出》：月出皎兮，佼人僚兮，舒窈纠兮，劳心悄兮。

美而甜蜜。先是感叹，月亮出来真水亮啊，那个美人真好看啊；接着感叹，腰身款款真纤娜啊，我的心儿扑扑跳啊。

又一首歌，名《宛丘》：子之汤兮，宛丘之上兮，洵有情兮，而无望兮。

美而惆怅。先是感叹，你的身影晃啊，在宛丘之上啊；接着感叹，我真的动了情啊，可是没希望啊。

陈国民歌的曼妙之音，尚缭绕不散，季桓子临终时的感泣之言，涕泪相嘱，就风传到了陈国。

孔子感慨万分，又颇受鼓舞。他原本思乡心切，现在便高兴地说，回去吧，回去吧，家乡的孩子们又有心志，又有斐然文采，我都不知道怎么去教诲他们才好了。

他的欢喜，真诚纯洁；他的雀跃，天真率直。

他准备回国了。然而，祖国的召唤，却迟迟没有到来。

为了一句话，他痴诚地等待了数年。数年后，他的欢喜与雀跃，化为了更沉重的悲怆与苍凉。

他思念着他的祖国，他的祖国却遗弃了他。

孔子的一生，诸侯，总是加害他，大夫，总是拦阻他，这一次，当季康子想请他回去的时候，是一个名叫公之鱼的鲁国大夫，又给拦下了。

公之鱼问了季康子一个问题，把季康子难住了。

"以前，鲁国任用仲尼，却没用到底，成为了外国的笑柄。现在又要任用他，您可想好了，您能用到底吗？"

季康子不大敢说"能"，他无法保证自己，所以，他自己难住了自己。

可他饱尝了国家衰乱之苦，又舍不得放弃，于是问公之鱼如何是好。

公之鱼提出建议，用仲尼风险大，一旦不能用到底，被人家笑话事小，有失国体事大，但用仲尼的学生，风险可就小了，用或不用，国际舆论都不是很上心。

正是如此呀！季康子拍案叫绝。他这下中意了。

"召谁好呢？"

"冉有。"

冉有，在孔子的行政科中，排行首位，又懂经济，是财政专家，又懂打仗，是军事专家，更重要的，又不像孔子那样坚持原则，好控制。

就这样，一道正式的召请，从鲁国出发，径奔孔子檐下了——但和孔子无关。

虽然召请的不是孔子，但孔子非常高兴。他培养了冉有多年，希望冉有能够有所作为。

冉有即将出发时，孔子开心地对其他学生说，鲁国不会小用他，定会大用他。

孔子并不知公之鱼的密议，他下此断言，是因为他知道，鲁国的经济，日益衰落，有才能的人，都移民邻国，就连鲁国的乐师，也都跑光了，若非人才库极度匮乏，鲁国执政素来戒备他，断不会巴巴地派人到陈国寻找他，跟他讨要学生。虽然鲁国和陈国，相距不过280公里，但孔子游踪不定，时常在深山大川中信马由缰地游逛，寻找他，必然也是要费点周折的。不过，他竟然能被信使第一时间找到，想来，鲁国的间谍活动，也还很活跃，鲁国以人之马力为主的邮电系统，也还很发达。

孔子欣喜地目送冉有走远了。

子贡等人又送冉有走了一程。临别，子贡悄语道，老师思乡心切，你若被重用，可别忘了召请老师回去。

此言，几欲使人堕泪。冉有牢记于心。

此刻，他并不知道，他竟然需要花费八年的时间，才使孔子得以被召请回国。

关于召请，这里面，有一个很重大的问题，需要剥出来。

即，鲁国是孔子的祖国，孔子的家，孔子想家了，想回家去，难道自己还做不得主吗？干吗非要召请？

这是因为，孔子是在没有分到郊祭的肉膰后，才出走的。没有分到祭肉，说明，统治阶层已经拒绝承认他的大司寇和副宰相之职了，这对孔子，在政治上，是一种藐视，在人格上，是一种羞辱，在生命上，是一种威胁，孔子不得不走。他是走于政府的施压，政府的暗示，如果他想回来，也需要得到政府的明示，政府的邀请，否则，既掉价，又没面子，既危险，又不安稳。

再者，孔子虽是被迫出走，但毕竟没人执杖轰赶，或辱骂追撵，终究还是孔子自己做出的决定，有些负气的性质。小人物的负气，普通人的负气，不过是自己重视着罢了，但孔子是大人物，是特殊人物，是"圣人"（孔子知识广博，时人以"圣"称之），他的负气，却是世人都重视的，何况，又是在壮志未酬的情况下。他若自己鸦雀无声地回去了，那沉默而又浩荡的队伍，无疑，是一种败落的象征，有一种灰溜溜的味道。此后，这个"灰溜溜的圣人"，将如何自处？如何与他人处，与社会处呢？

因此，孔子等待召请，也是在等待一种身份，一种存在的方式，一种安定。

既然季氏宁可召请学生，也不肯召请老师，孔子也只能继续留在陈国。

滞留在陈国的岁月，于历史，是浓墨重彩的一笔，于孔子，是轻描淡写的日子。他仍然不被任用。

陈国的大司寇，对孔子，也不信任。

有一次，大司寇问孔子，鲁昭公知礼否？孔子答，知礼。大司寇便对孔子有看法了。因为鲁昭公不仅不知礼，而且，还毁礼。

鲁昭公有一位妻子，是吴国公主，而吴国的始祖，是太伯——周文王的伯父，鲁国的始祖，是周公——周文王的三儿子，也就是说，两个国家，都是周文王一脉，同族同姓，按照周礼，不能通婚。鲁昭公硬娶吴国公主，不敢依例称新娘为吴姬，为掩饰，给她改名为吴孟子。违礼如此，孔子却称其知礼，陈国大司寇立刻四处宣扬，说，我还以为，君子不因个人交情而违背公正呢，原来根本不是！

117

那么，孔子为何如此作答呢？

正是循礼矣。

如果他指出，鲁昭公不知礼，虽保全了自己的名声，但却放弃了国君的名声，国君代表国家，他代表个人，在更大的比值面前，他选择了牺牲个人的名声，保全国君的名声，而这，正是礼。

被陈国大司寇嘲讽后，孔子很感慨，觉得这是一种幸运，因为但凡有错，立刻就会被发现。

然而，此事对孔子的声誉，却造成了很大的负面影响。陈闵公也有所听闻。

陈闵公是除卫灵公之外，最尊崇孔子的人，他也和卫灵公一样，对自己的政权，很在意，很小心，不容外人触碰，别说是圣人，便是神仙，也是要警戒的。

因而，陈闵公不把孔子视为胸怀韬略的政治家，而是，视为博学的贤士，货真价实的学者。他对待孔子，很恭敬；会见孔子，很勤勉；探讨学问，很踊跃；倒卖知识，很拿手。

他倒腾来许多智慧的见解，高远的思想，汪洋恣肆的道法，满足了猎奇的心理。

然后，他又向其他人兜售二手的智慧，二手的思想，二手的道法，满足了被猎奇的心理。

12. 在苍茫人海，与隐者猝然相遇

孔子至陈一年后，辞别陈国，到蔡国去了。

孔子离开陈国，是得当的，可是，他前往蔡国，却显得不当了。因为蔡国正处于战祸中，有违他乱邦不入的原则。

蔡国饱受楚国凌辱，楚国将其纳为附庸国，俨然一个山大王，把一个丫鬟扶了正，却不好生待之，闲来狎昵一番，温存一番，气不顺时，就拳打脚踢一番，蹂躏践踏一番。因此，蔡国的气氛，惶惶而惨淡，凄凄而阴郁。孔子此时入蔡，着实让人不解其意。

或许，他是想利用自己的行政能力，调理好蔡国与楚国的关系，使蔡国强盛，使楚国安善吧。

蔡国人，却对孔子不很友好，甚至极为鄙视。

蔡国国力薄弱，难以在力量上，抗衡楚国的压制，可是，他们在精神上，却始终较着劲儿。多数蔡国贵族，拒绝出仕，不是辟林而居，就是辟地而耕，以此来抗议他们那个不争气的蔡国君主，和那个太霸气的楚国君主。国仇家恨，使他们，强烈地体现出了民族的自尊感，民族的倔强性，因此，对于在蔡、楚寻求入仕渠道的孔子，他们带有一种固执的偏见、激愤。他们不能谅解他。不能！绝不！

在这种情况下，孔子在这块疮痍的土地上，遭受了种种非难。

公元前491年，鲁哀公四年，在一个无风无云的日子，六十岁的孔子，正在野径林雾中，寻索前路。

走着走着，一条湍急的大河，如大幅白练，横陈在眼前。与以往一样，孔子照旧临水凝望。

望着望着，一个奇特的想法，如水泡泛起，浮现在脑中。与以往不同，孔子没有直接走去渡口，而是让子路去向两位在旁边水田间耕作的老者，打听渡口的位置。

子路并不知孔子所想，径直走到一位长身条的老者近前，施礼问津。

长身条没有回答子路的问题，而是继续耕种，并问子路，车上坐着的是谁。子路回说，是孔丘。长身条又问，是不是鲁国的孔丘。子路回说，正是。

"既然是鲁国的孔丘，自然知道渡口在哪里，还用得着问我们这些种地的人吗？"长身条把着地，不冷不热地说道。

子路受了嘲讽，又去问一旁的大块头的老者。

大块头问子路，你又是谁？子路回说，是仲由。

大块头道，天下动荡，无人能力挽狂澜，你与其跟着你老师那样的避人之人，一见国君不行，就避开另寻，还不如跟着我们这些避世之人，来得实在。

一向脾气急躁的子路，此刻老老实实的。他规规矩矩地带着这个半路而得的"真理"——与其追随一代圣儒，不如追随山野村夫，回到了孔子跟前，一一汇报了问津的情况。

孔子怅然而叹。

他说，我是人，不是鸟兽，如何能远离人群，隐入山林，与鸟兽为伍呢？

但凡天下太平，我何必要如此奔波呢？

孔子明是询问渡口，却也暗含着指点迷津的意思。一直以来，他积极地追求用世思想，却不断地遭遇挫败，或许，他在茫然的片刻，也曾有过犹疑吧，因此，他才去接触隐者的。

这两位隐者——今天我们已经知道，他们中，长身条的那个，叫长沮，大块头的那个，叫桀溺，主张避世隐居，与孔子的思想，格格不入。他们对孔子的知难而进，表现出了不认同，并微言嘲讽。他们甚至还要挖墙脚，把子路也拉入隐者的队伍。

作为隐者，他们似乎显得过分活跃，大概是隐者中的积极分子吧。

隐者在茫茫人海中，劈出了一条狭窄的幽微小径，它逶迤蜿蜒，若隐若现，犹如命运的一种暗示。遇见它，需要因缘凑合，非随意可得。

奇的是，没几天，子路就在无意间，步入了这种深隐于世的小径上，再度与隐者猝然相遇了。

更奇的是，偏偏是子路遇到了隐者，而不是其他的学生。子路在孔门中，最为率直好勇，也最不具备做隐者的潜质。

做一名隐者，也是需要条件的。至少需要心静，才能在闹市中钻入一隅清寂，而子路，偏偏最不心静，即便把他强按到那一隅清寂里，他也会揎拳撸袖、劈里啪啦地钻出来的。

更更奇的是，铜豌豆似的子路，在隐者面前，竟然变成了豆腐花，出奇的温和，出奇的耐心，出奇的好脾气。

更更更奇的是，子路压根不知道自己遇到的人，就是隐者。

这天，子路和孔子赶路，因性急多动，倏忽间，他猛地发现，黯沉的天光中，起伏的荒坡上，竟然只剩下他一个人了！

他把孔子弄丢了——不，是他自己又走失了。

荒山野岭，草木凄惶，子路左寻右找，不知怎么就碰见了一位老农，上前就问："你看见我的老师了吗？"

"四体不勤，五谷不分，谁是你老师！"老农说道。

子路听了，再不多言，恭恭敬敬地立在一旁。

天晚了，暮色一点点浮上了蜻蜓的翅，一点点淹没了野雏菊的影。

老农把子路带到家中歇宿。杀鸡给他吃，让两个儿子给他见礼。

深山一夜，百花深处，子路就这样留下了奇异的一梦。

次日，他蹚着没踝的青草，匆匆地追寻孔子去了。衣裾的一角，被清露湿透了。

等到他终于看到了孔子，便将昨日偶遇荷蓧老丈的情形，讲给了孔子。孔子告诉他："这是一位隐者。"

子路又折回往寻，已是踪影皆无了。

两次与隐者相遇，与隐者交错，子路颇有感触。

他是这样想的：如果有德之人、有识之士都隐退去了，只是落得个自身的清闲，而浊世，因为无人挺身制止，无疑会更浊。

所以，子路得出了这样的结论：不出来做官是不对的。

他这样想，也这样做了，并最终以生命实践了这个想法。在这层意义上，他是孔子思想的最果敢的支持者。

蔡国被楚国吞并，在其土地上，自然也盛产出神异的楚文化来，想来，也是盛产隐者的——这天，孔子正在行路，忽地又见一个隐者掠了过去。俄顷，一段歌声飘了过来。

此人是接舆，来自楚国的著名隐者，又是隐者中的狷介之士。

"凤兮，凤兮，何德之衰？往者不可谏，来者犹可追。已而，已而，今之从政者殆而！"

歌声清晰而又缥缈，宏正而又袅袅，回旋的余音，好像半楼跌下的笙音，好像满月中飘出的桂花香，好像天涯飘过的怅思。

孔子听得入神。

与前两拨隐者不同——长沮和桀溺，冷言以对；荷蓧老人，千里以拒。而接舆，他没有讥讽，没有疾斥，而是规劝。在规劝中，还有对孔子的几许理解和感同身受。

谏歌的大意是：凤凰啊凤凰，你难道不知道，你的德业是多么的不吃香吗？你醒醒吧，过去的事情，已经无可挽救了，将来的日子，还长着呢，你完全可以再寻机会重打鼓、另开张！所以，你现在还是省省吧，现在去从政，就等于自燃啊！

这首歌，没有名字，如果要冠之以名，或可叫做"昨天今天明天"吧。和赵本山的小品同名。

孔子马上从车上下来，想要与接舆叙谈，然而，接舆却疾步趋避，走远了。

一阵风，从土道上掠过，从孔子的生命中，掠过。

孔子无言而返。

他扪心自语，优哉游哉的日子，就在隔壁，就在一步开外，只要他轻轻一迈，就会进入另外一个洞天，很容易，很简单。而他眼下所走的道路，却很艰难，很困窘。前者，很多人敢走，后者，很多人都不敢走。而他，为什么要弃简就难呢？因为这正是他所推行的仁啊。

所以，"朝闻道，夕死可矣！"他早已自知，他把道看得如此之重，也必定会追寻得如此之苦。

在孔子心中的沉静处，他始终保留着对隐者的敬重。

朝夕奋斗，理想未践，岁月更易，前路茫茫，使他始终保留着对隐者的一丝向往。

他去问津时，已经清楚地知道两个渡口，一个通往理想世界，一个通往现实世界。前一个渡口，桃树横斜，落英缤纷，自由清静；后一个渡口，山川疮痍，炊烟不盛，唯有纷乱。

他向往桃花源里的渡口，但他又不会往渡那里，所以，他只是与隐者交会了一下，然后，交错而过。

在南行途中，孔子几遇隐者，有的在河边耕耘，有的在深山开荒，有的在闹市佯狂，还有的在看大门。

看大门的隐者，对孔子一生的概括，最是点睛。

那是子路在石门的城门口遇到的隐者。守城门的人问他来自何处，他说来自孔氏。守城门的人说，是那个"知其不可而为"的人吧。

一句话，孔子的精神面貌，倏地浮现出来了。

听闻此言，一次次徒劳奔忙的孔子，岂能不怃然？

日暮途穷，岂能不叹息？

因而，孔子甚至想过，既然理想无望，不如移居到九夷之地去，到偏远的少数民族中间，重新开始生活。有的学生说，边陲之地太鄙陋、太落后了，他说，君子居住在那里，怎能说是鄙陋、落后呢？

他还想过，移居到海外去。他说："如果道不能行于天下，不如搭乘筏子，浮游大海，到别的地方去。仲由啊，你会跟着我远走天涯吧？"

这是孔子唯一的一次比较直接地表露了他归隐海外的想法。子路听了，满心欢喜，巴不得立刻就随了孔子出海去。然而，孔子终归是个现实主义者，他又说道："可我还不知道到哪里去找制船的材料呢。"

其实不想走，其实他想留。他终归是不愿归隐的。

所以，这个传奇的梦想家，在渺茫之余，在悲怆之余，仍然固守着传播仁道的信念。他静静地危坐于车，又上路了。

望着他执著的背影，我们回想着他曾说过的一句话，只有智慧至极的人和愚蠢至极的人，才不会发生改变，因为智慧至极的人无需改变，而愚蠢至极的人不愿改变——不免感叹。

13.孔子见叶公

蔡国的气息，辛辣而呛人，孔子自知难以久留，遂想去楚。

大概是因为漂流久了，受挫多了，此遭，他没有想法一起，步履即起，而是走了几百公里地，先到楚国边陲探了探情况。

孔子所到之处，为叶邑，即今河南叶县一带，邑主是楚国大夫沈诸梁，也称叶公。

在叶城，孔子受到了叶公的盛情接待。席间，叶公以治邑之道问之。

听起来，这是个小问题，是随意之问，可回答起来，却是个大问题，需郑重答之。这是因为，叶邑之地，非常特殊。

叶邑，位于楚国北方边境，城邑不大，作用甚大，是"方城之外"的重镇，一边是南方之国，一边是北方之国。楚国为南方之国，中原诸国为北方之国，在文明程度上，南方之国，较为古老、落后，北方之国，较为繁盛、发达。南方之国因此饱受地域侮辱，国之南的少数族种，被侮之为蛮，字中寓虫，贬低为虫子；国之北的少数族种，被侮之为狄，字中寓犬，贬低为狗；国之东的少数族种，被侮之为夷，字中寓弓，贬低为野蛮粗鄙；国之西的少数族种，被侮之为戎，字中寓戈，贬低为血腥好斗。总之，不是被贬低得不是人了，就是被贬低成野人了。楚国其实已经很进步了，但还是被伤害自尊，于是，楚国决定开拓文化沃野，开辟军事占领区，介入北方，跻身中原，成为强国。这样一来，叶邑，就成了一个特殊的临界点，既是南北文化对峙的地点，也是南北文化交流的口岸，既是突进北方的第一个阵地，也是守卫楚国的第一道防线。战略地位高，战略意义大，若此地乱，则楚国文化乱，楚国国防乱。叶公，才干了得，二十四岁时，就被派到此处，但压力也了得，因此，他才询问孔子治邑之道。

孔子知其情由，遂以六字相答："近者悦，远者来。"

意思是，治邑之道，在人，让南方的原住民欢迎你，让北方的外地人投奔你。

孔子初到楚界，楚人对他犹疑不定。叶公也是如此。所以，隔天，他背着人，略显鬼祟和小家子气，私下问子路，孔子是个什么样的人？

子路一时不知如何作答。在他心里，孔子光耀千古，他不知道用何种言辞才能准确而又全面地概括。另外，他们从远方而来，双方都很生疏，他不知道叶公有什么用意。所以，他避开了话题，没有回答。

子路将此事告知了孔子。孔子告诉他，可以这样回答：

其为人也，发愤忘食，乐以忘忧，不知老之将至云尔。

即，做人，平易切实；学习，孜孜不倦；教诲，永不厌烦；用功，忘记吃饭；高兴，有如孩童。从未想过，苍老将要来临。

这是孔子的自画像。

孔子对自己的客观描述，亦如他的人一样，温毅谦达，光辉朴实。

这又是孔子的自荐信。

孔子希望叶公能够以此将他举荐给楚昭王，以便得到重用。

正如孔子所期望的那样，叶公举荐了他。他刚回到蔡国不久，就接到了楚昭王的请柬，邀请他前往城父，在那里相见。

城父，位于今天的河南宝丰县以东。蔡国，位于河南驻马店一带。孔子在了解了大致地形后，赶忙又带着学生们，向城父进发了。

在这欢欣鼓舞的路途中，无人知道，一场著名的厄难，已经悄悄地埋伏下了。

更无人知道，这场厄难，如三生石上的宿命，业已注定，不可逃避；如生命轮回中的际遇，光怪陆离，充满偶然。

14. 边境旷野中的七天七夜

也许，我们应该感谢发明了"命运多舛"这个词的人，因为如果没有这个词，我们实在很难精准地形容孔子的流浪生涯。

人为什么要流浪呢？是因为生活不顺利。

可是，连流浪都不顺利的人，该如何是好呢？

在去往城父的途中，要经过蔡国和陈国的边境。孔子到了那里时，看到那里还是烽火连天，哀鸿遍野，吴国还在猛劲儿地对陈国死缠烂打呢。

孔子无法穿越前沿阵地，为避开吴国军队，选择了绕道而行，进入了一大片荒凉的无人区。可是，等到粮食吃光了的时候，还没走到城父。

城父，其实并不是楚国的地界，而是陈国东面与吴国的接壤之地，楚昭王之所以驻扎在那里，是因为不久前，挨打的陈国，向楚国请求了军事援助。

楚国的地位，相当于现时美国的地位，最喜欢插手他国内政，所以，楚昭王就亲率一支特战部队，威风凛凛地到城父坐镇来了，准备随时助陈攻吴。吴国见势，非常不乐意，但慑于楚国一国独大的局面，还是暂停了对陈国的追打。

吴国退兵后，楚昭王并未马上回到楚都，而是流连在城父，继续观望。当叶公向他推荐孔子后，就决定在城父接见孔子。他并未留意，孔子的口粮，竟会出现问题，也并未留意，孔子的行路，竟会出奇的坎坷。

诸侯国间，有一个怪异的现象，即，几乎每个国家都不重用孔子，却又都敬畏孔子，留意孔子，蔡国如是，陈国也如是。

蔡国人见到孔子时，不是冷嘲他，就是热讽他，又轻蔑，又不屑，恨不得把他碾到泥土里去；陈国人对孔子尚且友善，但陈闵公与孔子朝夕相处时，有合适的位置，也不推举孔子，等到孔子离陈至蔡时，他也并未坚决地挽留。

现在，孔子有意楚国了，要走了，要跨越陈国、蔡国的边境了，他们又着上急了，又不愿意让孔子过境了。

陈国和蔡国的几位大夫，大概还兼着中央情报局的工作吧，他们侦察到了孔子的活动方位后，便在一个月黑风高之夜，举行了一次秘密会见，策划了一个险恶的拦截阴谋。

在会上，陈、蔡两国的高级情报人员，商讨出来一个结论：孔子太有才了，他的品格，太贤德了，他的观点，太明智了，诸侯的弊病，都能被他明确地指出来。一旦他被楚国聘用过去，楚国就会愈发强盛，那时候，陈国和蔡国，还能有好吗？现在楚国就三天两头地打压他们，凶相毕露，垂涎三尺，把两个国家都发展成了楚国的殖民地，更别提有了孔子了！到那个时候，一准儿更没个好！所以说，对于孔子这样前无古人后无来者的旷世奇才，若不杀掉，必为后患。

两国意见一致，坚决要截杀孔子，不让他去见那些不地道的楚国佬。

不知道陈国的大夫是否需要将行动汇报给上级，总之，我们没有捕捉到陈闵公有任何反对的言行。至于那些刚刚帮他解围的楚国佬，他似乎也忘到后脑勺去了，没什么领情的表示；至于他与孔子相交的四年光阴，他似乎也恍如隔世了，没什么怀念的感觉。

可是，直接杀人，陈、蔡两国又有顾虑。它们都是楚国的附属国，尤其是蔡国，还曾被楚国灭国。楚国虽然呐喊着，要接受周文化，但喊得欢，行得差，在国际上，仿佛一个大型黑帮，即便让蔡国复国后，还要收取保护费。十多年前，蔡国国君不从，竟被非法拘禁了两年，直到蔡国凑够了份子，才被释放出狱。蔡国本身也甚是污浊，有两代国君，都不正经，专爱勾搭儿媳妇，过门的，没过门的，统统搂进自己的被窝。太子杀父，父逐太子，也屡屡上演，不堪入目。而楚国就不同了，虽霸道，虽专横，毕竟贤人多，才士多，整体面貌，仍是蓬勃的，向上的。因此，蔡国和陈国，不大敢触怒楚国。而孔子，又是楚昭王的客人，自然也不敢直接杀害了。

另外，孔子名声太大，他知识广博，无所不晓，是一个在生前就被尊称为"圣人"的人。明刀实枪地杀害"圣人"，陈、蔡两国也是有所顾忌的。

因此，计议了半天，他们又补充了两条决议。

决议一，不从国家编制中物色行动人员，而是，从社会的犄角旮旯网罗散兵游勇，事发后，可以看做个人的突发行为，或民间小团伙的抢劫行为，与国家无碍。

决议二，杜绝举刀就砍、举斧就剁的作风，那样太粗野，没素质，不文雅，而是要采取温柔的手段，以断粮道、绝给养的方法，把那些大小学者，活活饿死。

阴谋出台后，双方都很满意，不及庆祝，立即执行。

几乎是一夜间，来自幽暗角落的一些闲杂人员，就骑着大马，扛着武器，卷入了无人区，进入了战斗位置，将手无寸铁的孔子和他的学生，团团围困在了野地里。

铁马冰河，从诗中，从梦中，如风般，卷入了现实。

整整七天，师生饿得奄奄一息，面条一样，软塌塌的。大部分人都病倒了，连直立行走，都成为了奢望。徘徊在生死线上，学生们渐感绝望。

对孔子，他们其实是压着一层火气的。在卫国时，卫出公是那样地渴望孔子成为内阁成员，他是那样地向往孔子，那样地眼馋，连口水都要滴答下来了，可是，孔子却偏不干，偏要正名，偏要放弃，偏要颠簸，偏要遭难，这不是闲冒油了是什么！

子路不堪其忿，不堪其苦，向孔子嘟囔了一通后，决意冲杀出去。

子路有一身武艺，孔子本人，更是身手不凡。论击剑，精准无误；论舞戈，收放自如；论射箭，一箭中鹄。孔子从不失手，还能在疾驰的马车上，射中目标。膂力也特强，连职业武士都束手无策的强弓，孔子也能拉开。为此，孔子还总是羞涩，总是不好意思，举行友谊赛时，老是主动拔除箭头，不比先天赋予的力气，只比后天训练的准头。而且，作为军训的一部分，孔子很喜欢畋猎，他曾在泗水一带，一个月中，射杀鹿十五只、獐九只、狸三只、狐二只、熊一只、野鸡二十一只、鸟十九只，供应祭祀。当然，子路不需要孔子亲自出手。孔子是教六艺的老师，同学们都学习了孔子亲授的行军运筹课程，都经过了实践的检验，兵艺高强，且有战车，虽然饿得发昏，但搏击突围，绝无问题，因为围困者都是流窜的陈、蔡暴民，未经过正规的军事训练，武器又杂乱，人数又有限。他只要老师安坐一旁，看着他们厮杀就可以了，不看也行，就假装不知道。

可是，孔子不同意。正因为暴民不专业，不懂对阵，不懂搏杀，孔子视他们为平民，才不忍心杀伤他们。

另外，孔子也知道，蔡国遗民恶狠狠地盯着他，一心想要饿死他，是因为蔡国饱受楚国欺压，而他，却准备为楚做官。在理解了这一层意思后，他也理

127

解了蔡国遗民的仇恨，所以，他不怨，不恨，不准子路大肆杀戮。

子路强不得，气得暴跳如雷，噼噼啪啪地掰树杈子泄愤。

孔子意志坚定，坦然自若。既然寸步难行，颗米难进，那么，就吟诗诵书、弹琴歌唱吧。

这是发生在公元前489年，鲁哀公六年的一幕。六十二岁的孔子，身体，依然为凡，内心，却已然成圣。

曲音缭绕，清澈叮淙。陈、蔡之民默默注视，无声无息，大概是觉得有些奇异吧。

子路却是又愠怒，又委屈。他气呼呼地对孔子说，都这般田地了，老师还在唱歌，这符合礼吗？

孔子没抬头，继续自弹自唱。

鸟翔了。草舞了。隔夜的露，坠了。一曲，罢了。

孔子慢悠悠地说道，君子爱乐，是为了不骄傲，不放纵；小人爱乐，是为了消除畏惧，消除恐慌。这是谁家的儿子不了解我而跟随我呢？

子路受到责备，不高兴，舞动兵器，发泄郁闷。

估计还没有饿到极致，孔子弹唱了三曲，他舞了三曲，然后，退下去了。

心里不痛快，转头又凑过来，还是气呼呼的，我们行君子之事，为什么还三番五次地遭遇厄运？君子也有穷困的时候吗？

孔子还是慢悠悠地说，君子固穷，小人穷斯滥矣。君子在困厄时，能固守节操，小人在困厄时，就没原则了，就放任自流了，就无所不为，什么事都干得出来了。

子路顿了顿，似有所悟，但还是不高兴。

孔子趁此激励众弟子说，你们以为我是一个博闻强记的人，其实，我不是。我只是一个用"恕"贯通全部的人。恕，是仁和礼的核心，用这一个字，领会一切知识，足矣；平定一切风波，足矣。

概念性的讲解之后，孔子又开始了形象说明。

他抛出了《诗》中的一句话——"不是犀牛，也不是老虎，我们却滞留在旷野，为什么会这样？是我的主张错了吗？"

然后，让学生们解读。

爱舞枪弄棍的子路，他的解读，显得很直白。

他目光粗率地说："这是因为，老师的仁德还不够，所以，没人相信；老师的智慧还不够，所以，没人推行老师的主张。"

孔子对子路的解读，是这样评析的："伯夷、叔齐的仁德，宽厚淳朴，足足够了，可他们却饿死在首阳山上；比干的智慧，深刻敏锐，足足够了，可他却被剖了心。可见，时机很重要。贤与不贤，是才能问题，不是公平与不公平的问题。古往今来，仁德智慧的君子很多，他们也都生不逢时，又何止我一个人如此呢？仲由啊，你没有意识到时机问题啊。"

爱做生意的子贡，他的解读，显得很灵活。

他目光精灵地说："这是因为，老师的主张，如烟海阔大，所以，天下无处可容得下。既然如此，老师何不降低标准，顺应时势，合乎时宜呢？"

孔子对子贡的解读，是这样评析的："一个杰出的农夫，是农田好手，但却不一定每年都有好收成；一个优秀的工匠，是业内星级大师，但却不一定每次都能巧夺天工；一个谦勉的君子，是国之柱梁，但却不一定会被时代所容。你现在，你不想着努力修为，而是想着降低自己的追求，为世所容，赐啊，你的思想不够深远，你的志向不够远大啊。"

爱研究学问的颜回，他的解读，显得很清正。

他目光坚定地说："这是因为，老师的主张确实太大了，所以，不为世俗所容。但这却恰好可以彰显出君子的本色。不修治道法，是自己的耻辱；修治了道法，而不为国君们所用，这是国君们的耻辱。对君子而言，这又有什么妨碍呢？"

孔子对颜回的解读，是这样评析的："就是这样啊，颜家的好弟子！倘若你家资殷实，子渊啊，我愿意做你的账房，愿意为你执鞭。"

气氛骤然活泼起来了。

荒野岭的枯草，好像瞬间醒来，染上了闪烁的翠色；苍石上的纹理，好像刹那回苏，散发出阳光的温度。

虽然气氛缓和了，但学生们并未坐以待毙。

大概是在一个深夜，子贡偷偷溜出了包围圈，赶了一两天的路，二三百里地，翻山越岭，泗水渡河，灰头土脸地到达了楚昭王所驻扎的城父，说明了情况，请求援救。

很快，楚昭王就派来一支奇兵，星驰旷野，欲迎孔子至楚地负函。陈国和蔡国的兵甲，眼看功败垂成，也只得作鸟兽散了。

子贡一边牵马就驾，一边对孔子说，这场劫难，永远都不会忘记了。

孔子说，这是我的幸运，你们跟着我，也是你们的幸运。谁知道奋发励志的开始，不是因为这次劫难呢？

如此百折不挠，古今一人尔。

也正是因此，庸者熙熙，而圣者寥寥尔。

15.楚国，让人欢喜让人忧

在楚国奇兵的护卫下，孔子顺利抵楚。在负函（今河南信阳），见了楚昭王。

楚昭王似乎并未系统地考察孔子，便决定任用了。为示诚聘之意，他还打算把一块七百里方域，封给孔子。

这已经不是年薪和股份的问题了，而是给孔子建立了一个国中之国。

七百里食邑，每里，有二十五户人家，连连绵绵，一共有一万七千五百户人家，着实不小。

可是，封地这点事儿，却把楚国宰相子西搅得身心疲劳了。

子西也是楚昭王的兄长，他不同意楚昭王封地给孔子，尤其是一封就是这么大一块地方，他琢磨着，怎么才能打消楚昭王的念头。

于是，他气势夺人地向他弟排出了四大问。

一问：楚国的外交部中，有像子贡那样的外交家吗？

二问：楚国的宰相中，有像颜回那样的宰相吗？

三问：楚国的国防部中，有像子路那样的将帅吗？

四问：楚国的内政部中，有像宰我那样的内政部长吗？

对于这四大问，楚昭王都给出了肯定干脆的答复：没有。

不过，楚昭王还没有完全明白他哥的意思，他想着，既然使者不中用，宰相又窝囊，将帅又差劲儿，官员大臣又熊包，正好可以虚位以待孔子呀。

子西连连摇头，说这才是大错特错呢。

然后，他神色紧张地向他弟陈述了利害关系。

昔日，周文王、周武王只有百里的领地，可是，就是凭借那巴掌大的地方，他们就称王天下了。如今，孔子若是有了七百里的封地，这可相当于好几个巴掌大啊，那还了得！到那个时候，楚国可就赔大发了，有可能整个国家都赔给人家了。您也不想想，孔子什么人哪？那可不是一般人啊，那是能者，是贤才，是没有崛起的帝王呀。他的主修课，就是三皇五帝一统天下的道术，这还不能说明问题吗？他有了子贡、颜回、子路、宰我等精英弟子的辅助，这怎么可能是楚国的福分呢？

一番话，说得楚昭王手脚发凉，心有余悸，想着幸亏有自己亲哥提醒，否则自己就要被孔子冲昏头脑了。

如是，孔子最终没有得到楚昭王的封地。

楚昭王对孔子，依旧很客气，可是，那客气，隔着一段不长不短的距离，隔着一层不厚不薄的夹膜，隔着一种程式化的寒暄，一种官方性质的致意。

显然，这就是有礼貌的冷淡了。

在孔子的经年游历中，楚昭王算得上是孔子最看重的希望了。

首先，楚昭王是唯一一个正式邀请孔子加盟的领袖。与卫灵公不同，卫灵公的邀请，迹近随意的召唤，而楚昭王的邀请，是严肃的政府决定。

其次，楚昭王是唯一一个正式邀请孔子加盟的强国领袖。与他国领导人不同，他国领导人多暗弱委顿，而楚昭王求强求盛。

再次，楚昭王是唯一一个准备重用孔子的人。楚国的先祖，受封于周时，封地只有五十里，而楚昭王竟想封给他七百里地。仅就这一点来说，几乎就是久逢知己的感觉了。

尽管封地未成，但孔子并未完全放弃希望，因为封地只是任用形式的一种，他还在等待其他形式的机会。

然而，残酷的现实，急速地摧毁了他的希望。这一年秋天，楚昭王因病死去了。

如果孔子的希望，原本是一截断壁残垣的话，现在，则彻底化为了废墟。

如果孔子的希望，原本是一棵消息树的话，现在，则彻底被放倒了。

孔子再度被诡谲的历史，搁置在了无人叩问的寂寞角落。

16. 孔子的自驾游

如果希望倒掉了，孔子就倒掉了，那么，世上就没有"圣人"这个词汇了。

论希望的倒掉，孔子是豁朗的。他的口号应当是：倒掉的，只是政治上的希望；生活上的希望，生存上的希望，屹立长存。

因此，孔子依然是相乐相得的。在楚国期间，他组织了地域跨度深广的自驾游。

旅行团穿山林、越河谷、过城邑，饱览到了奇美的风光、各地土著的风物民情，以及独特的地域文化。收获不小。

由于有些人知晓孔家老店的牌子，热情款待，他们还收获到了土生土长的真诚，和散发着泥土芬芳的快乐。

在江边，旅行团遇到了一位渔夫。在酷热的太阳下，相互说了几句话，转眼间，渔夫非要把鱼送给孔子。

孔子不肯接受，渔夫偏要让他接受。

渔夫是这样解释他的馈赠行为的：天气太热，市场太远，卖不出去太多，我又吃不下太多，本想扔到粪堆上，现在正好看见你们，与其让鱼烂在粪堆上，还不如给你们算了。

孔子听罢，立刻接受了馈赠，对渔夫拜了又拜。

之后，孔子让学生们洒扫地面，准备用鱼祭祀。

学生们不解，说渔夫差点儿把这鱼扔粪堆上去，老师怎么能用来祭祀呢？

孔子是这样解释他的祭祀行为的：渔夫的语言，朴实无华；渔夫的思想，纯洁明正。他怕鱼会腐烂掉，因此送给别人，这是不浪费多余，是仁人做的事。君子怎么能接受了仁人的馈赠，而不祭祀呢？

假如此事发生在我们中间，难保我们不会对渔夫有看法，难保我们会不领情，然而，我们觉得渔夫无理，而孔子却深觉在理；我们觉得渔夫无礼，孔子却深觉在礼。

此间区别，令人汗颜。

仍是盛夏，孔子和学生们来到一个叫阿谷的远山部落。

绿树纤纤，云蒸霞蔚，飞涧高悬，峰峦比肩。原始的仙境中，一浣纱女，头戴玉瑱，正于清流濯洗。

孔子指派子贡前去搭话，以管窥当地民风。

子贡的搭讪，分三步走。搭讪的工具，分三件物：一件是酒器，一件是琴，一件是丝织品。

第一步：靠近浣纱女，把酒器递给她，说，请姑娘赐水喝。

浣纱女此时是浑然不觉的，她自然而然地说，这里的水，有的清澈，有的浑浊，愿意喝，就随便喝，无须问她一个女人家。

说着，接过酒器，洗漱了一下，又将其灌满，放在石滩上，没有直接递给子贡。

第二步：夸赞浣纱女声音美妙，把琴递给她，说，请姑娘帮忙调音。

浣纱女此时的脸色有些不悦了，她冷淡地说，我不过山野村女，哪懂音韵之事？

第三步：继续赖着不走，把丝织品递给她，说，请姑娘笑纳。

浣纱女此时的语气有些激动了，她生气地说，你这个过路人，没完没了地啰唆了半天，还无端地送我财物，我年纪轻轻，哪敢接受这些财物！您再不走的话，小心我男人在附近守着呢！

浣纱女的口气，不像河南人，倒像东北人，东北人待人实诚，揍人也实诚，子贡赶紧掉头回去了。

这个由子贡和浣纱女担任主角的剧情片，让孔子很满意。尤其是浣纱女的品格，让孔子很赞许。他以一句话高度评价了村女："通人情，知礼节。"

闲话一句，子贡的演技，看起来很扎实，很专业。放在今天，这个偶像派小生，没准会被推举到实力派当中。

还是盛夏，烈日如火，气温高得仿佛用擦火石擦一下空气都会起火似的。树林里的蝉声，如密密的雨点般，从陆离的树叶间倾泻下来。

一位驼背老人正在扬竿捕蝉，只见他一举手，一投足，黏蝉如探囊取物，很随意，很精确。这幅神奇的画面，深深吸引了孔子等人。

孔子问驼者："您是有技巧，还是有道？"

驼者答孔子："我有道。"

看来，驼者还是个智者，深知技术永远是二流的，而道术才是一流的。

驼者与孔子交流了自己的道。

道术一：黏蝉之前，要经过魔鬼训练。

第一阶段，要在竿头上，摞两个黏蝉的丸子，训练五到六个月。如果丸子不掉下来，则预示着黏蝉时，失手的情况不会超过三分之一。

第二阶段，要在竿头上，摞三个丸子，如果三个都不掉下来，预示着黏蝉时，失手的情况不会超过十分之一。

第三阶段，要在竿头上，摞五个丸子，如果五个都不掉下来，预示着黏蝉时，就没有失误了。

道术二：黏蝉之时，还要注意形体训练和心理训练。

形体训练是指，在黏蝉时，身体一动不动，就跟呆木桩似的；持竿的手臂，坚定沉稳，就跟枯树枝似的。

心理训练是指，在黏蝉时，脑中只有一物，那就是蝉翼。外界的喧嚣，万物的纷扰，全部摒弃。一心一意，志在蝉翼，所以，没有黏不到的。

孔子对这位民间黏蝉大师，充满了敬意。他回过头，对学生说："聚精会神，不三心二意，说的不就是这位驼背老人吗？"

孔子爱人，也爱生物，他欣赏驼者的黏蝉举动，是因为，他知道黏下来的蝉，是有限的，是不会破坏整个森林的。

孔子向来注意对动物的猎杀行为。钓鱼时，他只用渔竿垂钓，而不使用捕杀量大的渔网；射鸟时，他只用系着丝绳的箭，去射飞翔的鸟，而不去射杀栖息在巢穴中的鸟；家里的狗死了，他会让子贡善为安葬，他会告诉子贡，狗的尸体，要用旧车盖覆盖，马的尸体，要用旧帷幕包裹，那是它们的棺椁，不可乱弃。

这些作为，是孔子的仁义思想辐射的结果，无意中，却又契合了现在的生态平衡论。

谁能注意到，"人文"、"生态"、"环保"等词汇，在现代中国被滥用却仍方兴未艾，而孔子在几千年前就已经身体力行了呢？

17. 残梦归卫

楚国的人文旅游，告一段落后，孔子发愁没地方去，只好又回第二故乡卫国去了。

来楚时，他们选择的路线是：经曹国、宋国，抵达楚国。走的是南线。回程时，他们选择的路线是：经陈国、蒲，抵达卫国。走的是西线。

途中，他们经过了一个偏僻的边邑，在那里，竟意外地收获了一份小小的温暖。

小邑的长官，听说孔子带领学生经过，特意前往拜见。

短暂的会面结束后，这位长官对孔子的学生们说，你们不要忧心啊，上天会把你们的老师当做木铎的。

木铎，是一种木舌铜铃，一般在发布重要告示这样重要的时刻使用，有警示的作用。以木铎喻孔子，是把孔子喻为了人类精神的导师、伟大理想的火种。

这位长官位卑权微，是一个不起眼的小人物，一个普通人，然而，他的这句话，却是孔子和学生们在艰难的求索中，所听到的唯一一次诚恳真挚的赞誉。

这是一种支持。

支持不大，只有火柴头般大小，但忽地一下点燃了，每个人心中，竟然都是热烈的熊熊大火了。

而且，这火，永远未曾熄灭，终生点亮在他们心里，难以忘怀。

很多年后，当孔子去世，当学生们在撰写孔子的言行录时，还郑重地专门地提及了此事。它，还是那么小，也还是那么温暖，温暖得让人心酸。

经过这个荒凉的边邑后，就是蒲了。经过蒲，就是卫国首都帝丘了。

孔子终于再度踏进了这片他所熟悉的土地。

依旧是帝丘旧影，依旧是故时乡音，但已然物是人非，曾给过他无数希望、无数失望的卫灵公，已经驾鹤西去，接下来迎接他的，将是何种命运，他尚且不知，也无从预知。

他积极地选择了命运，但也不可避免地被世运推来推去。

归途中，孔子经过了一个他曾经落脚过的馆舍。他恋念故情，下车而入。正逢馆主归天，舍中举办丧事。人来人往，不尽哀戚。

孔子蓦地悲从中来，泪水涟涟了。

他仅仅是悲悼馆主吗？还是由此勾起了多年的奔寻和流落之苦，有感于大志难偿之憾，因而流下了酸楚的热泪？

哭罢，夫子让子路将拉车之马解下一匹，送与丧家。

子路不乐，觉得过分。

夫子说，我怎么能真诚地流了泪，而没有其他的表示呢。

其哀戚，令听者不忍。子路立刻解马奉送了。

18. 风中，倾听故乡的召唤

公元前488年，鲁哀公七年，六十四岁的孔子，回到卫国定居。或许是因为被隐者鄙弃，或许是因为弟子有怨言，或许是因为波折不断，险难不断，在接下来的四年多的时间中，他再也没有任何求仕的行动。

卫出公仍有意孔子，希望孔子做他的喉舌——以利于政府的声音，压倒不利于政府的声音；做他的注脚——以完美的思想，解说不完美的行为；做他的扫帚——以扫荡的姿势，清除动荡的事物，以自己的不干净，换取他的干净。

但孔子无意。他是木铎，不是什么扫帚。他不仅有一个清洁的身体，还有一个清洁的灵魂，很剔透，很高贵，他不能把自己污染了，打折了，贱卖了。即便无人珍惜自己，他也要自己珍惜自己。

卫出公无奈。

既然孔子固执，他拗其不过，那么，也不必就因此排斥了孔子，以免显得自己欠失国君风度，值此风雨飘摇之期，他更要做出尊礼的姿态。更何况，孔子的学生，子路、子羔等人，都已经挂靠卫国政府了，这也是一股重要的力量。

因此，卫出公虽未得孔子辅佐，但却公养了孔子。

这是国君的养贤之礼，不必上班，挂有虚职，享受上大夫的待遇。

孔子接受卫出公的公养之仕时，鲁国已经更加衰颓了，其况惨淡，已是故国不堪回首月明中了。

鲁国最大的外事威胁，来自吴国。吴国强大后，热衷于挑衅，不仅爱揍陈国，也爱揍鲁国。鲁国为了和平共处，表示，愿与吴国高层人员对话。双方便在今山东的鄫城，枣庄一带，举行了高级别军事会谈。

会谈取得了一边倒的结果，即，鲁国要向吴国进贡献礼，礼单是：牛一百头，羊一百只，猪一百头。否则，吴国就要扩大对鲁国的军事打击。

鲁国与吴国，均为周公之后，是平起平坐的兄弟邦国，按照礼制，鲁国赶着几百只猪啊羊啊，去朝觐吴国，是严重违背了礼制，在今天，就相当于严重违背了国际法，严重伤害了鲁国的国家主权。

可是，鲁国害怕兵临城下，还是赶着浩浩荡荡的牲口们，屈辱地上贡去了。

尝到了甜头后，吴国胃口大开，又指名道姓让鲁国执政季康子去谈判。

季康子害怕被扣为人质，不敢去，死也不去。又不能干挺着，急得快蹿上房了。这时，有人给他支了一招，他如获至宝。

是什么妙招呢？

很简单：找孔子借人谈判去。

季康子采纳了建议，火速派人赶往卫国，找到了孔子，表达了借人的意愿。

孔子慨然允诺，把孔门第一外交家子贡，借了出去。

子贡当即奔赴谈判会场。吴国太宰见了，以势压之，说，鲁国国君都一路颠簸，到枣庄开会来了，季氏就是个臣子，反倒不来，却让你代他来，这是什么礼？

子贡说，吴国请鲁国国君开会，并没有依照礼法，因为吴国是大国心态，鲁国是小国心态，鲁国国君只得来了。国君已经不在国内了，他的臣子，怎么敢也离开国境呢？

在接下去的谈判中，子贡句句在理，据理力争，使得吴国无隙可乘。

凭借这口辩之功，鲁国的局势，由此安定了一年。

季康子却并不安生。他的政治能耐，很有限；他的政治眼光，很短浅。挨打时，他缩着腔子躲着；不挨打时，他又探着脑袋挑衅。

他见吴国没动静了，就在一个盛丽的秋日，派人去骚扰吴国的附庸国——邾国，捉家畜，抢牲口，打算把那三百头牛羊猪的损失捞回来。

吴国正愁没借口攻打鲁国呢，这下机会来了。吴军故态重萌，悍然践踏国际法，公然犯境，直抵泗水，占领了五个地方——武城、东阳、五梧、蚕室、庚宗。

鲁国紧急应战，组织敢死队，号召青壮参加，最终招募到三百人。

这三百名敢死队员，拼死抵抗，准备攻打吴王夫差的住处，把夫差吓得一夜中把住处迁移了三次。在嘀咕着"鲁国不可易得"后，夫差退了军。

在这次卫国战争中，有一名战士，名叫有若，作战勇敢，气魄惊人。季康子得知，有若就是孔子的学生，是特意从卫国赶回来参战的。

此时的季康子，心神漂移了。

他眺望着卫国的方向，终于想起了五年前他老爸季桓子让他请孔子回国的遗言。值此内外交困，他合计着，是时候该召回孔子了吧？

季康子默默地想，漫漫地想，长长地想，一直想了三年，想到了公元前484年，鲁哀公十一年，孔子都六十八岁了。

这一年，吴国那边消停了，齐国这边又咋呼起来了。

齐军打马而来，在郎亭，与鲁军发生了大战。

冉有因担任季康子的家宰，行部长权，所以，他指挥起季康子的军队，承担了抵御齐军的任务。

战斗打响后，冉有率左师，他的同学樊迟（曾问孔子如何种菜），担任他的车右，当先冲过河沟，痛击齐军，使得齐军大乱，战斗力量倏然瓦解，鲁军大胜而归。

季康子大喜过望，特召冉有叙谈，问他和樊迟何来如许多的用兵知识，是先天就无师自通，还是后天学来的？

冉有回话，都是学自孔子。

季康子很感兴趣，问冉有，孔子究竟是一个什么样的人。

冉有回话，孔子做事有原则，即，要符合名分。无论是向百姓宣告，还是向祖神祈告，都要没有遗憾。否则，就是给他两万五千户的封邑，他也会断然不受的。

季康子听了，心下陡然一动。

他告诉冉有，自己想召请孔子回国，不知是否合适。

冉有回话，鲁国自己有圣人，却不用；不用圣人，又想治理好国家，这就好像是倒着走的人，想追赶上前面的人一样，怎么可能呢？现在，圣人出走国外，去帮助卫国，这对于鲁国来说，实在算不上是明智之举。请您请他回来，用丰厚的聘礼。

冉有是一个有些木讷的人，说话直来直去，所以，他又说，如果召请我老师回来，请不要让小人从中妨碍他了。

季康子痛快地答应了。当然，日后，他也痛快地爽约了。不过，就在眼下这神合意洽的时刻，一切看起来都还是圆满的。

在卫国，孔子并不知回家有望，他仍强烈地想念着故乡。每逢飞絮漾细雪，每逢斜风飐静水，他总是思心顿起。

他不缺钱，不流落，因公养之仕，他有年薪，有福利，生活安定。他缺的，是生养的热土，是生命的根柢。

一日，天气晴好，孔子带着弟子去古道踏青，在草稞子里，惊飞了几只山雉——也不知道古代的山雉怎么那么多，怎么那么与孔子有缘，一郊游，就遇见，一遇见，就心动，一心动，就发感慨。

这一回，孔子叹的是：时哉，时哉。

似在感叹春天的轮回，又似感叹回国的无望。

子路仍不知孔子之意，只当是，孔子想吃野味，拔箭就射。然后，嘱人炖给孔子吃。

孔子举箸三次，就再也吃不下去了。

他太想家了。

身在异乡，身为异客，思归的孔子，无着无落。其怅惘，如黄昏的余霞，其落寞，如篱间的雨滴。

好在，孔子的心，深厚宽缓，他不萎靡，不沉沦，他仍稳静，仍和毅。

总体上，孔子适卫的日子，在这一时期，也无风雨也无晴。蒯聩和卫出公父子的权位争夺，仍未了结，但与孔子无涉。

卫国大夫孔文子家里也闹出了点儿事故，照理，也应与孔子无涉，可是，孔文子却为此等家事，见议于孔子了。

孔文子有一个同事，叫大叔疾，此人是公室贵族，孔文子很看好他，非要把女儿嫁过去。人家大叔疾是有老婆的，不太愿意，但一想到妻家已经失势，又心痒痒，半推半就地，也就把正妻休了。他的媵（小妻，正妻的妹妹），他却舍不得，偷偷摸摸地，给藏到了宫室中，以正妻的资格宠爱着。等到孔文子终于把女儿倒贴了过去，不久却发现，大叔疾疑似有两个正妻。孔文子恼羞成怒，叽里咕噜又把女儿抢了回来。

孔文子告诉孔子，他想攻打大叔疾，给他点颜色看看。

孔子切切地劝：不可。

孔文子告诉孔子，他还是要打，请孔子出个计策使使。

孔子淡淡地说：不知。

事后，子贡询问孔子，孔文子是何等样人？

孔子答曰，机敏好学，不耻下问，是个难得的君子。

子贡曾任孔文子的家宰，又从家宰任上，成为蒲地的邑宰。但子贡不喜欢孔文子，感觉他没文化，人又差劲儿。孔子如此回答子贡，是想纠正子贡：文之涵，不在水准，而在态度。

子贡明白了孔子的意思，但孔文子没明白孔子的劝导，或者说，明是明白了，但装糊涂，因此，他还是为了私情而大动兵戈了。

孔子在对卫国的君主失望后，又对卫国的大臣失望了。

"鸟可以选择树木栖身，树木怎么能选择鸟呢！"孔子叹道。

他让学生们去备车，准备离开卫国。

去哪里呢？

应该还是随想随行吧。

孔子凝望着鲁国的方向，默默无语。

那是家的方向，只有175公里的路程，只是一天半的路程，可是，他却不知，他是否要走上一生的时间，才能回到那里？

孔文子得知了孔子将要离开卫国，再三恳请孔子留下。言辞深切，挽留诚挚。

而就正在这时，季康子的召请，和大堆的礼品，到来了。

孔子不再犹豫了，他带着学生们踏上了归国之旅。

他终于回国了。

逆行在时光之流中，我们可以看到，我们的孔子已经年近七旬，饱经风霜了。

自五十五岁离开鲁国，孔子在十四年中，先后抵达七个国家：卫国、宋国、曹国、郑国、陈国、蔡国、楚国。其中，在卫国滞留的时光，将近十年，在陈国滞留的时光，为三年多。

出了国门之后，他不是在赶路，就是在逃难。

卫国人疑他，监视跟踪他；匡人、蒲人围截他；宋国人伐树胁迫他的生命；曹国人、郑国人倒没有什么过激的举动，但漠视他；陈国人和蔡国人又困他于僻野；好在楚国人真是热情质朴啊，可偏偏又不用他。

试将孔子的周游历程进行梳理，剔除赶路，剔除逃难，剩下的，是什么呢？

想必，就是一个坚毅悲壮的伟大灵魂了吧。

第五章　从政到从心，距离有多远

　　对于鲁国当权者来说，孔子是一个圣像、一个象征、一个符号，是用来供奉、礼拜、小心保护、彰显文化荣耀的，他那光芒四射的名字，远远大过了他的人——"孔子"二字，好比珍珠，而孔子之人，则好比盛装珍珠的木椟。孔子于是放弃了从政，而是从心去了。他转而搞起了"采摘"活动，从文化的枝头，采诗、采乐、采文，整理出了"六经"，使中国古文化在朴拙无华的气息中，升腾出了一种神性的盛美。

1.凌波而返，践香而归

十四年颠沛流离，十四年风餐露宿，十四年上下求索，十四年风云激荡，几许艰辛与悲壮，几许执著与坚持，当六十八岁的孔子终于踏上了归国之路，当他站在公元前484年（鲁哀公十一年）的黄河岸边时，心潮澎湃，百感交集。

多少次雨中萦思，多少次午夜梦回，他盼望的不就是这一刻吗？

他的内心跳荡着兴奋和喜悦，但同时也沉结着凄凉和悲怆。在十四年中，他游历了七个国家，依然未能实现自己的政治理想，如今重回故土，他既希望能够有所施展，不负平生所学，又隐约有所预料，等待他的，仍将是尊而不用。

对于鲁国当权者来说，他或许就是一个圣像、一个象征、一个符号，是被供奉的、礼拜的、小心保护的、彰显文化荣耀的，同时也意味着，他是被束之高阁的、孤独的、冷寂的。

渡过黄河，就是鲁国的疆域了。一路行来，阴雨连绵，道路泥泞。

雨的上游，是天；雨的下游，是地。孔子凝望在下游，看到黄河之水暴涨，水面上突起千千万万个大小浪头，蒸腾着浓重的白色水汽。浩渺烟波中，遥远的渡船，宛如一片畸零的落叶。

就在这时，一个人走过来，直接跳到河里，游向对岸。

孔子暗惊，如此惊涛骇浪，恐有不测，遂让学生们设法营救。孰料，泅游之人，不多时，业已上岸。

待渡船从烟水中摇曳而来，孔子及学生们也渡过河去。因缘凑巧，他们再次与泅游之人相遇。

孔子吩咐停车，询问那人，黄河之水浪高湍急，汹涌起伏，鱼鳖大龟尚且不能停留，独你自如泅游，何也？

此人答曰，吾心忠信、无畏、沉着，吾身随势，与旋转的旋涡一起入水，与翻涌的激流一起出水，入水出水间，般般自若，样样从容，所谓秘诀，不过是吾生长于水边，安居于水边，顺水势而行。

孔子听后，若有所思。生于水，安于水，征服水，这个道理，适用于这个乱世吗？若适用，他自己为何达不到如此妙境呢？

心绪*丝丝*游。马车声声慢。一丝一声，光阴逝矣。

行至一座高山中，蜿蜒小道逶迤，一如绵长的思虑逶迤。

潮湿的青草气息，氤氲在脚踝、膝畔，忽地盘旋而上，及至头顶，没过头顶。空气中，滚动来一股幽香，浓酽得化不开。

子贡赶车穿行在团团芳香中，孔子叫他停车，取琴一抚。

子贡捧琴奉至树下，见草丛中生有牙状黄花，花朵绰约如梦，影姿飘飞欲仙，喷吐出的香气，仿佛把自己都醉倒了。

孔子问子贡，可识此花？子贡摇头不识。

孔子说，此为兰花，香花之王。

他喟然一声长叹，叹息匝地，溅起纷然遗憾。

凝神静坐中，万籁俱寂，唯闻水声、鸟鸣声、亘古的寂寞声。还有，花朵打开花瓣的声音，细细的，脆脆的。

稍顷，凝翠的深谷中，荡漾起一曲清音。声音浴香而出，沾染了香气。

有香味的声音，是《猗兰操》。

习习谷风，以阴以雨。之子于归，远送于野。何彼苍天，不得其所。逍遥九州，无所定处。时人暗蔽，不知贤者。年纪逝迈，一身将老。

兰之操守，高洁坦荡，莫有比高。孔子以兰喻己，慨叹自己无过，却不被重用，背井离乡远寻贤君，辛苦遭逢，却仍然无果。

孔子未免是伤怀的，流离之前，他鼓励学生们"不患无位，患所以立；不患莫己知，求为可知也"。即，莫愁无职无位，唯愁无本领任职；莫愁无人知悉自己，唯追求足以使人知悉自己的本领。

斯言未远，斯人犹在，伤感却蓦地来袭了。十四年碰壁于列国，任如何乐观的心，也未免有些酸楚之意了。

夫子老了。

前脚出国门时，夫子五十五岁；后脚入国门时，夫子六十八岁。一个意气风发的寻梦者，远去了；一个白发苍苍的拾梦者，回来了。

遍寻大梦不见，莫非，他唯有捡拾残梦了吗？

在一个促狭的梦中，或许存在这种可能，然而，在一个春秋大梦中，这只是短暂的迷惘罢了。

这是一个站着做梦的圣者，这是一个殉梦的理想化身。

在低沉的伤感中，永远腾跃着的，是激荡的旋律，永远弥漫着的，是不息的热望。

幽兰虽然没有为治理天下的君王吐露芳香，兀自开放在山野间，无人在意，无人驻足，与杂草丛生，与荆棘为伴，俨然贤明之人，与粗鄙之士同室，但是，反躬观照，杂草与荆棘，不正是因此而一改陋俗，优雅芬芳起来了吗？那驰荡在整个山谷的浓香，不还是有望被君王所识所闻吗？

一曲弹罢，孔子整衣而立，神色庄重，神态昂然，一个自信自若的人，又回来了。

2.政坛上，东篱下，一个人在徘徊

回到家中，门前庭内，已然物在人不在了。

夫人在两年前亡故了。十四年光阴忽逝，孔子无从得知夫人老之面貌，一场对理想的追索，横亘在生别与死离间，他无悔，唯有悲。

儿子伯鱼，四十七岁，尚且安在。只不过日夜操劳，且帮助抚养孔子之兄孟皮的子女，因而积劳成疾，憔悴不堪。

女儿也安好无虞。伊人嫁与孔子的学生公冶长为妻。公冶长"能通鸟语"，考察于深山、远野，与鸟互语，别有乾坤，大概相当于今天的鸟类学家。此人素有坚忍之心、容让之度，不知因何身陷缧绁，孔子认为他虽然下狱，但并不是他的过错，所以，以女妻之。

孔子之兄孟皮的女儿，也嫁给了孔子的一个学生，名南容。南容既能在清宁盛世为官，又可在污浊乱世保身，深得孔子赞许。有一次，南容见孔子时，说，羿擅长箭术，奡擅长水战，但却不得善终；大禹和后稷亲自下田耕种，却得到了天下。孔子听后叹曰，此人堪称君子啊，此人崇尚道德啊。遂将侄女许之。

然而，孔子，这个精神层次丰富的人，因其丰富，而愈显孤独。

漫天的雨珠，纷繁交错，午后的众莲，细细喧嚣，孔子的内心，切切苦盼着精神的载体和依傍。

世相纷然，萧萧如雨，他等到的，是什么呢？

如同一丛春芽破土而出，孔子的学生们从漫长的清寂中，苏醒过来，裹挟着一身来自文化厚土中的清芬，来自精神深处的顽强，他们终于昂然出现在了鲁国政坛的肌理中。

不再是冉有、子路、子贡独领风骚，公西华、冉雍、子游、子夏、有若等后进弟子，也都各得其所，或出使，或为季氏宰，或与鲁哀公论政。

连孔子的孙辈弟子——曾参的学生阳肤，都进入了政治核心层。

从政之余，子游、子夏等学生，依然不忘夫子教诲，以礼乐施教四方。

云破月来，子衿弄影，此景只应梦中有，人间哪得几回闻？孔子几番远望近观，几番欣之悦之，恍如与周公的距离，近了，又近了。

然而，那端政坛，龙腾虎跃；这厢东篱，犹自闲静。

鲁国对孔子的任用，形式很高尚，实质很缥缈，孔子可参政、议政，却不可抉择、决策。多他一人不费干粮，少他一人不短用度，他是一个顾问，一个挂名的专家，无关宏旨，无关痛痒。

他那光芒四射的名字，远远大过了他这个人本身。在一定意义上，"孔子"二字，好比是珍珠，而孔子之人，倒好比是盛装珍珠的木椟了。

孔子的政治生涯，只在有一搭无一搭的问答中，闲闲而过。

一日，鲁哀公突发奇想地问孔子，舜戴什么帽子？

孔子大概被这个极不靠谱的问题，大大地惊怔住了，好半天没搭腔。

鲁哀公迫切地追问他，我问您问题，您何以不答？

孔子回答道，因为您不问重要的问题，舜的仁德教化，普及动植物，感化得凤也飞来，麒麟也跑来，您不问治国仁道，而问戴什么帽子，所以，我正在想如何作答。

其实，帽子也不是不能问，也是有得聊的。后来，孔子就和鲁哀公聊起了古代圣明君主的帽子的设计理念。

孔子仔细研究过圣君们所戴的帽子，得出一个解析：帽子的前面，有玉珠悬垂，用途是，遮蔽亮光；帽子的两边，有带子绾系，用途是，遮蔽听觉。

为什么要如此设计呢？孔子又得出一个解析：为的就是，作为领导人，在面对大众时，不要看得太清，也不要听得太清，因为水至清则无鱼，人至察则无徒。面对大众，要宽容和柔。如果大众犯了小罪，要找出他们的长处，要赦免；如果大众犯了大罪，要找出根源，要进行思想教育，改恶从善；如果大众

147

犯了死罪，要严惩，要使之重新做人。

对于这种解析，鲁哀公蛮有兴致。

又一日，他又突发奇想了。

他很八卦地问了孔子一个问题，眼睛亮晶晶的，充满了惊奇。

——哎，我听说有忘性大的人，搬了家就把自己的老婆给忘掉了，你说，真有这样的人啊？

——这还不是忘性最大的，还有忘性更大的人，把自己都给忘掉了。

——啊呀，是吗？快说给我听听。

——夏朝有个人，是国家的首富，富得整个天下都是他的了，这个人就是桀，夏朝的天子，可是，他昏聩残忍，沉溺酒色，最后，自己被杀掉了，国家——最大的不动产，也失去了。他就是忘记了自己的人。

对于这种解析，鲁哀公半是新奇，半是扫兴。

再一日，这位老先生又被一个问题激动了。

他很着慌地问了孔子一个问题，眼睛哀怨怨的，充满了为难。

——你说国家大事就是让大众有钱，让他们长寿？

——正是。把税减免了，大众就能有钱；把疾病和罪恶控制住，人就能长寿。

——不瞒您说，我是真想照您的话去做呀，可是，那样做的话，大众有钱了，我又担心国家会穷了。

——怎么可能呢？没有子女富裕而父母贫穷的。

也有这样的时候，鲁哀公形容严肃恭敬，向孔子询问，如何治理政事？

孔子答曰，夫妇要有别，男女要相亲，君臣要讲信义，如此则可。

鲁哀公又问详解，孔子解释说，治理政事，爱人最重要；若要爱人，施行礼仪最重要；若要施行礼仪，恭敬最重要；若要表达恭敬，天子诸侯身穿冕服迎婚最重要。亲自盛装迎接，表示敬慕，若无敬慕，就是遗弃了相爱的感情。爱与敬，是治国根本。

鲁哀公对着冕服的御驾亲迎，感到过于隆重。

孔子肃然道，婚姻是两个不同姓氏的和好，以延续祖宗血脉，使之成为天地、宗庙、社稷祭祀的主人。怎么能说太隆重了呢？夏商周三代中的明君，必定都敬重妻子，这是有道理的。妻子是祭祀宗桃的主体，儿子是传宗接代的人，能不重视吗？敬，先要敬重自身。不敬重自身，就是伤害了亲人；伤害了亲人，就是伤害了根本；伤害了根本，支属就要灭绝。

在孔子的理论中，妻子是用来敬重的，但并不是用来娇惯的。

他这样告诉鲁哀公，女子不能有自己的思想，不能单独逛街，白天，也不能在庭院里闲闲地招摇，连奔丧，都不能走出规定以外的范围。幼时，要从父兄；婚后，要从老公；孀后，要从儿子。

有五种女子不在迎娶之列：家里有造反分子；家里有老不正经或小不正经的；家里有过牢狱史；家里有患绝症的女性；家里父亲早丧，长女就不能娶。

娶了之后，又有七种女子可以被休弃：不孝的；生女儿的；作风不正派或性格乖戾的；嫉妒心强的；病情难治的；嘴尖舌快的；手脚不老实的。

在这七种女子中，又有三种女子不可休弃：休弃后无家可归的；为公婆守过三年丧期的；老公家里原先贫穷而后富裕的。

孔子最后下了结语，圣人就是这样重视婚姻的。

也有这样的时候，鲁哀公形容庄重矜持，向孔子询问，如何选拔人才？

孔子首先为鲁哀公详细分析了一下鲁国的人力资源情况，讲解了人才库里的各色人等，使鲁哀公对各类人有了直观的认识。

孔子把人分五等，五等为庸人，四等为士人，三等为君子，二等为贤人，一等为圣人。五等人中，有真正的儒者，也有披着儒服的冒充者。

什么是庸人呢？

如果简单地勾勒一幅素描，其肖像如下：永远不知道自己在忙些什么，小事明白，大事糊涂；永远不知道自己在追求什么，小事跟风，大事随大流。

什么是士人呢？

如果简单地勾勒一幅素描，其肖像如下：有原则，有坚持。知识不在多，在乎知识是否正确；言论不在多，在乎言论是否正确。

什么是君子呢？

如果简单地勾勒一幅素描，其肖像如下：模样永远从容，看似很容易超越，却永远无法超越。说出的话，一定忠信；做出的事，毫无怨恨。有理想，而不犹豫退缩；有思想，而不咄咄逼人；有美德，而没有自夸的表情。

什么是贤人呢？

如果简单地勾勒一幅素描，其肖像如下：合礼法，不逾常规。虽富有，但无人仇富。发出的言论，不会给自己招来灾祸，而会让公众效法。哪怕是发出打假言论，也不会被乙醚和铁锤袭击。

什么是圣人呢？

如果简单地勾勒一幅素描，其肖像如下：品德行止变通自如，光明如日月，教化如神灵。他身为圣人，而公众并不知他就是圣人，看到了他，就如看到了一个普通人。

什么是儒者呢？

如果简单地勾勒一幅素描，其肖像如下：柔弱，谦恭，看似无能。做大事时，很慎重，看似畏惧什么；做小事时，很小心，看似有点不敢做。推让大事时，看似很傲慢；推让小事时，看似很虚伪。他们与今人一起生活，而以古人的道德标准要求自己。他们仰慕贤人，容纳众人。走路，不和人争坦途，乘凉，不和人争树阴。尊重生命，不会动不动就要赴死、自杀或惹恼别人被他杀。对往昔之事，不追悔；对未来之事，不疑虑。对错话，不说两次；对流言，不盘究。可亲近，不可胁迫；可接近，不可威逼；可杀头，不可侮辱。若犯下错误，可婉言指出，不可直接数落。

孔子讲完儒者后，鲁哀公神态肃然。

不知是敬畏使然，还是应景敷衍，或是心有所感，他冷不丁地冒出这样一句，我死也不敢拿儒者开玩笑了。

鲁哀公偶问大事，问了便罢了，水过无痕。

鲁哀公不问大事，孔子便就小而言大，但依然苍茫无迹。

孔子于哀公，不过是崇之盛名、娱之才学而已。

当我们站在今天的屋檐下，向两千五百年前张望过去，刹那间，风云顿息，尘埃落定，一代圣贤孔子正在寂寞面君，此君，乃古老历史上纯牌的大官僚之一。

3.孔子之声，很悲愤；孔子之心，很柔软

同一个问题，由不同的人提出，孔子也会给予不同的回答。

鲁哀公问孔子，如何为政，孔子从神圣的婚姻之道进行了解析。

季康子也问孔子，如何为政，孔子则以带有批判色彩的言辞回答道，举拔正直之人，废免邪妄之人，邪妄之人也会变得正直。

他这样回答，是因为季康子在严格意义上，属于乱臣，他沿袭了他祖上的无道做法，架空了鲁哀公，挟天子以令鲁国。

所以，当季康子又问，如何避免盗贼祸乱时，孔子更是直言相告，如果您不贪求财帛，就是悬赏谁，也不会有人去偷窃的。

季康子又问，既然无道者多，杀掉他们怎么样？孔子正言道，哪里犯得着屠杀？您一有道，百姓就跟着有道了。君子的德行如风，小民的德行如草，风吹到草上，草自然就会随着风向一边倒。

公元前483年，鲁哀公十二年，鲁国与楚国等发达国家相比，还是一个发展中国家，民生苍漠，国库空虚，私肥者，唯季康子等政府高官。然而，有者不厌其有，季康子提议，更改田赋制度，将原来的马一匹、牛三头的丘赋，改为马两匹、牛六头的田赋。

季康子派冉有去向孔子求问意见，一来，可检验孔子对当政者的态度；二来，可利用孔子之声望，减轻增加百姓纳税的压力。

无人知道，冉有在拜见孔子时，是何等气氛。或紧张？或踯躅？或木然？或垂头丧气？一切都是未解之谜。当我们在翻检史籍资料时，那一觚一觚文字的珠玑，并未还原师生二人对视的一刻。

唯一清楚的是，冉有三顾孔庐，孔子皆面色凝重，只有一句短语："这我不懂。"

最后一次，冉有不知是用哀告的语气，还是烦恼的语气，终于请孔子发表了看法。

夫子说道，君子行政，应合乎礼制，施之于民的要宽厚，取之于民的要减少，如果季康子想依法办事，那么，有现成的周公法典可以遵循，如果他要任意而行，那么，又来问我做什么？

孔子对季康子的不满，呼之欲出。可是，田赋改革还是施行起来了。

冉有在推行新政过程中，使足了心力，像一头埋头猛干的老黄牛，使季康子更多地搜刮聚敛了财富，富者愈富，贫者愈贫。

季康子原本已经僭越鲁君，行迹不轨，冉有犹"为虎作伥"，令孔子愤懑不已。他把冉有召来，激动地对他说："你不是我的学生！"又对学生们说，可对冉有"鼓而攻之"。

仅是自己责骂，已经不足以平息愤慨了，还要声势浩大地"组团"责骂，并且断绝师生关系。冉有自感委屈，巴巴地申诉说，自己不是不喜欢老师的道，而是因为能力不足，无法阻止。

如此淡薄苍白的一句，不如不说，说了更让孔子生气，他朗言道，能力不足的人，事情做到中途，在做不了的情况下，才会停下来，可你，根本不想去做！你是画地自限，不想向前！

冉有躬身听取训示，恭顺谦和，不再辩解。

在孔子的三千弟子中，此遭，大概是最严厉的批评了。

然而，冉有在从政的道路上，仍旧热血沸腾地狂奔着，似乎越来越远地背离孔子之道了。

季康子想要攻打小国颛臾。颛臾位于鲁国境内，是鲁国附庸。

冉有和子路都在为季氏供职，这两个孔门中最能干的人，现实世界中最能取得成功的人（在军事能力上，冉有仅次于子路），前去见孔子，说季康子要发动颛臾之战。

孔子直截了当地责怪冉有，求！这难道不是你的过错吗？颛臾，是过去先王封国于东蒙山下，来主持东蒙的祭祀的；又是在鲁国境内，其国君是鲁国的社稷之臣，为什么要攻打他呢？

冉有推脱责任，说这是季康子的意思，他和子路都不想。

孔子又说，求！根据自己的才力，担当合适的职位，如果不能承担职责，那就应该辞却职位！比如一个瞎子遇到危险，助手却不去护持，那么，要这个助手有何用呢？如果老虎和犀牛从栏中跑出来，龟壳美玉在匣中毁坏了，这又该把责任算到谁的头上呢？

孔子严责冉有没有尽到劝阻之责，说，君子讨厌那种避而不说自己贪心却另找借口的人。

冉有在言语的炮弹中，无处躲藏，只好承认了自己是赞同攻打颛臾的。他为自己找到的理由是，现在若不攻取，必然成为后世子孙的祸患。

孔子对着冉有和子路悲叹道，你们辅佐季康子，人若不归服，应以文治教化他们；现在，国家支离破碎，你们不能保全，反倒图谋在邦国之内大动干戈了。我恐怕季孙之忧患，不在颛臾，而在萧墙之内啊。

关于这段千年往事，子路虽是主角之一，但却只言未发，从头到尾沉默着。这明显不符合子路心直口快、勇字当头的个性，想必，他也是对讨伐颛臾抱着一丝迟疑的。

孔子或许也是有所了悟的，所以，虽也责备了子路，但对冉有更为疾言厉色。

季康子又想去祭祀泰山了。

按照礼制，祭祀泰山者，只能是天子，季康子作为鲁国大夫，欲前往祭祀，是僭礼，是非分，是狂妄，压根不顾忌他挟天子以令天下的不义。

孔子对这无法无天的妄举，难以忍受，要求冉有进行劝阻。

"你不能阻止这事吗？"他对冉有说。

"不能。"冉有回答。

二字已矣。未做任何解释，亦无任何托辞，干脆，简洁，淡漠，已然道不同不相为谋了。

冉有官越做越大，话越来越少。他的话，竟然也随着他的官，鸡犬升天般，金贵起来了。

又一日，下朝，冉有见到孔子，揖拜请安。

孔子问，何以较平日为迟？

冉有答，有政事。

孔子素无记恨前嫌旧怨之心，只是一句家常问话，就像父亲关怀儿子、长辈牵挂后辈。不料他所听到的，却尽是敷衍蒙蔽之言。

孔子便说，是季康子的家事吧？若是国政，虽然我不得用，也总能听到的。

这是一句讽刺，从儒家大师的口里冒出来，略嫌嶙峋突兀。由此可见，夫子之心，已是失望至极，悲凉不堪。

他好不容易等到学生们得到了重用，满心指望着学生以仁道施政，万万不料，道，在远远青山外，那人更在道之外。

冉有是孔子的七十二贤人之一，然而，在同一条仁之大道上奔游了几个回合后，冉有偏离了自己的脚印。

那一行行脚印，一度是他对道义的承诺，是他对灵魂的描摹，是他对信仰的实践。然而，在一个华丽的转身过后，从烟雨荒舍到金碧庙堂，从寂坐苦参到大施手脚，从落寞到繁华，他出走了。出走于自己的内心深处。

他和他的新政，暗夜私奔了。

他与孔子的分歧，只在一个字上。孔子是——知其不可而为，冉有是——知其不可而不为。

一个"不"字，其差池，已是咫尺天涯，相去万里。

分歧是有了，但分歧，并不意味着分离。师生二人依然互相顾念。

当冉有权倾一时，季康子对其言听计从时，冉有对待孔子，依然恭谨有加。下朝后，径见孔子请安。

孔子依然亲和地为冉有讲经论道，敦敦告诉他，执法时，要明了刑罚，善用刑罚，并细致地为他讲解各种罪行：悖逆天地，是一等罪；污蔑周文王、周武王，是二等罪；悖逆人伦，是三等罪；混用鬼神害人，是四等罪；杀人，是五等罪。五罪中，杀人最轻。

孔子后来还把冉有列为首席政客，对他评价很高，说他如果用圣贤之道来辅佐国君，定是一位好臣子。

孔子不满冉有的作为，却又不倦地教诲他。或许，在孔子悠长辽远的记忆中，他始终难忘冉有平和谦让、谨小慎微的性情吧。

孔子深谙自己的政治主张与现实世界，两两对峙，他也因此深谙冉有的苦楚和酸涩。对于冉有"力不足"的托辞，他没准也是有着冷静的诠释的。

首先，冉有个人，的确力量有限，因为他胆魄不足，优柔寡断，畏首畏尾。孔子曾问冉有，如果由他来治理一个方圆五十到七十里的小国，何时见效？冉有考虑后，答道，可用三年使其富庶。

在我们听来，这是个中正的回答，不偏不倚，很合适。

在孔子听来，这却是个有倾向性的回答，偏离中庸之道，太过谦逊，谦谦之风有余，凌厉气势不足。

因而，孔子在教化冉有时，总是有意无意地鼓励他。

当冉有问他，如果听到一个好主意，是否应该立刻付诸行动时，他肯定地颔首：应该！

可是，同一个问题，当子路问他时，他又肯定地摇头：不应该！家里老的小的一大堆，怎么能听风就是雨呢？

学生们困惑不解，孔子解释道，子路胆大鲁莽，容易激动，要给他泄气；而冉有胆小多虑，容易退缩，要给他壮胆。

孔子既知冉有老实、迟疑，必然亦知冉有不会强硬地阻谏季康子。当冉有无法将孔子理想中的道，合辙押韵地对接到具体的现实事务上时，冉有便实打实地说出"力不足"来，好像是赌气的一句话，其实是肺腑真言。

孔子不满冉有的作为，却又不倦地教诲他。或许，在孔子温润宽厚的襟怀中，他也始终难忘冉有郁郁葱葱的草木年华吧。

冉有是孔子的先进弟子，他在周游列国之前，冉有就以受教为幸，他五十四岁踏上流浪之路时，前途云烟缭绕，一片苍茫，不知何夕，方见归途，二十六岁的冉有毅然随侍左右。

在离乱的城郭，在荒凄的原野，在纷扰的街巷，冉有时而执鞭赶车，时而请教聆听，问题是那般繁多，目光是那般澄澈，容颜是那般青涩，神情是那般温和快乐，他无时或忘。

近二十年的昼夜相处，朝夕相对，他的心，坚定而柔软。

4. 夫子从心去了

鲁哀公的暗弱，季康子的强悍，使得鲁国不能任用孔子，孔子也不再追求做官了。

这个大梦想家，在他年近古稀的时候，迎来了梦想破碎的一刻。

一块剔透的薄冰，倏地裂了缝；

一片枯黄的落叶，窸窣碾碎了；

一只红尾的蜻蜓，轻点水面飞走了……

这放射状的碎裂，这悄然的飞逝，带走了夫子的梦。他冷静地看着这个牵引了他一世的梦，渐行渐远，精神上的大恸，唯有自己明了。

与此同时，孔子又是放达的，豁朗的。

吾十有五而志于学，三十而立，四十而不惑，五十而知天命，六十而耳顺，七十而从心所欲，不逾矩。

这位退休的大夫，如是说。

孔子所处的春秋乱世，杀人活动，此起彼伏，像赶集一样热闹。弑君事件，也层出不穷，孔子就赶上了十五个。当前十四个国君被抹脖子时，孔子一声不吭，一言不发，等到第十五个国君，齐国国君，被宰相按到大砍刀上时，孔子突然开了腔，厉声批评，正言痛斥，并斋戒沐浴三日，盛装请鲁国统治者讨伐齐国逆贼，以彰正义。鲁国当然不敢了，听到孔子嗓门那么大，吓得要命。那么，孔子的态度，何以发生如此大的变化呢？原因就在于，他"从心而欲，不逾矩"了。他开始吹响一个言责者的号角了，开始抨击政府的不当了。

从心，是多数人可望而不可即的境界。夫子从心，一是自身境界不凡，二是他已断绝了从政的念想，三是他名望俨如日月，翳不可避，鲁哀公、季康子等大人老爷们，虽然饱受他的口舌之箭，但也不愿轻易招惹，免得沾上麻烦，这样反倒还可以博得一个爱士、敬士的好名。

如此，在孔子回到鲁国后的五年中，他的主要精力，都用在整理文献的工作上。

在他一个猛子扎入文字的沧海中时，他并不知道，他唯有这五年光阴是有效光阴了。像药片一样，之前的光阴，业已失效；之后的光阴，行将与他错之交臂了。

5. 采文的人

书，是文化的家；无家，文化就要流浪。

孔子流浪了十几年，不想再让文化也饱受颠沛之苦。

于是，他从文化的枝头，采诗、采乐、采文，整理出了"六经"，亦称"六艺"，包括《诗》、《书》、《礼》、《乐》、《易》、《春秋》。

"六经"的重整，一如电光火石，使中国古文明的源头上，嚓嚓地闪烁着光亮。

无它，中国文化称得上灿烂，但或许称不上盛美；有它，在朴拙无华的气息中，升腾着一种神性之美。

王室衰微，礼教崩废，孔子欲以修书，以史明智，以文明心，试挽狂澜于末世。

这又是一个敢为天下先的举动。资料残缺不全，工程浩大繁重，孔子带领弟子们兢兢业业，刻刻苦苦，争分夺秒地工作。任暑热蒸腾，任大风呼啸，任暴雨倾盆，任寒雪飘飞，他们永远是一道不变的风景。

不知不觉中，他们已入画于历史古卷。他们不是文明史上的群众演员，而是耀眼的明星。

而他们自己，浑然不觉。

6.《诗》，像念经一样念诗

《诗》，是我国第一部诗歌总集，共收录了三百零五篇诗歌，时间始自西周，终于春秋中叶。

在这个漫长的跨度中，不同地域、身份的采诗人，从不同的河畔、深巷、庙宇、长亭、宫闱，采到了不同的诗。

作者有贵族、平民；诗有民歌、祭歌；所歌之水，有黄河、汉水；所歌之人，有贵妇、贫女。

丰富而交杂，繁多而凌乱。活泼者，如活鱼甩尾；沉静者，如夜湖一泓；华美者，如锦缎堆簇；哀怨者，如柳箫低吟。

埋头在《诗》之声色种种中，孔子带领弟子们主要做了五项工作。

第一，丰富其内容。孔子采用了对人的一贯作风，对文字也一视同仁，不因粗陋而鄙弃，不因浓艳而轻蔑，一律照单全收，然后进行析释、梳理。

第二，完善其体系，明晰其条理。孔子把庞大的诗歌群，切豆腐一样切成三个部分："风"、"雅"、"颂"。

三块豆腐，各具特色，"风"，飘摇着雨后杏花的风土气息；"雅"，散发着钟磬和鸣的朝廷雅正之音；"颂"，回荡着庄重神秘的祭祀之声。

品味咀嚼起来，无一不余味悠远，口齿留香。

即便"风"和"雅"中，有腥膻的成分，但因非礼勿"思"，照旧是锦心绣口。

国风好色而不淫，小雅怨诽而不乱。孔子对《诗》精到地评价道："一言以蔽之，思无邪。"

思无邪，三个字，字字深邃，有底蕴。可谓一滴水，涵盖了大海，三个字，尽纳了仁礼。

这就有了第三点。

第三，把男女夫妇的家庭伦常作为开篇。比如，国风的开篇是《关雎》。

《关雎》中，有一句诗非常"百搭"，在我们这个时代，依然老少咸宜，这就是——"窈窕淑女，君子好逑"。

像念经一样念着这句诗的人，也许并没有深切体会到孔子的贡献有多大，但天与地，却是知道的。

孔子从《关雎》中，看到了幽深的意境、道德的启示、热烈的叙事、优雅的文辞；当然，他也看到了男欢女爱、缠绵相思，但他并没有停留在表面，而是沉着地概括道："这首诗歌快乐而不放荡，哀伤而不过分。"

这在当时，是大胆的，超前的，时尚的。

可见，孔子是进步的老师，学生是进步的弟子，他们都是古代的文化达人，是冲锋在最前沿舞台上的老"超男"。

当然，他们不需要发动整个电信系统拉选票，他们鄙视输了就在台上哭，赢了就感谢父母、感谢七舅姥爷那一套。他们有真才实学，崇尚踏实地工作。

第四，建立规范的韵律系统，使所有的诗歌都可以咏唱。为了使诗歌更符合声律，孔子还进行了一定的文字修改。

做完了编辑工作，孔子还要试唱，试听。演唱时，若一字不合，一音不佳，都要调整，举一反三，鞠躬尽瘁。

试问，普天之下，还有谁能如此尊重每一个字，每一个音符呢？

在当下社会，许多人连尊重自己都做不到。

第五，修《诗》、习《诗》。理由是，"兴于诗，立于礼，成于乐"。

白话意思就是：《诗》、《礼》、《乐》可提高一个人的修养。

习之，则"可以兴，可以观，可以群，可以怨"，即可以培养联想力、观察力、合群性，还可以培养讽刺能力。以后发生纠纷时，就可以天马行空、随心所欲地连讽刺带挖苦了，就不用粗鲁地骂街了，骂街多不文明。

习之，还有另外的好处。掌握了诗中道理，近，可侍奉父母；远，可服侍君王。

诗中多涉草木鸟兽，认识深刻了，没准还能培养出一批生物学家。

修《诗》还能得到这如许好处，这可是买一赠一的意外所得。

为此，孔子这样告诫他的学生们，必须习《诗》，否则，做任何事情，都好像面壁而立。

以诗开窍，孔子自己也是这样做的。

孔子读《唐棣》时，感到好笑。诗有这样一句："唐棣花儿，翩跹摇摆。难道我不思念你？实在是因为相距太遥远。"孔子对学生们说，你们说这句诗怎么样？真正的思念，与遥远有什么关系呢？

孔子读《甘棠》时，肃然起敬，说，尊敬一个人，就必定尊敬这个人的牌位。

孔子读《正月》时，感慨万端，说，生不逢时的君子很危险，往往不得善终，因为顺从主上、依附世俗，就会废弃真理；违抗主上、悖逆世俗，就会身陷险境。两种选择，都会危及身心。所以，诗中才警告知识分子："谁说天很高，走路不敢不弯腰；谁说地很厚，走路不敢不蹑脚。"意思是，上下都别得罪。

孔子读得深，读得细。诗的魂魄，因他而遽然苏醒；他的魂魄，因诗而愈加灵动。我们这些后人，白捡了这两重便宜，却并未深解。

7. 《书》，沧桑一梦

孔子编撰的《书》，又称《尚书》，是以纪言体为主的政治历史文献。在流传过程中，饱经坎坷、沧桑。

世界上流传最快的东西，是流言；流传最慢的东西，是文化。

若以流言的速度，来传播文化，若以对流言的热爱，来保护文化，《书》的命运，或许就会改变。

然而，这是一个可望而不可即的梦。

在鲁哀公的年代，鲁国人对《书》，还怀有谨敬之心。之后，又经历了九代，至鲁顷公时，鲁国灭亡，《书》的流离之路大概就已经开始了。

到了秦始皇的年代，秦国人在区区十五年的历史中，经历了焚书坑儒的不世之举，《书》之残本，愈发破烂不堪。

到了汉景帝的年代，汉代人奉汉景帝之子刘非之命，拆毁孔子故居，从墙壁中，偶见一部《书》之残本，只余二十多篇文章。

到了中华人民共和国的年代，现代人重视起了这部流传不易的珍贵典籍，小心翼翼地珍爱它，惜重它，小心翼翼地把它放到到处都是监控摄像头的文献室里，馆藏起来——没多少人去读。

即便是出版了翻印本，也没多少人去读。不知道是不是因其珍贵，好多人甚至都"舍不得"去读了呢？总之，他们把它精装成册，放到豪宅中，做了一个提高身份的精致摆设。

唯有寂寥的史学家们，谦恭地拜访它，用目光细细地抚摩它。尽管残本几经增删，但孔子的思想面貌，依然依稀可见。穿越两千多年的尘香，史学家们好像站到了孔子的门前，正与这位千古伟人，欣然一晤。

8.《礼》，古色的遗香

《礼》，是孔子整理、总结的古代社会道德规范。

在孔子心中，礼，重要到什么程度呢？

孔子打了个比方，礼如果不行于世，不合礼仪的行为就会堵塞堤坝；堤坝因此会失去作用，因无用，将被毁掉，毁掉后，必遭水灾。

孔子认为礼和仁不分家。

再打个比方，就是：如果把仁与礼看成一株植物，那么，仁，就是礼的根茎，礼，就是仁的花朵，失去根茎，花朵势必凋落，失去花朵，根茎势必黯然无彩。失去哪一种，都会折损它。

所以，孔子精心制礼。

礼有八种，把古语过渡到现代汉语，把书面语翻译成口头俚语，就是：

丧：父母殡葬要庄重有礼，谨慎周到，否则就会助长不孝之风。

祭：祭祀天地、神祇、先祖要有礼节，引申开来，无论是祭祀观音，还是圣母玛利亚，都不能草率，要秉诚致意。

乡：尊敬贤人、养活老人，都不能马虎处之，要酒礼相待，否则就没人重视长幼秩序了，混乱的局面就会形成。

射：在乡里喝了二锅头，或者在政府机关喝了茅台之后，兴头上，要行射，要露两手，但是，断不可草率地拉弓就射。射，不是臭显摆，射，要有射礼，要表现出对各位的尊重，否则就难免交恶，而交恶后，又难免以强凌弱。

冠：男子二十岁时，要举行"成人礼"，虽然二十岁才"成人"，但这不妨碍一个人在"未成年"的时候，娶老婆，生儿子。

昏：在遭遇了爱情，并兴奋地昏了头，要结婚时，一定要行庄重婚礼。若不重视婚礼，婚姻关系就会淡漠，一淡漠，就会出现不正常的关系，一不正常，就会增长淫乐之风。

朝：君臣之礼，万不可轻忽，领导与下属会面时，不要连吆喝带呼号，像赶牲口似的。言谈举止，要合乎体统，否则就难免有僭越不忠之风。

聘：诸侯邦交时要讲礼节，外交人员代表国家，即使不阅兵，不唱国歌，也要以各种礼节彰显尊严（孔子的这个观点，得到了全世界人民的共识，现在，每个国家都在这方面下工夫）。

八礼不多，渗透的心血不少。

孔子搜集了散佚、流落在外的夏礼、商礼、周礼，然后，逐一思虑、斟酌、取舍。

今天，我们可以考察到的，是孔子的取舍思路。

他先是这样推理：我能讲述出夏代的礼制，也能讲述出殷代的礼制，但夏代人和殷代人，并无相应的文献流传下来，所以，我无法证明自己的讲述。而周代的礼制，我既能讲述，又有周代人留下的文献，证明我的讲述，所以……

所以，他得出这样的结论：周礼是继承殷礼而来，殷礼是继承夏礼而来，在这长达几百年的传承中，被继承的，是不变的精神本体，被改变的，是文采形式，所以……

所以，他又得出一个结论，"郁郁乎文哉，吾从周"。

他遵从了周礼，来编订道德规范。

这还不够。孔子不是书呆子，不是为了编书而编书，不是为了制礼而制礼，他的目的，是实用，是传播，是普及，是人人平等地、自愿地接受。

所以，他掀起了一股讨论热潮，广泛听取学生们的意见，让内容雅俗共赏，既不板着脸，又不涎着脸，既不高处不胜寒，又不粗俗鄙薄。

孔子最小的学生公西华，在拜见孔子时，提意见说，《礼记》中，条目又多又细，语言又很专业，对非专业人士来讲，吸引力不大，不如把专业词语，都改成通俗易懂的大白话。

他们的大白话，对于我们来说，相当于深奥的文言文；他们的专业术语，对于我们来说，应该相当于《山海经》了吧？

公西华的提议，如果站在现代书商的角度来看，颇有文化市场化、商业化的前瞻意识，孔子在几千年前也前瞻性地表示了满意，采纳了公西华的建议，欢喜地夸赞公西华："你提得真好。"

9.《乐》，永远在湮灭

诗、礼、乐三位一体，乐，附着于诗，用之于礼，所以，孔子在开展工作时，把诗、礼的整理同步进行。

在整理乐的时候，孔子是万分焦急的，因为当时没有乐谱，没有专门的音乐理论著作，没有无线电等传播渠道，也没有电视等媒介，一支乐曲的发明、流传，完全依靠乐师的口口相传。这样一来，问题就出现了。

乐师因生计原因，因王官失守原因，因战乱原因，因亲朋原因，因各种想得到和想不到的原因，都流散到远方去了，流散到人烟罕至的僻地去了。

乐师不同于现代的歌手，他们没有全球定位系统，没有经纪人，他们萍踪缥缈，无处可寻，乐曲自然也就随之佚散。

乐师因情绪原因，因天气原因，或者因为吃咸了、齁嗓子了等原因，因各种想得到和想不到的原因，有的，已经罢唱了，乐曲就这样随之湮灭了。

所以，孔子急得直搓手。他因为许久梦不到周公，会急得搓手，现在，又为保护音乐的传承，而急得不堪了。

他是在为后人着急，后人是否知道呢？

为了抢救正在消失的古乐，孔子夜以继日地工作，不知疲倦地搜寻、整理，终于保存了大量珍贵的声音。他自己，也沉醉其中。

孔子是个演奏家，会演奏乐器，不是一种，而是多种。无论琴、瑟，还是笙、磬，金石之声，裂云之音，敲击吹弹，搞得很热闹。

孔子是个歌手，放歌在山东大地上，草木有情，鸟兽回鸣。从他擅长的乐器类型推测，他大概属于美声唱法。

孔子是个音乐鉴赏家，推崇音乐有前奏，有正曲，有尾声，就像写小说一样，有序，有正文，有跋。音乐开始时，先是众乐齐奏，热烈喧腾，然后是纯一和谐之声，如行云流水，清晰明亮，最后是袅袅余音，不绝如缕。

孔子是个音乐学者，知识丰富，深通乐理乐意，对音乐的分析和阐释，动人心弦。

然而，今天，我们已无幸聆听这远古之声。

由于没有乐谱记录的原因，由于朝代更迭的原因，由于音乐不能当饭吃等原因，由于各种想得到和想不到的原因，传统音乐逐渐失去了社会地位，逐渐地走上了消亡之路，孔子辛辛苦苦所整理的《乐》，人多不识，不喜，从而，也逐渐被冷落，被遗忘。

古代新音乐的兴起，也加速了传统音乐的流失。

古代的新音乐，或许，相当于现在的通俗音乐吧？如《千里之外》，如《老鼠爱大米》。其传统音乐，或许，相当于现在的民族歌曲吧？如《翻身农奴把歌唱》，如《茉莉花》。

如果古代也有春晚就好了，根据硬性安排，或许，还可以给传统音乐更多的时间段。

如果古代也时兴老歌新唱，根据歌手的再创作，没准儿也可以七扭八拐地把阳刚有力的传统歌曲，唱成昏昏欲睡的靡靡之音，或者"说唱"成"现代快板"，这样，也算是将就着保存了一些。

如果一切皆有可能的话，没准儿，孔子苦心孤诣整理出来的《乐》，可以通过春晚得以保存；或者可以通过翻唱，得以间接地保存，虽然面目全非，但至少还有些往昔的依稀模样。

但一切皆无可能。历史刚迈入汉代，汉代的乐官对于《雅》乐，就只能"纪其铿锵而不能考其义"了。

到了东汉末年，《风》、《雅》之乐，已是十分陌生的腔调了，寥寥的几人，尚还可以吼上几嗓子，也是上不着天，下不着地，没人感兴趣，权当是练声了。

之后，古乐被忘得干干净净了。

如此伟大的古乐，被彻底地遗弃了，有谁忍心去面对夫子呢？哪怕在九泉之下。

10.《易》与"易中人"

《易》，即《周易》。孔子年轻时，对它并无格外的兴趣，无数次与它两两交错，擦肩而过。直到他初入仕途时，做了中都宰，一个偶然的机遇，他和它相遇了，不早一步，不晚一步，他们恰恰好好地相遇在清风中。

那次，孔子手拈蓍草，为自己算了一命，得出一个陌生的卦象。百思不得其解，遂请来"易中人"，点拨迷雾。

"易中人"引颈一瞧，一句话就概括了孔子的命。

"先生，你有最高的智慧，却没有相应的地位。"

一句话，如醍醐灌顶，一句话，如禅宗的棒喝，孔子感慨良久。就在这风云顿起、大浪拍岸的一刻，孔子和《易》，磁石般相吸了。

一个光耀千古的人，一部光耀千古的书，在天地间，完成了一次庄重的对视。

孔子在深刻地感觉到一种来自生命深处的神秘和哲思后，开始潜心研究《易》。

在春风沉醉的夜晚，孔子在《易》中沉沦了。

好像沉沦于黎明的云气中。

好像沉沦于黄昏的清醴中。

晚年的孔子，编排了《易》中《彖》、《系》、《象》、《说卦》、《文言》的次序。同时，也更加勤奋地研读《易》，并鼓励学生们都去读。他的推介语和书评，只有一句话，这是一部好书。

夫子刻苦的程度，非"感动"二字可形容：连接竹简的牛皮绳，被翻断了很多次；用来指字的铁棒——或许是教鞭的鼻祖，被用断了好几根。

夫子无私的程度，非"敬重"二字可形容：他说，如果让我再多活几年，我对《易》的文采和内容的阐述，会更深入，更透彻。

夫子清楚自己已经走到了生命的末端，但他没有安坐在斜阳下，而是，与时间竞走，希图多留给后世一些福泽。

这是一份额外的恩德，一份重大的恩德，夫子没有把它留给自己，而是留给了世界。

11. 《春秋》，雄踞古代畅销书排行榜

孔子为什么要修《春秋》呢？

孔子的解释是，夏朝不衰亡，商朝就不会产生；商朝不衰亡，周朝就不会产生；周朝不衰亡，《春秋》就不会编撰；而《春秋》撰写以后，君子就知道周朝的衰亡史了，也就知道政治衰亡的规律了。

孟子的解释是，乱世乱象，世衰道微，到处都是邪说，到处都是暴行，有大臣杀害君主的，有儿子杀害父亲的，孔子惧之无道，遂修订《春秋》。

《春秋》是我国第一部编年体史书，是鲁国史官依时次所记的大事录。大事起自鲁隐公元年，终至鲁哀公十四年；活跃在大事中的，共有十二位鲁国国君。

夫子修《诗》，是庄重的；

夫子修《书》，是谨敬的；

夫子修《礼》，是正襟危坐的；

夫子修《乐》，是焦急的；

夫子修《易》，是欢喜的；

夫子修《春秋》，是严肃的。

严肃到每一个字，都掷地有声。

严肃到每一个历史事件，每一次异常变化，每一种天文现象，都可以制作一档"实话实说"栏目，其中所涉及到的年月日，都一一精确无误。

为了还原真实的历史，孔子做了大量前期工作。他派子夏等十四个弟子，或上山下乡，或走街窜巷，走访了上百个诸侯国，广泛搜求周王朝和各诸侯国的史书，共抄回来一百二十个诸侯国珍藏的史籍。

艰苦的梳理工作开始后，孔子立场鲜明地表达了或褒或贬的观点。对于不合乎周礼者，如，吴楚两国的国君都自称王，按照周礼，只有天子可以称王，而吴楚国君在受封时都是子爵，所以，这也是僭越。孔子虽然未能在现实中将二人从"王"贬为"子"，但在书里，他痛快淋漓地这样做了。

这样做的结果就是，"孔子成《春秋》而乱臣贼子惧"。

当有违礼制者，当野心僭越者，看到《春秋》后，心中都不约而同地唱起了一首名叫"忐忑"的歌。

强烈的社会批判性，使《春秋》一度成为了畅销书，也使孔子骤然被推到了风头浪尖上，即便在他离开人世之后。

有一点，是让孔子纠结的。他在书中替天子行道，其本身，就是僭越，这与他反对僭越的原则是相违背的，所以，他留下了这样一句叹息。

知我者，其惟《春秋》乎！罪我者，其惟《春秋》乎！

慷慨悲歌中，缠绕着丝丝遗憾。

第六章　对酒当歌，弟子几何

夫子门下花满蹊，千朵万朵压枝低。其师生之情，父子之情，知己之情，诤友之情……种种情长，以酒释之，无不令人动容、动心，羡煞、醉煞：夫子与冉有，饮的是一壶辛辣的烈酒；夫子与颜回，饮的是一壶醇香的温酒；夫子与子路，饮的是一壶甘洌的浊酒；夫子与子贡，饮的是一壶浑厚的陈酒；夫子与曾参，饮的是一壶绵远的老酒；夫子与闵子骞，饮的是一壶家常的烧酒……夫子一路行来，不寂寞。

1. 伤怀日，寂寥时

夫子修书，不亦乐乎。夫子讲学，不亦乐乎。就在这位花甲老人忙得不亦乐乎时，他的儿子伯鱼诞下了一个儿子。

孔子分外高兴，为其取名孔伋，字子思。

这位子思后来成为了一个名声大震的人物，他所创作的《中庸》一书，至今仍影响着我们的生活。

然而，喜事后脚还在屋里，悲事前脚就迈进来了。

伯鱼死了。

伯鱼的五十年生命，操劳甚苦，执礼甚恭。在生活上，孔子没有跟他分担重负；在教育上，孔子没有给他吃小灶；在从业上，孔子没有利用自己的影响为他谋取官职。

在《论语》中，有关孔子与伯鱼的记述，远不及孔子与弟子们的多。

伯鱼从未从孔子那里得到过特殊教诲。如果一定要寻找的话，勉强可以找得出两次捎带式的对话，但仍是寥寥只语。

一次，伯鱼从庭院里走过，孔子站在那里，随口问他，学诗了吗？伯鱼答，没学。孔子说，不学诗，就不懂得怎样讲话。

另一次，伯鱼又从庭院里走过，孔子又站在那里，又随口问他，学礼了吗？伯鱼答，没学。孔子说，不学礼，就不懂得怎样立身于世。

如果这也算是私下的辅导，那么，也就只有这两次了。

孔子给予伯鱼的支持很少，但伯鱼给予孔子的支持却很多，这让孔子格外痛楚心酸。

2. 回眸一顾有颜回，三千弟子无颜色

快乐总是独处，悲伤总是扎堆。

颜回也死了。

在孔子七十二岁的时候。

颜回是孔子最得意的弟子，是七十二贤人中的首席代表。甚至可以这样说，如果颜回幸存，那么，传承孔子的儒学思想的，就不会是曾参，而是颜回。

颜回，字子渊，鲁国人，出身贫农。孔子授教，无高低贵贱之分，颜回的父亲颜路首先成为了孔子的学生。颜回十多岁时，颜路要退学，因为一大家子人需要养活，他不能光学习，不干活。但他又舍不得离开，最后想了一招，由颜回接替他，继续师从孔子。

这有点儿像我们八十年代时盛行的"接班"制，当父亲在一个工厂退休时，可由子女接替他的位置继续上班。

颜回打替班后，孔子很快发现，这娃为人低调，但个性十足。整日不说一句话，任凭孔子对他一整天一整天地讲学，他都没有一点儿反应。

面对他，孔子好像在面壁，好像在面对一头本分的牛，厚道的牛。

其实，颜回非壁，亦非牛，他是一块海绵，如饥似渴地吸收着知识。待关键时刻，方才小心谨慎地挤出一点儿。虽是一点儿，但却沉甸甸的，分量足，质地好，很充沛，很及时，正合用。

孔子欣然悦之，说，君子恰恰要"敏于事而慎于言"，意即：言语迟钝，行动迅速，静如处子，动如脱兔。

颜回的从学状态，成为盛谈，并远播千年。清朝康熙年间，有个画家叫做焦秉贞，他画了一幅《孔子圣迹图》，里面就形象生动地描述了颜回。

画中有两条河，流淌在鲁国曲阜之东北方向，孔子带领学生们在河边论道。颜回为了不漏掉孔子所说的每一句话，不错过孔子的每一个举止，全神贯注，亦步亦趋。

孔子去走一步，颜回紧跟在后面也走一步；孔子观望蒸腾的水汽，颜回也去观望蒸腾的水汽。

颜回的举动，让我们不由得想起作家赵树理写的一篇小说《小二黑结婚》，里面提到，村里有个姑娘叫小芹，长得好看又俏皮，半大小子们，觍着脸，总去套近乎儿，小芹去洗衣服，愣头青们也都去洗；小芹上树采野菜，愣头青们也都去采。

颜回不是在追求爱情，然而，他对学问的追求，对孔子的尊崇，远远超过了世间最美好的情感。

颜回第一个上学，最后一个下学，成功地把孔子给盯牢了。

如果孔子有两个影子，一个是自然光线的折射，一个自然就是颜回了。

孔子开心于他的好学，赞许于他的刻苦，可是，又奇怪于他的时间安排——他成天盯在孔子身后，连眼光都舍不得挪开，挪步就更万分艰难了，难道他不需要吃饭吗？

孔子在中午下学后，派了一个人跟踪颜回，看到颜回的家，位于曲阜的贫民窟内。他父亲颜路出城种地去了，母亲在外面做钟点工，家里空荡荡的。颜回进了屋，端起一碗剩菜汤就喝。不解饿，又跑到院井旁打水，灌了一肚子水后，自觉腹内充实，急匆匆又往孔子那里奔去了。

孔子派人一连观察数日，日日如此。"食无求饱，居无求安"，孔子对此痛怜不已，感叹不已。

贤哉，回也！一箪食，一瓢饮，在陋巷，人不堪其忧，回也不改其乐。贤哉，回也！

孔子的这句肺腑之言，从此光耀于世。它既道出了颜回贫贱不能移的意志，又引起了历朝历代许多孤独奋进者的共鸣，因而，被数代人无数次引用，而不必担心版权问题。

当颜回从一个懵懂少年，成为博学之士后，仍然门神一样日日出现在孔子的门前。孔子建议他出仕为官，既可缓解贫寒的状况，又可利用学识施展抱负。

颜回谦恭地回答，他没有离开老师的必要，原因有二。

一是，家境虽贫寒，但几年来已在城外有薄田五十亩，可供应日常粥饭；城内有薄田十亩，可供应丝麻物件。出仕岂不多余？

二是，生活虽清苦，但每日在老师身边，接受教诲和指导，足以自乐；清风明月之下，抚琴一曲，足以自娱。做官岂不多余？

孔子不料颜回竟有如此大愿，大惊失色，连声感叹，这是他从事教育事业的最大收获。

颜回不是没有理想，而是，他的理想周至仁和，看起来，棱角不分明。

他的理想，与子路不同，子路愿意在沙场上冲锋陷阵。

他的理想，与子贡不同，子贡愿意在硝烟中进行外交谈判。

他不逞武力，不逞口才，在文武之间，在文武之外，他选择了另外一种温和的理想：施以礼乐，把兵器都销毁，熔铸成农具；男子在平原湿地上，耕种放牧，女子在阁内家中，守分操持；千年无战，河清海晏，让子路既没有机会施展他的勇敢，让子贡也没有机会施展他的口才。

孔子闻之，严肃地赞道，只有颜回才有这种美好的德行啊。

孔子与颜回在逐日的相伴中，师生之情日深，父子之情日深，知己之情日深。

颜回深切理解孔子壮志难酬的苦衷，但他似乎看不到孔子的苦闷。倾听孔子的琴声，总是安详庄重如高山，平静和谐如流水，并无愤懑、抑郁、绝望之音。

颜回为此特意拜见了孔子。

颜回问道：难道君子没有忧愁吗？

孔子怡然道，君子为何要忧愁呢？君子是这样的人：在没有实现目标之前，对自己的思想感到快乐；在实现目标之后，对自己的智慧感到高兴。所以，君子终生，没有一天是忧愁的。小人是这样的人：在没有实现目标之前，对自己能否实现而担忧；在实现目标之后，对自己能否巩固成就而焦虑。所以，小人终生，没有一天是快乐的。

颜回又问：那么，何为君子呢？

孔子肃然道，君子要恭、敬、忠、信。外貌谦恭，可以避免众人讨厌；对人敬慕，可以讨得别人喜欢；对人忠实，可以使人愿意结交；对人诚信，可以使人信赖。恭、敬、忠、信合而为一，就是仁。仁，可保全自我，进而立身，进而治国。

颜回又问：那么，何为仁呢？

孔子陶然道，克己复礼，即为仁。谁能够不经过门，就走出屋子呢？仁，就相当于门。若人人克服妄念，依礼而行，可使天下归仁焉，使宇宙和谐一致。然而，仁的这种境界，不是理论，不是教育，而是最高的修养，是最高的自我约束。

颜回再问：那么，我怎么做才能接近仁的境界呢？

孔子欣然道，先以外在的规范，约束自己。长久坚持后，外在规范就会转化成内在的习惯，从而逐渐达到仁之境界。

简言之，就是：

非礼勿视，非礼勿听，非礼勿言，非礼勿动。

颜回高兴极了，他恳切地表示，自己笨是笨了点，但会一点一滴地做起来的。

这是颜回自谦。

颜回笃行信守孔子之道，无论何时、何地、何种境遇，颜回总是理解、明白,莫逆于心,总是能够最恰如其分地将理论付诸实践。他对孔子的思想义理,发扬最为中肯。

与冉有相比,颜回缺少了深沉干练。

与子贡相比,颜回缺少了机智敏慧。

与子路相比,颜回缺少了豪迈雄壮。

但这只是表象,颜回貌似愚者,实为智者。因此,孔子说,只有颜回,他的心,能够长时间地不离开仁德,其他人,他们的心,能够一天或者一个月与仁德相合。

孔子深明颜回,把最纯洁美好的赞语,都给了颜回。

颜回最懂孔子,把高山仰止的崇敬,都给了孔子。

然而,知交甚深,知交短暂。颜回二十九岁时,头发就全白了,不知道是不是因为他提前进入了苍老,所以,他也提前离开了人世。

孔子七十一岁时,颜回四十一岁,孔子还在迎风而立,颜回却随风而逝了。

淡泊和悦,神色专注,颜回的音容笑貌如故,却已是黄泉碧落相隔,孔子悲痛欲绝。

孔子在这时,心里想些什么呢?

他是否在想着颜回追随他的短暂一生,想着他们共有的默契与灵犀,想着他们共同经历的离乱?

十六年前,孔子被围于匡时,因师生走散,颜回迟迟未到,孔子担心他死于战乱,焦急地翘首远望,哀愁地独坐沉缅。等到颜回风尘仆仆地出现在眼前时,孔子惊喜交加,激动地说,"我以为你死了呢。"颜回也激动地回答:"先生还在,回哪里敢先死!"

一问一答,深厚情义,尽纳于中。

八年前,孔子被围于陈国和蔡国的边境,七日无粮,子贡发挥了他生意人的强项,携带物品偷偷潜出包围圈,到偏远的小村里换了些米回来。颜回和子路一起炊煮。饭熟后,子贡汲水时,无意间看到颜回正在偷吃他用生命换回来的米。子贡很生气,跑到孔子面前,先是含蓄地问了一句,仁人也会在穷困时改变节操吗?接着就直接问了,像颜回这样的人,也会改变节操吗?

孔子静静地说,也会。

子贡便把颜回偷吃的事告诉了孔子。

孔子静静地说，像颜回这样的人，会改变节操，但颜回不会。

孔子想要把事情调查清楚，他把颜回叫来。当然不是直接喝问，而是要颜回把饭端来，说自己要祭祖。

颜回说，饭不能祭祖了，因为已经不干净了，刚才有一块黑灰掉进去了，扔掉太可惜了，我舍不得，就把脏的地方吃掉了。

孔子静静地说，如果是我，我也会吃掉的。

颜回退下去后，孔子对子贡等人说，我相信颜回，不是等到今天啊。

一饭之谜，师生互信，诚如山海。

而今，孔子依然记得自己当年所说的话，也依然记得颜回所做的回答。然而，斯言犹在，斯人已去。孔子忆之，情何以堪？

"天丧予！天丧予！"孔子痛彻心魂地泣诉。

孔子一生，因信奉"君子坦荡荡，小人长戚戚"，而鲜有情绪剧烈激变的情况，即便是在流离异国饱受患难时，依然庄重平和，而这一次，他却哀痛失度了。

这是上天想要我的命啊——当孔子这样大恸时，他是真诚地在嗟叹着与颜回的诀别！嗟叹着这个道之传人的中途而亡！

他同时也是嗟叹着与寻梦时代的诀别！

颜回的父亲颜路，深知孔子与颜回两心相契，请求孔子将他的车子卖掉，给颜回制作椁室，套在棺材外面。

孔子拒绝了。

学生们敬重颜回，也为宽解孔子伤怀，请求出资厚葬颜回。

孔子拒绝了。

他悲痛愈深，拒绝愈厉。他思颜回所思，知颜回所知，料到，颜回定然也是严词拒绝的。因为这两桩请求，都有违礼制。

伯鱼为孔子之子，死时为士，按照礼制，有棺无椁；颜回死时，也是士的身份，按照礼制，也应当有棺无椁。设若厚葬，是僭越。

另外，孔子尚挂名于大夫之列，出行不可徒步，所以，无法卖车购椁。

更主要的是，出于个人的感情，孔子想葬儿子一样葬颜回。

可颜路不愿意。他其实是在闹情绪。他为颜回的死，抱屈，抱苦，抱不平。

他是这么想的，颜回早逝，孔子要负有连带责任。他承认，颜回的体格，是先天就差，后天呢，营养又跟不上，瘦得轻飘飘的，跟个纸片似的，可是，那也不至于就被刮走了，就被一股风刮地下去了呀。如果孔子不去追求什么理想，不去国外来来回回地瞎折腾，那么，颜回从二十四岁到三十八岁的大好年华，是在家中度过，闲来晒晒瓜棚，雨中逗逗小鸟，月下逗逗媳妇儿，没准儿早就有了后代，也不至于连个传宗接代的人也没有。可是孔子倒腾啊，忙叨啊，非要打流啊，弄得颜回刚颠了五年，就"发尽白了"，孔子自己，不也是跑腿跑得气喘吁吁，膝盖不适吗？当十四年后，颜回顶着一脑袋白发回来时，那情形，真是触目惊心啊，其容颜亦衰，其躯背亦偻，只挨了三年，就去了，真是令人心酸啊。

颜路一想到颜回比自己还苍老，心就痛，就忍不住想要孔子负一些责任。所以，他非要孔子卖掉马车，葬送颜回。

孔子对他这位旧门生的要求，不予满足，说，孔鲤死时，也是如此。

颜路反驳道，孔鲤没名声，颜回有名声。

颜路如祥林嫂一般，又说了一堆贤德不贤德的话，一堆该说不该说的话，总体是抑孔鲤、褒颜回，啰啰唆唆，叽叽闹闹，孔子本就伤心，又被絮叨得不能安生，便道，有才无才，有德无德，父亲都说自己的儿子好。

终是回绝了颜路。

但学生们无以寄托哀思，到底又凑了份子，棺椁俱备，盛敛了颜回。

孔子俯看躺在棺椁中的颜回，泪水潸然，轻声道，颜回呀，你生时待我像父亲一样，你死了，我却不能待你像儿子一样。我没能遂着你的心埋葬你，你谅解我吧。这不是我的主张，是你的同学们不忍看你畸零离去，特要厚葬你的。

喃喃之音飘散在风中，空寂的山谷，似有低吟传来，若歌若泣，若隐若现，回应着，荡漾着。

孔子哭颜回，哀过孔子哭伯鱼。

此后，哀伤沉淀在心底，不时地，就像沉渣一样，缓缓地浮泛上来，弥漫开来，一点一点，游荡到孔子的思想里。

孔子走失在一片伤情中。

叹惘时，孔子问子贡，你和他，哪个最好？

子贡由衷地回答，我怎么敢与颜回比呢？他能做到闻一知十，我不过闻一知二罢了。

孔子一叹再叹，是啊，不如啊，我和你都不如他啊。

一日，孔子见鲁哀公。鲁哀公闲闲地问道，弟子中谁最好学？

这又勾起了伤心人的伤心事，孔子戚色道，颜回最好学。

"颜回自己不顺利，从不发泄到别人身上，同样的过失，从不犯第二次。只是不幸短命死了，剩下的学生中，再没有像他这样好学的了。"孔子悲怅着。

"听我说话始终专心、不懈怠的，大概只有颜回一个人吧。"孔子感慨着。

"他对我所说的，没有不喜爱的。"孔子追忆着。

孔子常说，但凡有十户人家，其中必能找得出像他一样的忠信之人，区别只在于，赶不上他更喜欢学问而已。他并非生来就懂义理，只是喜欢古人的智慧，对它，勤勉好学罢了。

孔子给自己下的评定是，好学之人。

在孔子的世界中，有一种可以整天不停地谈论而不厌倦的东西，它就是学问。如果不学习，没有了文的修饰，就显得没礼貌；没礼貌，就不会让人亲近；失去别人的亲近，就没人对自己忠诚；没有忠诚，就没有了礼。所以，孔子的口号是，学习才是硬道理。有了学问，近观，才会更加耀眼；有了礼，远观，才会光彩四溢。

现在，孔子把好学之人的评语，情深意重地冠之以颜回，荣誉已是非一般的高了，颇有回眸一顾有颜回，三千弟子无颜色的意味。

孔子对颜回"心向往之"，始终难忘，并不是因为颜回掌握了渊博的知识，掌握了美轮美奂的文采，主要是因为，颜回"不迁怒，不贰过"，宽和，有肚量，有记性，有长志，是个道德楷模。

圣人为圣，在于做人。习修之路，百转千回，蜿蜒曲折，孔子与颜回，恰在这一点上，相逢了，相契了，相约了近三十年，称心了近三十年，最终又相离了。

师生父子，一夕绝矣。

苍凉的广陵散，绝矣。

清越的高山流水，绝矣。

3.子路，天涯同行人

若颜回堪称夫子的知交，子路便是夫子的诤友了。

若颜回是低眉顺眼，子路便是横眉立目；颜回是和风细雨，子路便是暴风骤雨。

颜回沉默寡言，是个本分的读书人，一手执书，另一手——还执书。

子路好狠斗勇，一手持卷，一手仗剑，腾出脚来，还勇武有力地抱打不平，腾出口来，还咕咕叽叽地向孔子提反对意见，时常轰轰烈烈地展开批评与自我批评。精力充沛得让人崩溃，让人目瞪口呆。

子路，姓仲，名由，也是土生土长的鲁国人。颜回是乖乖地由父亲送到孔子那里治学的，子路则是在"落草"时被招降的。

颜回很可敬，子路很可爱。

子路在师从孔子之前，是个野人——生于僻野，未接受过正规教育；是个鄙人——血统低杂，未能参加正规军，只在杂牌军中做跟班。子路最大的特点就是，不服气，不服输，不甘心，因此，他退了役，混入民间，游手好闲，吃霸王餐。

可是，他又不是堕落之人，当流氓也不合格，缺少卑鄙的品质，鲜有恶毒的心念，不具备混蛋的素质。他姐姐教给他的文化知识，深深地影响着他，所以，他有耻，有信，有忠，有义，搞得流氓界一度很迷糊：第一眼看他，是恶棍，第二眼看他，更像是侠士、义士。

子路嗜武，时而，把自己扮做山鬼，身披猛兽皮，头插野鸡翎，甩着铁刀，哇哇大叫着喊打喊杀，不仅人不得近身，连野兽也不招惹他，看见他，紧急刹脚，吱溜吱溜，掉头就蹿林子里去了。

孔子第一次遭逢这个野小子时，据说饱受"凌暴"，估计是被连踢带踹、连抓带挠、连脏话带流语地蹂躏了一番。

孔子身高一米九二，并非手无缚鸡之力，但他没有还击，只是招架，好像舌头对牙齿一样，以柔克刚，"设礼，稍诱子路"，子路"后服"。

关于诱导的过程，情景再现应该是这样的：

孔子温和地问子路，喜欢什么。

子路回说，喜欢舞剑。

孔子循循善诱地说，此本事加上努力学习，定会有出息。

子路瞪着好奇的眼睛，有些难以置信，迟疑地问，学习真有用吗？

好像一代宗师不是要教导他，而是要拉他上贼船似的。

孔子正色道，学习的重要，就像仁君离不开谏臣。

子路眨了眨眼睛，或许感觉这句话很学术。

孔子又耐心地说了一句通俗易懂的，就像赶马离不开马鞭。

子路这下明白了。

明白是明白了，还有些不服气，说道，南山上有竹子，没人管它，它照样长得挺直，砍下来当箭射，照样能穿透犀牛皮。

孔子引导说，如果把箭尾装以羽毛，把箭头磨得更锋利，岂不射得更深？

子路无言以对，被彻底折服了。

孔子招手，让子路坐下，语重心长地说，光有仁而不学习，会愚钝；光有智而不学习，会心荡；光有信而不学习，会受欺；光有直而不学习，会偏激；光有勇而不学习，会横暴；光有刚而不学习，会狂纵。

子路感动于孔子的礼，触动于孔子的仁，信服于孔子的见解，遂拜师学习去了。

子路性格狂放，随随便便，孔子对子路的教诲，便因势利导，随时随刻。

一日，子路远远瞥见鲁国著名的吝啬鬼，端了碗东西，来见孔子。他最看不上这个抠门儿的家伙了，抠到了牙缝里，骨髓里，能把米粒攥出水，能把铜钱焐烫手，因此，他三步两步跑过去看。

原来，是一碗饭。那人用瓦罐炊煮后，感觉米香迷人，好闻，好吃，欢喜地给孔子盛了一碗，用黑乎乎的大手捂着，走过一条干燥燥的黄土道，送与孔子尝尝。孔子也分外高兴，"受之，欢然而悦"。

子路探头一看，就是河水煮熟的米，没什么特别，碗也是破碗，油腻腻，磕了边。他瞪着那人走远，又冲着孔子咕哝，什么稀罕物，高兴成这个样子。

孔子说，你没听他说么？他是觉得特别好吃，才送给我的！你要看的，不是东西的好坏，而是，人的诚心。

子路想了想，哼了一声。

　　此后，他再看见那人时，再也不用恶狠狠的大眼珠子瞪他了。

　　在孔子的引导下，子路的生命，不再横平竖直，而是，有了复合的层次；子路的灵魂，不再非黑即白，而是，有了彩色的结构。

　　子路感觉，自己就是一条山野小溪，被幸运地引导到了孔子这片浩瀚大海中，有时候，他觉得自己就要抵达海岸了，可是，却总是差一截，总是需要继续修习。

　　子路感觉，自己永远有不知道的东西，而孔子，则永远什么都知道。他所思考过的东西，孔子都曾思考过，他不曾思考过的东西，孔子也都思考过了。

　　这种感觉和动力，促使子路很努力，很要强，进步很快，最终成为了孔子的骄傲。

　　孔子把子路看做和冉有一样的高级政客、参议员。在《论语》中，提到子路的地方，竟然有四十次之多。

　　孔子爱重子路，原因大体有三，即直、孝、忠。

　　子路之直，表现在：性格朴实豪迈，不盲从领袖，不迷信权威，敢于当面批评孔子，敢于公开向孔子表达不满。在三千弟子中，这是第一人。

　　公元前502年，鲁定公八年，鲁国大夫季孙氏的家臣公山不狃造反，请孔子出山协助。孔子打算前往应聘。子路想到公山不狃是乱臣，辅佐他造反，违背王道，所以，他黑着脸站了出来，不高兴地阻止孔子。

　　由于子路没完没了地在那里嘀嘀咕咕，极力反对孔子出山，孔子最终放弃了那次有争议的工作机会。

　　公元前496年，鲁定公十四年，晋国大夫范氏的家臣佛肸，也造反了，也请孔子出山。孔子又打算前往应聘了，子路又半路杀出来反对了。

　　孔子的用世之心未变，目的是为了平息战乱，而不是帮助犯贼谋逆，但在听取了子路的意见后，孔子再一次放弃了有争议的工作机会。

　　公元前495年，鲁定公十五年，孔子受到礼数的约束，不得不去见卫灵公的夫人南子，隔着帘子应付了南子几句闲嗑。

　　因南子不仅美貌举世闻名，作风问题也举世闻名，子路感觉子见南子，有玷辱之嫌，因此，又不高兴了，又黑了脸，又撅了嘴，又冲着孔子叽叽哽哽了，逼得孔子对着苍天又是赌咒又是发誓，子路这才闭了嘴，罢了休。

孔子爱重子路，还因为孝。

子路之孝，表现在：他虽出身贫寒，"常食藜藿之实"，但却侍亲甚孝。为了让父母吃到米饭，子路在儿童时期，就不远百里跋涉到远处购米，之后，再艰难地背回家。无论气候多么恶劣，道路多么难行，他持之以恒，从未间断。在元代所做的《二十四孝图》中，第一个故事，就是子路"百里负米"。

等到子路受教于孔子，有机会出仕，改善了生活境况后，父母先后去世，子路食之无味，睡之不甜，常自痛惋。孔子深赞曰："生事尽力，死事尽思。"

子路自己孝顺，也关注孝顺的人。当他看到有一个人，早起晚睡，侍亲甚勤，却没有获得孝之美名时，颇为此人感到不平，并愤愤地诉之于孔子。

孔子温言道，一个人，力量再大，也无法把自己举起来。这不是力量不足，而是情势不允许。一个人，没有很好地修德，是自己的错；很好地修德了，却没有获得好名声，是朋友的错。朋友为什么错呢？或者是因为自己对朋友不敬，或者是因为朋友不够贤能。总之，责任还在他自己。否则，定有美名播传于世。

子路深以为是。

孔子爱重子路，还因为忠。

子路之忠，表现在：他对孔子不离不弃。孔子周游列国时，年五十四岁，子路年四十五岁。子路得知老师即将出国远征，毅然加入了这支羽扇纶巾的远征军，在坎坷凶险的路上流浪了十四年。

流亡途中，子路不仅是谏友，还是保镖。孔子发自肺腑地感叹了一句，自从我有了子路，再也没人敢辱骂我了。

孔子平生乐观向上，但十四年的屡屡碰壁，使他未免偶有失落。在郁闷难抒时，他无奈地仰天而叹。

道不行，乘桴浮于海。从我者，其由与？

在一定意义上，子路成了孔子消沉时的依靠。孔子因此断言，如果他的主张得不到施行，那么，他就乘小船到海外去，跟随他去的，除了子路，绝不会再有别人。

桀骜不驯的子路，只小孔子九岁，是三千弟子中年岁较高者。他崇拜孔子的道德学问，但对孔子的行政能力，有些看法，觉得缺乏机变，因此，常跟孔子吵架。

虽如此，他却终其一生，都在努力追求孔子的梦想，努力实践孔子的观念，尽管他追求得不完美，实践得不彻底，但从未放弃。

孔子担任私学的校长时，子路很留意孔子的言行，并习学之。一日，孔子带子路等人到园圃习射，围观的人，组成了一道人墙。人墙密实稠厚，孔子从不人多怯场，他不在乎憋闷，而在乎墙的"纯洁"。因此，当子路欲行射礼时，孔子面墙而语：败军之将、丧国大夫、求做他人后嗣者，不得入内。此话一出，人墙呼啦松离，薄了一半。孔子命子路持酒。这当口，他二度面墙而语：不孝父母者、不爱兄弟者、不忠礼仪者，不得入内。人墙呼啦有声，又薄了一半。三度举杯时，孔子三度面墙而语：除好学不倦者、好礼不变者、到老言行不乱者，余者，不得入内。这下妥了，人墙不再为墙了，只剩下寥寥落落的几块"板砖"。当然，都是上好的质地，莹润透彻。万事俱备，开射！此番射礼，孔子身体力行地感染了子路。他真切地领悟到了礼之含义，此后，遂依此而行，在礼仪上，坚定地支持着孔子。

孔子担任鲁国的大司寇时，子路积极参与、支持了"堕三都"行动，一马当先地推动着孔子的计划，尽管他知道，此举，会导致他被统治者厌恨，可他还是义无反顾。

孔子奔走在列国之间时，子路曾担任蒲地大夫，他严遵孔子之道，将蒲治理得井然安康。有一次，子路和蒲人挖水渠防水灾，见蒲人辛苦，特分发每人一篮米饭，一瓢清水，孔子急派子贡前去阻止。子路刺猬似的怒发冲冠，撒下锨头，就去见孔子，气恼地说，老师是在阻止他行仁道！孔子说道，你既然知道民众在挨饿，却不去向国君汇报，而是掏自己的腰包，这不是美德，而是危险，是彰显国君的不好，而彰显自己的好，若不赶快停止，你必行获罪。子路悚然一惊，醒悟过来，立刻中止了他的鲁莽举动。

子路是毛躁之人，他对孔子的学习，很杂，很乱，但很多，很细，因此，他对孔子的思想，吸收得很迅速，理解得很深刻，仰望得很执著，实行得很刻苦。

孔子归鲁后，子路受聘于卫国的政治领导层。孔子七十一岁那年，子路为卫国大夫孔悝的邑宰。

而灾难，就在这时埋下了。

就像伏兵一样，一场血光之灾，等在了这一年的一个风天。

公元前480年，鲁哀公十五年，卫国国内动荡，祸乱突起。卫灵公的儿子蒯聩，在谋杀母亲南子未遂后，被卫灵公追杀，逃到晋国。现在，卫灵公已亡，这位前太子，偷偷潜回国内，想要继承国君之位。

现任国君是蒯聩的儿子，即卫出公，蒯聩想要从儿子手里把国君之位抢回来，卫出公又不肯撒手，死死攥着，不让他老子有一丝可乘之机。

卫出公只有十几岁，年纪尚幼，国政大权其实被把握在卫国大夫孔悝手里。孔悝的母亲孔姬，是卫出公的姑姑，是蒯聩的姐姐。

孔姬很为难，她爱自己的儿子，爱自己的侄子，也爱自己的弟弟。现在，儿子和侄子拧成了一股绳，弟弟落单了。

她或许是看着弟弟过于伶仃了吧，或许是可怜弟弟多年被驱逐在外的丐帮生涯吧，或许是因为其他七七八八的原因，总之，她为蒯聩做了内应，在鲁哀公十五年末，暗通蒯聩，操起大棒子，带着几名武装人员，就潜入了她儿子孔悝的宅所，胁迫孔悝通告全国，支持蒯聩为国君。

子路此时正是孔悝的邑宰，闻知城中乱成一团，孔悝被他的母亲和舅舅挟持了，软禁了，刻不容缓，星夜赶赴城中，想要救出孔悝。

城门口一团混乱，塞得密密实实，有如一群鲑鱼正挤挤擦擦地准备涌出来，不料有一条鲑鱼偏要洄游，逆流而上，坚不退缩。

这便是子路。

在鲑鱼群中，有一个，是子路熟悉的。此君很显眼：个头小，身长不足六尺；相貌丑，五官不太安分。不过，此君有内秀，糟糠外表，锦绣瓤子，重孝，遵礼、守法。

是他的同学子羔。也是他的老部下、老搭档，现任卫国大司寇的助理。内乱发生后，子羔因身为司法部副部长，被乱党追捕。

这当口儿，子羔也看到了子路，慌忙停下来，告诉他快回去，一切都来不及了，孔悝家的大门已被封闭、戒严。

子路仍要进城去看看，子羔叫他别去遭受祸难，他不听。

此时的子路，已经六十三岁了。他性情仗义，一身肝胆，偏要进城去救孔悝，慨然道："食人之禄，不避其难。"

于是，子羔与子路，孔子的两个学生，一个出，一个进，一个生，一个死，从此，分道扬镳了。

子羔挤到出口时，发生了意外。守城门的，他认识，但不是熟人，也不是友人，而是一个被他砍了脚的人。

此人曾触犯法律，被子羔审判、用刑。

子羔硬着头皮挨过去，想到，这下完蛋了。

守城门的盯着他，目不转睛，一动不动，少顷，粗声粗气地说，你现在被通缉，我若放你过去，就是违法，我不能那么干，城墙上有个豁口，你翻出去吧。

虚惊一场，原来对方是想救他。可是，按照孔子的训导，翻墙不合礼呀。

子羔礼貌地谢绝了：君子不跳墙。

守城门的眨了眨眼，想了一会儿，说，墙根还有个洞，那你爬洞吧。

子羔文雅地辞却了：君子不钻洞。

眼看着追捕的人越来越近，守城门的比子羔更显焦急，最后，他让子羔躲进了值班的房子，这才避免了一场劫难。

子羔问他，因何三次搭救？

他说，因为我知道，你是君子。你砍我的脚，是因为我犯了罪，我还记得，行刑时，你忧愁不忍的样子。

子羔就此赢得了生还的机会，而子路，就不这么幸运了。

子路来到孔悝家大门口时，碰到了看门人公孙敢。公孙敢拦住他，再度苦劝，不要再进去了。

子路不死心，说不能食人俸禄的时候抢先，祸到临头的时候，逃跑还是抢先。

趁着有使者出来的空当，子路乘机闯了进去。

来到劫持现场，子路当庭而立，凛然正色地告诉孔悝，蒯聩鬼话连篇，花言巧语，他一旦掌握了大权，必定会杀掉孔悝灭口，所以，不要按照蒯聩的要求通告全国。

接着，子路又大声喊卫士，说，蒯聩虽是孔悝的舅舅，但辈分大，胆子小，如果放火把他所在的台子烧了，烧到一半，他就会挺不住了，到时候，自然会放了孔悝。

火还没放，蒯聩的心尖，就剧烈地颤抖了起来，惊惶地派人下台与子路对击。

子路一剑难抵众敌，不幸被戈击中。

蒯聩看到子路被剁成肉酱，不能放火烧他了，这才作罢。

子路临死前，使出浑身的力气，平静从容地把被刺断的帽缨结好，端正地戴好了冠巾，说："君子死，而冠不免。"之后，在风中，庄重地死去。

在生命的最后一刻，他想到的，不是死亡，而是孔子。他尽力呵护的，不是残存的气息，而是礼仪之美。他知道，当孔子听到他"结缨而死"时，他的心意，孔子会知道的。这是他对自己的告别，这是他对孔子的告别。

孔子对子路了解至深，当他在鲁国听到卫国内乱时，这条跨国的信息，让他受了惊，脱口道："由可是要死了啊！"

子路死亡的消息，很快得到了证实。站在院子里的孔子，痛哭失声。

他想着子路十九岁追随于他，四十多年来，情人一样，不离不弃，忠诚相伴，冤家一样，吵吵嚷嚷，诤谏直言。

他想着子路与他的亲——不是亲密，密，还有空间；不是亲近，近，还有距离，只是亲；想着子路与他亲无罅隙，与他并肩作战，内心向无藏纳，有如山风一般坦荡。

想着子路这个雄赳赳的粗莽大汉，竟然在十四年的漂泊中，细腻地照料着他的饮食。

他又想着子路护卫他，不容人对他恶言相向。

想着子路因为能够只身陪伴他浪迹沧海而喜形于色的神情。

他还想着子路"无宿诺"，今天答应做的事情，绝不拖到明天。

想着子路种种鲁莽的可爱和可亲。

想着自己周游列国期间有一次病势沉疴，子路为他熬药，为他占卜，为他担心得坐卧不宁，明知他不喜欢谈论鬼神，还是偷偷地去向鬼神祈祷了。

子路对鬼神和死亡，好像一直抱有神秘的探知欲。子路曾问他，如何侍奉鬼神？他回答，不能侍奉人，又怎么能侍奉鬼？子路又问他，死是怎么一回事？他回答，未知生，焉知死。

如今，子路算是懂得生，又懂得死了。

孔子心痛不已。

此时此刻，或许，他又想起了自己从前对子路的告诫。

有几次，孔子听到子路在抚琴，琴音奔放咆哮，狂暴汹涌，便对身旁的冉有重重叹道，子路太差了！太不成才了！古代贤君制乐，为了节制，特别加以中和之音，而且，只在南方流传，不在北方流传。原因是，南方是万物生的地方，北方是打杀抢的地方。所以，君子的音乐，温柔适中，涵养万物之气，赶走忧愁的心，赶走暴戾的情，是盛世之风；小人的音乐，则激烈冲撞，是乱世之风。所以，仁德之君舜，喜欢温和南风，他的兴起，很快；暴虐之君纣，喜欢杀伐之音，他的灭亡，很快。现在，子路沉湎亡国之音，好冲突，好碰撞，日后，他怎么能保全他的七尺之躯呢？冉有听了孔子的话，告知了子路。子路悔恨惧怕，吃不下，喝不下，只是静坐思考，瘦得形销骨立，麻秆似的。孔子看到子路知错能改，赞叹子路又进步了。可是，子路后来的琴风，仍是呼啸轰鸣，孔子又狠狠地责骂了他，深忧他不能寿终正寝，一心想把他软化，柔化，安宁化，但就好像宿命中有冥冥的安排一样，子路最终还是未能保全他的性命……

孔子想一遭，落泪一遭，想一遭，伤心一遭。

痛苦中，又问报信者，子路是如何死的，死时是何种状况。

当他听到子路被剁成肉酱时，险些站立不稳，心头一阵酸痛，看见家里的一碗肉糜，让家人赶紧倒掉。

他是多么爱吃肉的人呢（牙齿落光了，吃不得肉块，便把肉切碎了吃），可是现在，他却连看都无法再看一眼了。

"我怎么忍心吃这种东西呢。"孔子的泪水，再一次决堤了。

4. "桃李满天下"第一人

孔子一生，寻明君不得，一腔大愿未得施行，实乃大憾。

然而，孔子的思想却历经一个个朝代，传承了下来，实乃大幸。

孔子自三十岁左右收徒施教，创办私学，学生有大有小。长者，与自己年龄差不多，幼者，为区区几岁的孩童。

受到孔子教诲，却没有正式入学的弟子，也有很多，比如颜回的父亲颜路。

到孔子七十多岁时，弟子如云，数逾三千，从中推举出来的七十二贤人，精通礼、乐、射、御、书、数六种技艺。

这是一个人的教学，这是1∶3000的比例。按照春秋后期鲁国有1000万人口计算，那么，每3333人中，就有1个人，是孔子的学生。

按照每一个学生可直接或间接地影响10个人计算，那么，每300人中，就有1个人，受到孔子的影响。

那么，也可以说，整个鲁国，都覆盖了孔子的文化网络。

随着政治、战争、贸易的活跃，各国人民的迁移、往来，也格外混乱、热闹，文化交流也格外迅速、广泛，因此，其他诸侯国，也或多或少，或早或迟，默默地被孔子所影响。

整个民族，也在默默中，被刷新了文化水准，升级了文明程度。并且，绵延至今——现代人在不知不觉中，也沐浴着孔子的思想。在这一重意义上，孔子的学生，何止三千，何止数万！

这种一个人的教育，也若史诗，也若长歌。

其模式，犹似传说；其成功，犹似奇迹。

今天，普通的一所大学校园，若有三千名学生，至少要配备几十名或几百名老师，老师的教育成果，能够作为主流文化，传承两千多年的，鲜矣。

教育之王——除了孔子，在中国历史上，在世界历史上，怕是再也找不到第二人。

从地域上看，孔子也应该是世界上第一个真正创造了桃李满天下局面的人。

他的弟子国籍不一，有鲁国人，有宋国人，有蔡国人，有卫国人，有郑国人，有陈国人，有楚国人，几乎来自他所游历的各个国家。

这些弟子们，大都学有所成，甚至在某一方面超过了孔子。

他们也都扬枝散叶，在各个诸侯国设帐授徒，可谓，夫子门下花满蹊，千朵万朵压枝低。

可是，便是如此，他们仍继续向孔子学习。

对此，孔子的解释是：颜回比我仁德，但不灵活；子路比我勇敢，但缺乏弹性；子贡比我聪明，但不藏拙；子张比我庄重，却不随和。所以，只能继续学习。

圣者之自信，竟是如此剔透。

在孔子的理论中，人生乐事，有三桩。

除了"父母俱在、兄弟无故"外，除了"仰不愧于天、俯不怍于人"外，这第三桩，便是——"得天下英才而教育之"。

夫子与英才，相交、相得，令古今痴人，动容、动心，羡煞、醉煞，以酒释之，则是：

夫子与冉有，饮的是一壶辛辣的烈酒；

夫子与颜回，饮的是一壶醇香的温酒；

夫子与子路，饮的是一壶甘洌的浊酒；

夫子与子贡，饮的是一壶浑厚的陈酒；

夫子与曾参，饮的是一壶绵远的老酒；

夫子与闵子骞，饮的是一壶家常的烧酒；

夫子与宰我，饮的是一壶滚烫的沸酒；

夫子与子张，饮的是一壶优雅的洋酒；

夫子与子夏，饮的是一壶爽逸的清酒；

夫子与子游，饮的是一壶适中的水酒；

夫子与原宪，饮的是一壶素淡的土酒……

在这一重意义上，夫子一路行来，不寂寞。

5.子贡，最活跃的人，最沉默的守望

孔门的师生情义，色彩纷纭，层次纷纭。对于颜回，孔子最近；对于子路，孔子最亲；对于子贡，孔子最爱。

子贡，姓端木，名赐，卫国人，他外表张扬，内里深邃。

首先，子贡能说会道，口舌如簧，嘴巴一张，天花乱坠，这使他成为了一个精细的生意人，一个阔佬，一个古代华尔街的操盘高手，一个金融神话，对市场行情、资本运营了如指掌，扒拉起算盘来，噼啪直响。孔子比较颜回和子贡，说颜回穷得没法子，子贡富得有车有房。

其次，子贡头脑机敏，擅长辩论，说服力强，可游刃有余地进行外交斡旋，在圆桌会议上，尽逞风流，是个热情洋溢的社会活动家，不折不扣的外交家。公元前483年，鲁哀公十二年，吴国提议鲁国、卫国、宋国谈判结盟，但三国另怀心思，私下结了盟，吴太宰于是以卫国国君开会迟到为由，扣留了他。子贡提着礼物前去拜访吴太宰，装作漫不经心地问到了卫君的状况，然后"掏心窝"地说，卫君之所以迟到，是因为一部分人同意他来开会，一部分人不同意。同意的人，是吴太宰的朋友，不同意的人，是吴太宰的敌人。如果吴太宰扣下了卫君，那不就是打击了朋友，抬高了敌人吗？以后，哪个诸侯国能信任吴国呢？吴国怎么能称霸呢？一番"肺腑之言"说得吴太宰又惊、又惧、又喜，赶忙把卫君释放了。

另外，子贡的内心世界广阔，感情层次细腻。孔子去世后，他默默守坟长达六年时间。在这六年中，他每日洒扫坟茔，祭拜先师，无声地与先师对坐、对视、对语。花开花落，流水淙淙，他对孔子的怀恋与思念，深入了骨髓，渗入了血液。

子贡依靠自己，成为了一个成功的商人。

子贡依靠孔子，成为了一个成功的外交家。

这个叱咤在政坛上的风云人物，其成长，来自于孔子一点一滴的悉心点拨。

子贡追随孔子周游列国时，途中偶遇一个鲁国奴隶。鲁国政府规定，如果有鲁国人在外国不幸沦为奴隶，若有人将其赎回鲁国，就可持买人回来的"收据"，到鲁国政府找财务报销。子贡虽为商人，但重义轻财，自掏腰包赎人后，没有去报销，在众目睽睽之下，撕毁了"收据"。

子贡的目的，不外乎三点。

一是为鲁国减轻点财政赤字。他虽然是卫国人，但因为孔子是鲁国人，出于对孔子的敬重热爱，他把这种感情也嫁接给了鲁国。

二是为了彰显自己品行高尚，不仅有钱，更有觉悟，思想道德建设做得很好，是春秋时代的雷锋。

三是为了博得孔子的夸奖。孔子的赞誉对他很重要，他很在乎。

然而，孔子非但没有表扬他，反而告诉其他学生，如果子贡来见他，要把他拦住，因为自己不想见到这个人。

这让爽得不得了的子贡大吃一惊，委屈极了。

他左冲右突，终于"过五关斩六将"，冲到了孔子跟前，眼巴巴等着孔子的训示。

孔子叹道，你的行为，提高了自己的行为价值，但却损害了鲁国的法规。

因为你，从此以后，鲁国的这项法规将失去作用了。

果然，子贡的行为在轰动了鲁国后，救赎行动不再像原来那样踊跃了。很多救赎者不好意思再去报销，但又不愿白白地损失家产，在两难之间，他们选择了漠然旁观。

所以，孔子评价子贡，做得好，但做得不对。

孔子以子路受牛为例，评价子路做得好，又做得对。

子路在河里救出一个落水者，后者感谢他，特以牛相赠。子路揖拜后，欣然收下。孔子以此启发子贡道，此后，鲁国人一定会勇于解救落水者了。

子贡明白了。

子贡耳中总是听到礼和仁两个字，他问孔子，礼，究竟为何物？

孔子告诉他，礼，是用来节制行为，使行为适中的。

孔子还嫌不够，又买一送一似的，给子路细细地解释道：虔敬而不合礼，是土气；谦恭而不合礼，是巴结；勇敢而不合礼，是乖逆。

子贡又问，仁，究竟为何物？

孔子又给予了耐心的解答。

子贡如果生活在电脑联网的时代，他的人生会有多种可能，在黑客界，他可以是一位帝王；在灌水界，他可以是一位超级水手；在娱乐界，他可以是一位狗仔队队长；在舆论界，他可以是一位无冕之王；在商界，他自然还可以是富一代的领头羊……因为他伶俐敏锐、头脑活跃。

所以，这个精明的人，在接下来的时间里，这样问孔子，如果他想追求仁的话，那么，有没有一句可以终身奉行的话呢？

这个问题的答案，无异于电脑时代的快捷方式，只要点击一下，就会倏地得到学习要领，一目了然，又不会偏离。

孔子很开心，说了这样一句话给他。

其恕乎！己所不欲，勿施于人。

今天，我们反复使用"己所不欲，勿施于人"，由于过于专注这八个字，反倒把统领这八个字的"恕"道，给忘掉了，把"恕"是仁的重要组成部分，也给忘掉了。

子贡没忘，他又问，假如有个人无偿资助百姓，使百姓富足，这算不算仁呢？

他的脸上，隐现着得意之色。他所说的"有个人"，隐喻的是他自己。他想表现谦虚，所以强忍着没说出自己的名字，但他又控制不住自己的热情，所以，面上又有所显露。

孔子知己知彼，明白子贡的心思，既没有打击他，也没有赞同他。而是感叹道，这样的人实在是太仁德了，一定是圣人了。但你和我都不一定能做到啊，甚至连古代圣君尧和舜，也不可能完全做到啊。

子贡清醒了，终于意识到自己的单纯了。

他是一个好学生，他又刨根问底地发出疑问，那么，作为一个小小的个体，如果要推行仁德，有什么具体的方法呢？

孔子欣喜地赞许子贡道，你这样问不就对了嘛。

孔子说，归根结底，这还是一个"恕"的问题。要有思想，有爱心，不要让别人因为自己而产生嫉妒之心，也不要让别人因为自己而丢掉他本来的工作，不妨害别人，不强加别人，让别人认同、理解、合作，这就是推行仁德了。

子贡头脑活络，不知道是不是这个原因，使得他的问题，总是别具一格，总是奇奇怪怪，总像是由一个顽皮的学生提出的，而不像是由一个三好学生提出的。

一日，他忽地冒出一句，君子看重玉而看轻珉（似玉的美石），是因为玉少而珉多吗？

孔子看到子贡如此冒傻泡，责备道，赐啊，你说的这是什么话呀？君子岂能因为数量多少而看不起什么或者看得起什么呢？君子重玉，是因为君子比德于玉。玉稳润有光，似仁；细有文理，似智；坚硬不屈，似义；有棱而润，似品行；易折不弯，似勇；有瑕有瑜，似情；敲之，声清悠远；停下，静无余音。所以，君子爱之。

转天，子贡忽地又冒出一句，人死去后，是有知觉呢，还是没有知觉呢？

孔子说，我如果说有知觉，恐怕那些孝顺的子孙给死者送葬时，就要多思而疲惫；我如果说没有知觉，恐怕那些不孝的子孙给死者送葬时，就要马虎潦草，一扔了之。所以，你不用了解有知觉还是没有知觉。何况，你早晚都会知道的。

子贡讨教于孔子，往往问得很奇；孔子施教于子贡，往往答得很巧。

子贡问，现在有贤人吗？

孔子答，我不知道，我知道以前有。

子贡问，齐国的管仲，郑国的子产，不都是贤人吗？

孔子答，有两类人，一类，努力使自己成为贤人；一类，努力发现、举荐贤人。你觉得哪类人是贤人？

子贡有些明悟了，说，后者最贤。

孔子点头称是，说，从前齐国有鲍叔牙，他举荐了管仲，使管仲显达；郑国有子皮，他举荐了子产，使子产显达。而管仲和子产，并没有使任何人显达，所以，贤者，是鲍叔牙和子皮。

其实，关于子产，孔子一直是颇有好感的，他一度赞其仁，称其为"古之遗爱"；一度赞其环保，赞其不因祭祀而砍伐树木、而破坏生态；一度赞其智，称其施政得当，宽时，济猛，猛时，济宽。只是，他因为想要在子贡薄弱的方面加以训导，所以，才指出了子产的不足。

子贡的问题就像野草般，野火烧不尽，春风吹又生，隔天，他又来了。

子贡问，如何治国？

孔子答，粮足，军事装备足，百姓的信任足。集粮食大国、军事大国、民主大国为一体。

子贡问，如果迫不得已，要三者去一，去哪个？

孔子答，军事。

子贡问，如果迫不得已，要二者去一，去哪个？

孔子答，粮食。

子贡自此便知道了，诚信最重要。无诚信，则国不立。

在孔子的循序渐进和了无痕迹的诱导中，子贡犹如一棵蒲草，结出了沉甸甸的果穗。果穗中，盛着满满的阳光。

子贡随孔子做客卫国时，与卫国大夫棘子成交谈。棘子成说，君子只要品格质朴就行了，还学什么文呢？子贡听了，立刻以孔子的口气说：这样的话一出口，真是驷马难追啊。

接着，他又以孔子的说话模式，很哲理地陈述道：如果只要质，不要文，那不就是只要皮不要毛了吗？若如此，去了毛的虎豹皮，和去了毛的犬羊皮，又有什么区别呢？

在这一刻，我们的子贡，是成熟的。

然而，他也有倦怠的时候，也有困惑的时候。他对孔子全身心的依赖，使他丝毫不掩饰自己的倦怠和困惑。

于是，子贡与孔子进行了一日谈。

子贡：我已经烦透了学习，又摸不透什么是道，我想去为君王服务，休息休息。

孔子：侍奉君王要小心翼翼、温文恭敬，你怎么能得到休息呢？

子贡：那我就去侍奉父母吧。

孔子：侍奉父母也无法休息呀，因为孝心要永不竭，孝的法则要永传递，哪有工夫休息呢？

子贡：那我就去陪伴妻子儿女。

孔子：那也很累呀，治理宗族，给家人做出典范也不是玩的。

子贡：既然如此，我去和朋友们一起度日，总行了吧？

孔子：那也不中，朋友之间往来帮助，也是需要精力的。

子贡：那我就干农活去！

孔子：干农活更难，白天种地，晚上搓绳，仅有一点空暇，还要割茅草。

子贡要崩溃了：那我就没地方歇一歇了吗？

孔子依然是不紧不慢的语调：有啊。你看那个高高的，填得实实的地方没有？那里就可以休息嘛。

子贡听了，立刻埋头学习去了。

孔子所说的休息场所，是坟墓。君子也在那里歇脚，小人也在那里歇脚，迟早有一天，都是要在那里歇脚的，急什么呀。

子贡尚谈，子路尚勇。

孔子询问他们的理想。

子贡表示，愿意身着素衣白帽，无须一件兵器，不费一粒粮食，斡旋在战火弥漫的两国之间，使两国相亲如兄弟。

子路表示，愿意身佩羽箭，在震耳的战鼓声中，在翻飞的旌旗下，身先士

191

卒，翩跹冲阵，割掉敌人的耳朵。

一武一文，颇得孔子赞许。

子贡在他的后半生里，从政从商两不误。子贡显赫于政坛后，做事有不合孔子之意处，比如，子贡想要废除大典中作为牺牲的羊，孔子予以批评反对，说："你疼惜那羊，我却更珍爱这礼。"

尽管如此，这却不能影响他们之间的情感依赖。

子贡把孔子看成最理解他的人。

孔子把子贡看成最能倾诉心声的人。

子贡不在孔子身边时，孔子会感到寂寞。

孔子不在子贡面前时，子贡会感到忧愁。

这种无声的守望，穿越了时空，让人不忍或忘。

6. 曾子，孔子的嫡系传人

孔子的学生中，有两对父子，一对是颜路与颜回，一对是曾皙与曾参。

曾皙在众弟子中别具风姿，因为他有着飘逸的出世思想。

一日，孔子问弟子们被重用后将会做什么。

子路一马当先地抢着说，我愿意教导百姓，让他们个个勇敢善战，又个个知礼。

冉有静声静气地谦虚道，我愿意教导百姓，让他们个个富裕丰足，至于修明礼乐，还需等待贤人君子。

公西华羞赧拘谨地低声说，我愿意穿礼服、戴礼帽，以小小司仪的身份，从事宗庙祭祀的工作。

曾皙怡然自若地朗声道，我愿意和五六个同道者行走在春风里，带着六七个小孩到沂水里洗澡，在舞雩台上吹凉风，然后慢悠悠地一路走，一路唱歌，回家去了。

"莫春者，春服既成，冠者五六人，童子六七人，浴乎沂，风乎舞雩，咏而归。"

孔子油然叹道，我和曾皙的想法是一样的呀。

孔子一生追求仁政大梦，以儒家思想，积极入世；然而，在他的灵魂里，还隐藏着另一个孔子，以道家思想，向往出世。

入世的孔子，心里装着苍生，所以，他站在了世人前面。

出世的孔子，心里装着自身，所以，他隐在了世人后面。

所以，我们看到的孔子，永远奔波劳碌。我们看不到的孔子，永远孤寂地眺望在红尘之外的一隅。

在泱泱《论语》中，只有两个人被称为"子"。

一个是孔子，一个是曾子。

曾子不是曾皙，而是他的儿子曾参。

曾参之所以拥有这样至高无上的地位，与他传承了孔子的"孝"道有关。

曾参小时候就孝敬父母，但是，孝得好，孝得不对，犯了和子贡一样的错误。

曾参随曾皙在瓜地里锄地时，把瓜苗铲掉了，曾皙很心痛，随手举杖就打曾参。曾参见父亲生气，很惭愧，也不躲，跪在垄旁干挺着。曾皙未料曾参不躲，杖已落下，瞬间难收。曾参年幼，当即晕倒。稍后醒来，曾参看到父亲不安，随即欢欢喜喜地爬起来，给曾皙行礼，向曾皙问安。看到父亲还是不放心，回家后，曾参又弹琴唱歌，故意把声音放得很高，让父亲感觉到自己的确身体无恙。

此事传到孔子耳中，孔子非常不高兴，拒见曾参。

曾参甚为惶恐，他不愿父亲生气，也不愿老师生气。他是个孝顺的学生。他于是请其他同学向孔子求问。

孔子讲了一个故事：

从前有座山，山上有座城，城里有个老头，是个瞽瞍。瞽瞍有个儿子，叫舜。舜侍亲甚孝，每次瞽瞍需要舜时，舜都及时地出现；但每次瞽瞍要杀舜时，都没有一次找到舜。用小树杈打舜，舜就受着；用大棍子打舜，舜就消失了。如此，瞽瞍就没有机会犯下不遵父道的罪过，保全了父亲的名声，舜也保全了孝子的本分。可曾参看到父亲大杖飞落，却不知爱惜身体，不去躲避，若因此而死，岂不是陷父亲于不义？这哪里还是孝呢？分明是最大的不孝！

学生们恍然大悟，曾参认识到了过错，诚恳地向孔子拜谢，向父亲请罪。

曾参还做过一件"不孝"之事，即卧冰求鱼。

当时，父亲曾皙正在从孔子求学，由曾参养活母亲。严冬时，母亲病了，想吃鱼。曾参顶着鹅毛大雪来到集市，以身上的棉袍，换来几文钱，但不巧集市上并无卖鱼者。曾参便来到河边，扒开积雪，脱掉衣服，用胸膛去暖化厚冰，待化出冰洞后，捕上一条鱼来。

或许此事迹近传说，或许当时孔子还不知曾参此人，总之，曾参在差点儿冻死后，已是孝名千里了。

曾参跟随孔子周游到楚国时，一日莫名心悸，猜想是母亲想念自己了，于是拜别孔子回鲁国，果然看到母亲正倚门痴望，由于思子过度，把自己的手指头都咬下来了。

曾参将此事告知孔子。孔子感叹道，曾参之孝，已到了感动万里的地步。

世界有了曾参，也才有了孔子所作《孝经》。

曾参一生两次为官，每次，都因父母的原因而发生情绪变化。

起先，他在鲁国，在地方，做个芝麻官，工资低廉，只有区区三釜，但却很快活，因为父母都能与他共享。

后来，他在楚国，在中央，做行政要员，薪水奇高，足有满满三千钟，是以往工资的一万倍，但却很忧伤，常在楚国面北而跪，暗自垂泪，因为父母都已去世了。

曾参原本就孝，师从孔子掌握了孝的方法后，就更加会孝了。

曾参原本就诚，师从孔子掌握了诚的内涵后，就更加会诚了。

一日，他的妻子答应给孩子吃猪肉，但却食言了。他得知后，当即磨刀霍霍，从猪圈中把猪赶出来，杀掉了。

若要孩子诚信，首先自己要诚信。这是曾参的理论。

顿时，曾参在亲子教育方面，名声大振——遗憾的是，不是颂扬声大振，而是讥讽声大振。

但在这些浊音中，有一个清亮的宏音，劈开了浓雾厚翳。

是孔子的声音。

孔子称道说："君子不因为利益而舍弃大义，如果都像曾参这样，这个世界就不会滋生耻辱了。"

曾参这辈子，就靠这句话活了。

他一直牢牢地记着这句话。

父母老迈后，曾参放弃了高薪为官的机会，留在家里赡养父母，鲁国国君见他寒酸得实在不成个样子，决定拉拢这个让孔子得意的学生，派人给他送些没有补丁的衣服。

鲁君屡次派送，曾参屡次谢绝。

他对满头大汗扛着衣服的使者说，他不能因利害义，无故受人礼物，难免受人所制，如此，就会失去自在安逸的生活。

曾参很哲学地表达了一个后现代思想：我穷故我在。

孔子再度欣悦地评价曾参，他这个人啊，有志气，对他，我没有什么可告诫的了，他一定能保全终生的气节。

曾参的确不辱孔子之言，而且，他对孔子之道的领悟，日臻圆融深入。

当孔子说："吾道一以贯之。"曾参立刻心领神会："夫子之道，忠恕而已矣。"

神通意契，拈花一笑。

曾参诚惶诚恐地学习，又不拘泥于所学，先后提出了新锐的修养方法。其中，对后世影响最大的是，"吾日三省吾身"。他还提出了"慎独"的概念，追求正心诚意。

曾参成为了儒家道德规范的捍卫者，他站在孔子创造的文化阵地上，成为了一个文化狙击手，狙击不合规范者，扶助合乎规范者。

曾参最大的贡献之一还在于，他专心教导孔子之孙子思，将孔子的思想，一一传授给子思，保全了儒家文化的许多精萃。子思后来撰写出了震惊世界的著作——《中庸》。后来，子思又传学于孟子，光大了儒学。

今天，我们穿行在现代都市的灯红酒绿中，穿行在数字生活中，穿行在赤裸裸的人际关系中，我们的精神，我们的身体，常常有所游离，有所偏差，这时，我们用来校正自己的，端正自己的，就是千年前的中庸之道。

曾参早年，妻儿相伴，生活温煦；曾参晚年，耿耿青灯，孑然度日。妻子走了，儿子成家了。

妻子不是主动离开，而是被迫离开的。他要与她离婚，她没有办法，当时还没有婚姻法来保护她，她挎着小包袱，掩面涕泣着哀哀而去了。

曾参这起离婚事件，在古代，是比较火的一个八卦新闻。离婚的核心，就一个问题，不是外遇，不是感情不合，而是一碗羹在作祟。

曾参的太太蒸了一碗嫩藜做的羹，曾参嘱其蒸熟，她偏偏未蒸熟，好像宿命一样。曾参誓要休她。

有人来调和，说太太并未犯七出之条，这么点儿小事，就算了吧。

曾参说，就是因为小事，我才要休她。我让她把羹蒸熟，她都不听我的话，何况大事呢。

犟牛似的，到底把太太休出门去了。此后，"取次花丛懒回顾"，不再思娶。儿子怜其孤苦，劝他再续夕阳红，他执意不肯。理由是，担心自己也会做错事。

这是表面的原因吗？还是因为内心深处也有着一丝曾经沧海难为水、除却巫山不是云的思绪呢？

我们宁愿相信这位飘逸的君子，是"半缘修道半缘君"的。

"战战兢兢，如临深渊，如履薄冰"，这是出自《诗》中的一句话。这句话，好像就是为曾参准备的。他的一生，就隐现在这十二个字中间。

曾参临老病重时，召弟子到跟前来，说，看看我的脚吧，看看我的手吧，总是小心再小心啊。现在，我要离开人世了，从今以后，我的这份小心谨慎终于可以免除了。

曾参认真地贯彻了孔子的一条重要思想——养护受之父母的身体，使其不受毁伤，以便有所贡献。

曾参也认真地执行了孔子的另一条重要思想——君子以道为尊。

在去世之前，一位鲁国大夫代表国君前来慰问，他强撑病体说道，君子守道，要容貌严肃，要神色端正，要语气庄重。

为了表明他的恳诚和善意，他还加了一个前缀：

鸟之将死，其鸣也哀；人之将死，其言也善。

因为这句话，我们在生活中不知不觉地原谅了很多人，从而也不知不觉地，给了自己更多完善生活的机会。

曾参有了孔子，完美了。

孔子有了曾参，无憾了。

我们有了孔子和曾参，宽容了。

7. 闵子骞，史上最牛的离职者

在《二十四孝图》的先贤排行榜上，闵子骞这个名字，始终处于置顶的位置，从未出离过前三。一直排行第三，其德，与颜回并行。

闵子骞八岁丧母，继母又生二子，对闵子骞格外地看不顺眼，非打即骂，管饭，但不管饱；管养，但不管养活养不活。

闵子骞人小心大，默默忍受，从不向父亲诉苦。

冬日的一天，父亲带着三个儿子外出，闵子骞感觉异常寒冷。

有马车坐着，有棉袄穿着，还这么矫情？闵父很生气，后果很严重。他挥起马鞭，猛抽闵子骞。

那是真抽，狠抽，玩命地抽，因为闵子骞的棉袄被抽坏了，里面竟然飘出了发黄的芦花来。

闵父先是一愣，又是一惊，又是一怒。

闵父一怒为芦花，当即把继母的两个儿子的棉袄撕开，看到里面不是芦花，而是棉花。当季的棉花。就像当季的水果一样，是新鲜的。

闵父这才明白闵子骞的棉袄看起来很厚，实则透风的秘密。这个山野壮汉抱着闵子骞哭得鼻涕一把泪一把的。

回到家，闵父雷厉风行地做了三件事，一是把继母狠揍一顿，二是写休书，三是赶这个花花心思的婆娘出门。

继母掩面哭泣，闵子骞追出去，跪请父亲恕其过错，理由是：母在，一子苦；母不在，三子苦。

闵父于是原谅了继母，继母愧悔，也改过自新了。

闵子骞从师孔子，学有所成后，鲁国大夫季康子相中了他。

在"我注意你很久了"之后，季康子特聘闵子骞任费邑宰。费邑原是繁华大邑，现已衰落，遍野沧桑。

孔子召闵子骞来见，建议他及早赴任。

闵子骞对仕途不感兴趣，他只对孔子泰山般坚固、大海般无边的德行感兴趣，他只想日观泰山，夜游大海，所以，不愿去。

孔子循循劝诱他：出仕，是施行仁政的机会，光有仁而不用，如何泽及百姓？

闵子骞勉勉强强地同意了。

临赴任前，又来到孔子这里，求教如何为官。

孔子说了这样一句话：心，不忘国君；行，不忘人民。

又打了这样一个比方：有一驾马车，如果国君是驾车的人，那么，官吏就是套马的绳索，法纪就是驭马的鞭子，仁德就是勒在马口的衔子。衔子很小，鞭子不大，但很重要，掌握了这两点，马车就长驱直行了。

又进行了一番告诫：要善于均衡地使用每匹马，不要把马看成被奴役的动物，看成畜生，而是看成朋友，用温和的心意，感同身受地体会马的心意，马才会齐心协力，天下秩序才能清明井然。

闵子骞心满意足，小心珍爱地揣着这一句话、一个比方、一番告诫，上任去了。

闵子骞在费邑工作了不到一年时间，仁德并行，费邑的面貌，从北大荒变成了北京城。当地人乐得合不拢嘴。闵子骞走在良田里，探头望着，一向沉稳、矜持的他，也忍不住笑容满面了。

季康子也异常高兴，差人送信给闵子骞，把他好一顿夸奖。

不过，夸奖是第一步，第二步是要闵子骞支持国家的税收制度。既然费邑丰收了，那么，何不多收点儿税赋，翻修翻修国家的金库，美化美化中央银行的门面呢？

看到季康子让自己向百姓下手，闵子骞高兴不起来了。

他生气了。

他清楚地记得，孔子很早以前就讲过，成功的为政者，要粮食充足、军备充足、百姓对政府的信赖充足。现在，百姓刚刚对政府有一点儿好脸色，就要去刮油，这不是自找没脸吗？

在百姓和季康子之间，闵子骞毫不犹豫地选择了前者。

他让信使捎口信给季康子，金库不翻修，储备也不会少，等两年再说吧。

季康子觉得，闵子骞说话就像炮筒子，直来直去，不中听，虽然放弃了装修，心里却别别扭扭的。

孔子则觉得，闵子骞说话就像山泉水，清明透彻，很悦耳，赞他不说话则已，一说就非常准确。

事情还没完，闵子骞不牵挂季康子，季康子却惦记着闵子骞呢。一日清晨，闵子骞挽着裤腿刚要从衙门到田里去，季康子的信使又来了。

是催缴常规的年税。

这是国税，需要上交国家，国家的形象代言人应该是国君鲁哀公。

闵子骞于是叫信使回去，让鲁哀公放心，国税只收了一部分，等到收齐后，他会亲自送到国库里。

信使奇怪地看着闵子骞，就像看一个外星人，一个糊涂的外星人。

他说，费邑是季康子的食邑，这里所产，是季康子的私人财产，送什么国库？直接送给季康子就行了！让什么鲁哀公放心？让季康子放心就行！。

闵子骞沉静耿直，他不客气地说，他生在鲁国，长在鲁国，只知道国税应该交给国库，不知道国税是私人财产。

信使觉得闵子骞简直不可救药了，他也不打算拯救一个"酸腐儒生"，所以，气汹汹地嚷嚷道，你还真够啰唆的！你看不见吗？国君都是季氏拥立的！国君都是自己家的，国税怎么不能是自己家的！至于你，你不也是季氏举荐的吗！

闵子骞不再理会他，坚持说，以后会把税赋送到国库。

剩下自己一个人时，闵子骞有些心凉，他原以为是在为国出力，不料却是在为逆臣出力，这岂不是助纣为虐？

闵子骞决定辞官了。

鲁哀公派人苦苦相劝——闵子骞是支持正统君主的人，有培养为心腹的潜质，他舍不得让他走。

季康子派人苦苦相劝——闵子骞虽然刚直清正，但很能干，可以压榨、剥削出很多剩余价值，他舍不得让他走。

闵子骞呢？

他只有一条信念：我的人生我做主。

本着这条信念，他对鲁哀公和季康子的特使说，我意已决，好好地替我辞掉吧。如果再来找我，我连鲁国也不待了，我会到汶水以北的地方去生活。

不愿做官到了如此地步，让世代有瘾头做官的人，岂不张口结舌？岂不急得直跳脚，直抓耳挠腮？

闵子骞成功地辞职了，就像我们今天应聘跨国公司终于成功了一样，轻松欢喜。

8. 宰我，古代80后的成长史

我们常挂在口头的一句话——"朽木不可雕也"，后面还有并列的一句，更有声，更有色，更有味，这就是——"粪土之墙不可圬也"。

腐烂的木头，雕不得；粪土似的墙壁，刷不得。

这是孔子对宰我说的一句话。形似责备，又不是责备，因为孔子又说啦，这样的人，不值得责备呀。

宰我怎么能把温和的孔子，惹得连责备都吝于给他了呢？

原因就一个，宰我竟然在光天化日之下睡大觉！

大白天睡觉，对于我们来说，并无不妥，但对于孔子来说，就是非常的不妥了。

孔子的"求学圣经"是：要分秒必争，要谨小慎微，看见知识，看见善行，要像追赶什么，又唯恐追赶不上，追赶上了，又唯恐失掉一样；反之，就要像手指即将触到沸水一样。

另外，孔子还道：天道，就是勤勉地化生万物；人道，就是勤勉地处理政事；地道，就是迅速地让树木生长。一句话，就是遵循自然规律，守分安时，该吃饭时吃饭，该睡觉时睡觉。

可是，宰我不守分，不安时，又不倒夜班，在课堂上就呼呼大睡起来了。孔子如何能不生气呢？

孔子在生气之余，郑重地说，以前，他对人，是"听其言而信其行"；现在，他对人，是"听其言而观其行"。

宰我给孔子留下了一个不良印象，孔子给我们留下了一句千古名言。

宰我，姓宰，名予，鲁国人。他在中国两千多年的教育史上，一直占据着显赫的地位——不是显赫于正面的光辉形象，而是显赫于反面的散漫形象。

我们隔着一段冷静的距离，客观地关照宰我，会发现，小宰同志具有三大特点。

小宰的第一大特点是：个性突出，有80后的特征。

比如，熟人面前闹话痨，生人面前闹话荒，不是不爱说话，而是极其爱说话，不过是觉得跟你没话讲，但挺不了多长时间，很快就原形毕露，滔滔不绝了。

再如，永远不知道自己的时间都分解到哪里去了，其实也没干什么，也没什么交际，但时间就是不够用。

又如，业余爱好中有一项就是睡觉。其实，有时并不困，就是想睡，或者就是想看看别人有什么反应，或者就是想实践一下自己的信念——不舒适的生活是可耻的，委屈自己的生活是可悲的，所以，就懒洋洋地睡去了。

小宰的第二大特点是：思想活跃，敢于挑战权威。

比如，宰我对孔子的仁孝之道提出了质疑，他觉得父母死后守孝三年，时间过长，守孝一年足够了。理由是，如果三年中光在那里守孝，荒疏了礼仪或乐曲，礼仪就会被破坏，乐曲就会失传。

这个观点，应该是具有一定的合理性和人性的，但在当时，这个观点就显得很离经叛道了。

孔子于是质问这个怀疑论者，你自己的父母去世了不到三年，你就吃香的喝辣的，你就穿金的戴银的，你觉得心能安吗？

"安。"宰我回答。

宰我的回答是老实的，但又有些滚刀肉的模样。

孔子出现了少有的愤怒，说，好啊，你心安，那你就去干吧。

孔子连着说了两遍，仍不能释怀，又对其他学生们说，宰我真是太缺少仁爱之心了，小孩生下三年，才脱离父母的怀抱，难道宰我就不能守孝三年，回报父母的三年抱育之恩吗？

宰我成为了唯一一个试图颠覆孔子仁孝之道的学生。

又一次，宰我又对仁德提出了问诘。

宰我反问孔子，每天都叨咕仁德，是不是看见有人掉井里了，自己也要跳下去，才够仁呢？

孔子也反问他，为什么要这样呢？仁者可以在井边想办法救失足者啊，为什么非要跳井呢？仁者可以不聪明，可以被诓骗，但不可以不明智，不可以被愚弄。我见过有人因落水而死的，也见过有人因蹈火而死的，但我从没有见过有人因践行仁德而死的。

小宰的第三大特点是：要么不入流，一入流就投入很深。

宰我在学习初期，很拽，很不屑，不把学习当回事，不把老师当回事，也不把自己当回事，但孔子却是个好老师，不放弃坏学生，觉得坏学生更需要帮助，所以，精心培育，把这棵弯曲的小树，愣是给扶直了。

师生的问道释道，也别具特色了。

一日，宰我问孔子，我听人说"黄帝统治三百年"，一个人怎么可能存在三百年呢？黄帝是人呢，还是不是人呢？

孔子施然道，黄帝是人。他也的确统治了三百年：天下人依赖他的恩惠，有一百年；他死后，天下人敬服他的神灵，有一百年；此后，天下人遵行他的教化，还有一百年。

如此经典的问答，不知不觉中，岿然踏入了正史。一句偶然的提问，定格了宰我，聚焦了孔子。

宰我学习不刻苦，但很灵活，爱琢磨，善思考，时日一久，对孔子的道，也就有了深入的领悟，对孔子的理解，也非常深刻了。他的才能，也如竹节般，有了超越性的发挥。

孔子根据他有主见、有口才的特点，总是锻炼他的外交能力。在周游列国时，还派他出使楚国，把他列在言语科之首。

当时，楚昭王特备了一辆豪华马车，请宰我转致孔子，以示尊重。

宰我拒绝了，说老师不会喜欢这个礼物的，也不会使用这辆车。老师重仁义，尚道德，生活很俭朴。

楚昭王好奇地问宰我，那么，就没有你老师喜欢的东西了吗？

宰我答道，自然是有的，如果楚昭王能够推行老师的政治主张，他就是步行千里而来，也是欢喜的。

宰我的话，让楚昭王对孔子更加尊敬了，也是因为这个原因，楚昭王后来才对孔子发出了盛情邀请。在给孔子的信中，楚昭王还如此称赞宰我，楚国有很多贤人，个个能言善辩，但没有一个比得上宰我。

一个问题少年，就这样博得了楚国国君的认可。孔子不禁慰然。

宰我对孔子的尊崇，也与日俱深，在周游期间，众人被贼人围困，生命危在旦夕，子路一时要冲杀，一时又叫嚷，但宰我随侍孔子身边，没有一句怨言，反而道，老师之贤明，胜过尧和舜。

不难看出，宰我还具有一个80后的特点，那就是，总会结交一些新朋友，但始终只对一个人最好。

而这个人，就是孔子。

宰我后来跻身于孔门七十二贤人的队伍中。

9.子张，从马贩子到儒学大师

子张，姓颛孙，名师，来自陈国，是孔子的后进弟子，小孔子四十八岁，年龄跨越几近半个世纪。

这是一个帅哥。虽然出身低微，在马市里贩卖牲口，但在到处都是马粪，到处都充斥着浓重异味的集市上，他照旧玉树临风，倜傥得不得了。

帅哥一入孔门，即被孔子深似海的学识，给震撼住了。

子张问，何为明？

孔子答，有一种谗言，像水一样慢慢浸润；有一种诬陷，可激起人的切肤之痛，如果你能觉察到这些，你就是明了。如果你能让它们在你这里行不通，你就是有远见了。喜爱一个人时，巴不得他长生不老；憎恶一个人时，巴不得他马上死去，这就是不明，就是愚惑了。

子张敬服得五体投地，他一头钻进浩瀚的学海，没日没夜地忘我苦读，精进很快，抽空一抬头，竟然已经与子游、子夏齐名了。

不仅貌美，文也美了，名也美了。

子张在苦学时，孔子指导他，继承前辈文化，要有创新地继承，不能太老实，前人如何走，自己就跟着如何走，要灵活，要有独到的发现和见解。

于是，子张的心里有了一句话；《论语》中有了一句话；从古到今的老师群体中，也有了一句话。这句话是：

学而不思则罔，思而不学则殆。

子张风华绝代，精力旺盛，他不满足于这一句话，他还问了孔子一些有关预测的问题。

"今后十代的礼仪变化，可以预料得到吗？"子张问。

"别说十代，就是百代，也可以预料到。"孔子答。

孔子形象地描述了一下预测的方式：

殷代、商代继承夏代的礼仪，考察一下，就可以知道哪些被废除了，哪些被创新了。

周代继承殷商的礼仪，考察一下，就可以知道哪些被废除了，哪些被创新了。

按照这个方法，一代一代，都考察一下，就可以知道哪些被废除了，哪些被继承下来，被创新了。

子张有如拨开云雾见日出，他更其活跃了。

由于孔子一向主张，面对仁德之事，就是在老师面前，也不要谦让。这种没有等级歧视、没有出身歧视、没有种族歧视的人人平等之风，让子张大受鼓舞。他不仅可以和孔子平等对话，还经常与同学们展开辩论，气氛热烈激昂，正方与反方，互不相让。

一次，子夏是正方，子张是反方。

子夏抛出正方的观点：可交的人，便和他做朋友，不可交的人，便拒绝他。

子张表示反对，抛出反方观点：君子应尊重贤人，容纳众人，鼓励好人，同情弱人。如果自己是好人，那么，对别人有什么不能容纳的呢？如果自己是坏人，只有被拒绝的命运，那么，自己如何拒绝别人呢？

子张和子夏是一对辩论中的对手，他们不仅坐在学堂辩论，走在路上辩论，守在门口也辩论。

一个下午，孔子去见季康子，子张和子夏跟随前往。孔子入内后，两个热血沸腾的后生在门外等候。等着也是干等着，两个人一对眼，又辩论起来了。

依然针锋相对，针尖对麦芒，看得季康子家的家臣侍从们眼睛都直了，也激动得脸红脖子粗的。

日头西落时，两个人已经不可开交，子夏的脸都变色了。

子张看见了，说道，你没见过老师与人辩论吗？他总是慢慢地讲，语气和悦，又很威仪，而且，总是先沉默，后说话，就算自己有理，也要谦让，多么伟大！而小人一论辩，就只说自己对，别人错，又瞪眼，又掐手，眼珠子都红了，唾沫也像喷泉一样到处喷，极其丑陋、粗俗！

子张的这一段长篇大论，既像是劝导，又像是讥讽，既有善意，又很尖酸，子夏气得要命，神情更加激愤了。

孔子已经出来了，站在旁边静听了一会儿，才走到两人跟前。没说什么，直接上了车。

子张和子夏相伴左右，互相瞪眼、龇牙、做鬼脸，看见孔子平静如水、肃穆如山，也立刻调整姿态，学着孔子做出端正的样子来。

孔子不言，胜过千言。他以沉默的方式，支持、鼓励弟子间的辩论，使弟子们无时不刻不在细参学与思的关系。

由于子张和子夏的争论，是孔门的一道常规风景，子贡曾问孔子，二人中，谁更强一些？

孔子说，子张过了些，子夏有些不及。

子贡不死心地继续问，那么，是子张稍微强一点儿吧？

孔子说，过和过犹不及，都没有达到中点，是一样的。

孔子是世界上第一个，也是唯一的一个真正言传身教的人。

他说，"君子要求自己，小人要求别人"。

他怎么说的，就怎么做了。

以衣食住行为例。

孔子之衣：在家闲居，不穿红色、紫色便服，衣领或袖口不镶嵌黑中带红的颜色。夏天，穿葛麻布单衣，外出，必须罩上外套，就像现在的白衬衫搭配黑西装一样，不在丧期时，还佩有不同衣饰。冬天，若穿黑色羊皮袍，就要搭配黑色外套，若穿白色鹿皮袍，就要搭配白色外套，若穿黄色狐狸皮袍，就要搭配黄色外套。切记，皮袍右边的袖子，要短一些，便于右手写字。必须有睡衣，长度有一身半那么长。必须有浴后专门穿的内衣，而且，是麻布内衣，在斋戒时穿。

孔子之食：鱼不新鲜，不吃。肉变质了，不吃。鱼或肉切得无章法、不工细，不吃。烹调不当，太熟或太生，不吃。配料不当，不得其酱，不吃。没有姜，不吃。从街上买来的酒和肉脯，不经烧煮，不吃。吃饭要像吃药一样按时，要像早中晚的时间变化一样精准，不到饭点，饿了也不吃。肉，是副食，米和面，是主食，副食不可超过主食。酒水自便，以不醉为度。在丧事的宴席上，未曾吃饱过。吃饭时，不谈论。逢盛宴，必恭敬起立。

孔子之住：房间不整洁，不干净，不住。席不正，不坐。斋戒时，要从内室迁到外室。睡觉的时间，不说话。入睡时，要自然伸展，不要像死尸那样直挺四肢。起床时，要自如和悦，不要像在公共场合那样庄重。

孔子之行：不谈怪异，不谈暴力，不谈悖乱，不谈鬼神。在诵读《诗》、《书》、《礼》时，说雅言，也就是说，要说普通话，不说山东方言。在一天里哭过，就不再唱歌。对自己，要重责。对别人，要轻责。严于律己，宽以待人。看见有人去世，面带同情之色。看见盲人，面带庄重之色。看见他们前来拜见，即使是年轻人，也要从坐席上起身。即便是卑下的负贩，也要俯身示意。从他们身边经过时，也要快步行经。在野，温厚恭谨，好像不大会说话。在朝，言辞丰富，好像江河奔流。与上大夫交谈，态度中正。与下大夫交谈，态度安详。进入宫门，低头弯腰，严肃恭敬。过了宫门，庄重平视，快步向前。人生中，行有三戒：年少时，血气不稳，要戒色；壮年时，血气旺盛，要戒斗；老年时，血气衰弱，要戒贪。

孔子如此严格地以身作则，极大地感染了学生们。子张总是渴望地睁大了眼睛。

一日，乐师冕来拜见孔子。古代乐师大都是盲人，冕也不例外。子张看到孔子闻报后，立即起身，奔到大门口迎接。

来到台阶前，孔子轻声提醒冕，这是台阶；来到坐席前，孔子轻声提醒冕，这是坐席；冕坐好后，孔子轻声提醒冕，自己也坐好了。

接着，他们愉快地交谈起来。

离开时，孔子又是三次轻声提醒，才将冕送出了门去。

子张把孔子的一举一动都看在眼里，问孔子，这是接待乐师的礼仪吗？

孔子郑重地回答，是这样。

子张于是认真地记在了心里。

经过了耳濡目染和孔子的悉心教导，子张最终从一个马贩子成长为了一个儒学大家。因为遇到了孔子，生命中有了孔子，他生动地谱写了一个古代励志篇。

子张终生感激孔子，敬仰孔子，为了不忘孔子的教诲，他曾经把孔子的言论写在束腰的带子上。

孔子做过这样一个等分：生来就懂得道理的人，是上等；通过学习才懂得道理的人，是二等；遭受困境才学习、才懂得道理的人，是三等；遭受困境后仍不学习、仍不懂得道理的人，是下等。

据此推测，子张或许称得上是二等人吧。

然而，这个二等人，容貌好，学问好，性情好，但却只注重自己的一亩三分地，除了自家门前雪，他很少拿起扫帚去帮助他人打扫，更不注重建仁立仁义的大业，所以，同窗们对他很友好，但并不敬佩。

曾参说，子张气象堂堂，但难以和他一同履行仁道。

子游说，我的朋友子张，难能可贵，但还称不上"仁"。

不过，孔子去世后，子张返回故乡陈国，授徒讲学，还是形成了一个严重影响了后世的学派。

孔子百年之后，儒学分为八家，子张为其中一家。想必孔子定然是欣慰的，因为儒学得到了传承。但不知他是否会有一丝错愕呢？因为儒学竟然有了八条支流！

10. 子夏，才华横溢的后进弟子

在追随孔子流浪在外的学生中，还有一个和子路一样勇猛的保镖，这就是子夏。

子夏，姓卜，名商，来自卫国。他尚武，又尚文，与颜回相比，很强悍，与子路相比，很沉稳，孔子因此把他列在"文学"翘楚中。

"子夏问孝"，在《论语》中有所提及，但让我们印象深刻的并不是子夏的问，而是孔子的答。

孔子说，帮助父母干活，供奉父母好的衣食，怎么能认为就是孝了呢？在父母面前总是和颜悦色，最为困难，这才是孝。

孔子的话，让我们有所触动。

我们为什么会有所触动呢？因为它让我们暗自脸红。

我们为什么会脸红呢？因为我们恰好本末倒置了。

孔子结束漂泊之旅归鲁后，子夏做了莒县的父母官。

拜别孔子时，孔子问子夏要如何治理莒县，子夏以标准的孔氏风格回答道：君子必须先得到百姓的信任，然后才去使唤他们，否则他们会认为你在折磨他们；君子必须先得到上司的信任，然后才去规劝上司，否则上司会认为你在毁谤他。

孔子颔首。

游子身上事，临行密密嘱，孔子又告诫子夏：

欲速，则不达；见小利，则大事不成。

孔子施教，不因教而教，而是结合每个学生的性情，有针对性地讲授。据孔子平日对子夏的观察，子夏过于性急，所以，他才说了这样的话。

在周游列国时，一行人穿越平原，准备赶往楚国去。正值盛夏，太阳炙烤着大地，路面也白得耀眼，他们又饥又渴，高龄的孔子浑身被汗水濡湿。

这时，他们遇见了一个三岔口，地上有一小桶水。颜回在地里找了一圈，未有人影；子路跷足在地头放声高喊，未有人应。他们决定先喝水，再留钱。

水刚喝完，未及留钱，两位放牛的老者回来了。一见水没了，生气地责问。颜回温文尔雅地作揖、解释、道歉、递钱。老者终于不再争执了。

或许，终归还是有一丝不快吧。当赶车的子夏向老者询问，应该走哪条路进城，天黑前可否赶进城时，老者云山雾罩地说，车子慢行，就能；车子快行，就不能。

子夏疑惑自己听错了，转头问颜回，颜回说是；又转头问子路，子路也说是。子夏暗想，要么就是老者老得有些糊涂了；要么就是又碰到隐者了，隐者说话总是玄乎乎的，有话，从不直接说。

黄昏的天边，赤霞飞渡。

黄昏的城墙，巍峨苍凉。

黄昏的孔子，恭谨温肃。

黄昏的子夏，心急如焚。

黄昏的牛车，猝然搁浅了。

子夏急促地甩鞭，牛先生跑得分外欢实，忽听咔嚓一声，车轴断了。

孔子下车查看，见车轴磨损严重，车行越快，越接近断裂；车行若慢，磨损较轻，还可维持进城。

原来，两位老者不是老得昏聩了，也不是高深的隐者，而是纯正的、有工作经验的劳动者。

孔子对不当驾驶事件，做了总结和反省；对自己的过错，进行了深刻检讨；对子夏的性急，也有了较多的了解。

子夏之急，急于赶路，急功近利，急得只愿结交于自己有益的人。为此，孔子在日后对子夏的施教中，就很注意这一点了。

他时常教诲子夏，要注意度，要注意分寸，要努力地使自己处于不疾不徐之间的一点上。

比如，当子夏以复仇之事问询孔子时，孔子的回答，让他深刻地体会到了什么是度。

问：如何对待杀害了父母的仇人呢？

答：以稻草为床铺，以盾牌为枕头，拒绝做官。无论在哪儿看见仇人，都要跟他决斗。武器要随身携带，以免碰巧遇见了，还要回家去取。

问：如何对待杀害了兄弟的仇人呢？

答：这回不用睡稻草，不用枕盾牌了，还可以做官了。但是，不能在同一个国家里为官。碰巧遇见了，也不用决斗了。

问：如何对待杀害了叔伯兄弟的仇人呢？

答：可以在同一个国家里为官了。如果被害人家属要严惩仇人，既要不退缩，又要不上前，可以拿兵器，但不可带头动手，只是声援一下就行了。或者操家伙跟随在后面，协助一下就行了。

子夏都一一记了下来，以便日后指导自己的言行。

子夏异常尊崇孔子，总是神往地凝视着这位高士。

在孔子的众弟子中，他对孔子的描述最为神似：远远望去，庄严可畏；向他靠拢，温和可亲。

子夏小孔子四十四岁，出身寒门，少年时瘦弱不堪，衣服上补丁摞补丁，大概摞得很厚，古书里形容，那重重补丁就像秃尾巴鹌鸟的羽毛。

跟随孔子后，这只秃尾巴鹌鸟，长成了羽翼丰盛华美的鹰隼，成为孔子的后进弟子中的佼佼者。

在任莒县宰期间，子夏谨遵孔子教诲，以礼乐化民成俗。他不仅讲究礼之大体，而且，注意小节，要求门下弟子的言谈举止，都要符合礼仪。依照草木生长、循序渐进的规律，让弟子们先洒水扫地、迎来送往，然后，再教导他们研究学术。

孔子与子夏有过一段精彩的对话。

子夏问孔子，《诗》中有一句是，"巧笑倩兮，美目盼兮，素以为绚分。"有何深意？

孔子回答子夏：先有了洁白的底子，才能在上面绘画。

子夏立刻顿悟了孔子的点拨：孔子将"素"比作了道德，将"绚"比作了礼。

子夏说道，那是不是可以说，道德在先，礼在后；道德是内在的，礼仪是外在的；道德是礼仪的载体，礼仪从属于道德？

孔子高兴极了，说，商啊，你的理解，让我受到了启发，我现在可以和你讨论《诗》了。

孔子晚年讲学，更注重明道，大概是因为理想得不到实现，进而把政治救国的心，淡了，把文化熏染的心，重了。

这无形中创造了这样一个局面：先进弟子富于用世精神；后进弟子富于传道精神。

这是个连环套，由于孙辈的弟子，更致力于传承，所以，孔子的学说，得到了更大程度的发扬光大。

作为最有才华的少年弟子之一，子夏在传播孔子"六艺"的过程中，操心最多，操劳最多，功劳最多。

子夏在传播孔子之学的过程中，还形成了自己的思想体系。

当下，有一句很流行的话是：与女子相交，前十五分钟，会被容貌所吸引，十五分钟之后，起到作用的就是思想了。

这层意思，子夏在两千多年前就总结出来了。因而，他发表言论，娶妻当重智慧，而非容貌。

那时候还没有试婚，所以，不能为了十五分钟的感官上的欢愉，而付出一生的精神上的欢愉。

子夏还认为，奉养父母要尽心尽力，不必强求；为了国家元首，可献出生命；与朋友交往，要诚实守信，不吹牛。这样的人，如果对待生命中的另一半，又抱着重智不重色的态度的话，那么，这个人哪怕不知道《诗》、《书》、《礼》、《乐》等知识，他也算得上是个学问家了。

虽然子夏的胸襟，略嫌狭窄，总是辩着辩着就吵起来，吵起来后，又青筋暴突，脸色通红，但他在辩论精微的事情时，无人可以超越，他在文学方面的造诣，深不可测。

一次，他出差到卫国去，听到卫国一个读史的人说，"晋师伐秦，三豕渡河"时，马上予以纠正，"不是三豕渡河，是己亥渡河"。

二字之差，子夏陡然被卫国推举进了圣人之列。

孔子逝后，子夏又出差到魏国。魏文侯把他尊为老师，咨询国事。

子夏的一生，是横向的一生，两端凄苦，中间快乐。

人生前端，苦于衣食不继，生命存而不易。

人生后端，苦于丧子悲痛，眼睛哭而失明。

唯人生中段，有孔子在，山在，水在，爱在，敬在，欢乐在。

11. 子游，儒还是"贱儒"

在"孔门十哲"中，除了子张与子夏外，还有子游。我们常把子游与子夏合称为"游夏"。

子游，姓言，名偃，字子游，吴国人。孔子把这个小他四十五岁的后生，列入了文学科。

因为孝是克己复礼的基础，是王道社会的基础，所以，子游也向孔子问过何为孝道。孔子的回答是，养活父母算不上是孝，因为狗和马都能得到饲养，如果不加以严肃诚心，那么，养活父母和饲养狗马并无多大分别。

解过了身前事，还要解身后事。

孔子告诉子游，人死后，若有殉葬之仪，切要适度，可用干草扎成人马，殉而葬之；不可用人偶，来殉而葬之。因为前者是善良的，后者是不仁的。后者为什么不仁呢？因为它近于用真人来殉葬。

从孔子这里，子游知道了，生命是用来尊重的。

子游后来担任了武城的行政长官。他运用孔子之学中的另外两个方法论，把此处治理得风调雨顺。

方法论之一：礼乐教诲。

孔子亲到武城参观时，径入子游之家，在院中听到风声、琴声、诵诗声。

子游将孔子迎入堂内后，孔子莞尔一笑，试探道，武城很小，何须礼乐教化？

子游施礼道，老师说过，君子学道则爱人，小人学道则易使也。我奉行君子之道，爱敬百姓，不论地方大小。

孔子闻言，欣悦不已。

方法论之二：招贤纳士。

晚间，子游招待恩师夜赏武城，展望四方，只见火光点点，繁荣祥和。孔子颇是欣喜，询问道，除礼治之外，定有贤德之人辅助你吧？

子游施礼道，老师说过，三人行，必有我师焉；择其善者而从之，其不善者而改之。所以，我请了子羽来帮我。

子羽？孔子顷刻回想起了此人。

这是一个长有恶相的人，姓澹台，名灭明，他额头短，嘴巴窄，鼻梁矮，孔子认为他难成大器，对他不甚热心。

孔子于是向子游询问子羽的情况。

子游施礼道，老师说过，侍奉国君，进谏过于烦琐，就会惹来侮辱；对待朋友，劝告过于频繁，就会导致疏远。而子羽，正是谨遵老师教诲，他走路时，从不走小路；他不办公事时，从不到我这里来。我对他的评语是：仁爱深，德行美。

据子游说，子羽退出孔门后，依然留恋孔学，遂摸索自学，成为了自学成才的典范。

孔子带着歉意沉重地叹道，我以貌取人，痛失子羽呀。

子羽后来游历到楚国，授徒三百人，名扬诸侯，成为孔子在南方的第一传人。

孔子严肃地告诫自己，定要改掉这种肤浅的取人态度，不要随大流，对于大家都厌恶的人，不能也跟着厌恶；对于大家都喜欢的人，不能也跟着喜欢，都要仔细考察。

他还告诫自己，君子有了过错，就像出现了日食、月食，人人都侧目而视；君子改了过错，就像浮翳尽消、日月闪耀，人人都会仰望他。如果明知道错了，还不改正，那就是真正的错误了。

对自己的告诫，孔子也是认真听从的，他此后改正了以貌取人的弊病。

孔子的知错就改，让子游对孔子的崇奉更加深刻了。

在孔子的指点下，子游对各种文献典籍，尽悉于心。

孔子对子游很满意。但荀子对子游很不满意。

荀子也是孔学的继承者，子游设帐授徒后，荀子怀着愤恨攻击他，指责他的学生没胆识，没廉耻，很懒，很馋，就知道到处蹭吃蹭喝。

荀子没有否定子游师徒为儒，但却很不好听地指出，他们是儒，是贱儒！

荀子此论，大概是因为子游的很多学生都没有专职工作，除了打短工之外，就是做些兼职，常日里，大都寄食各家，因而落为了荀子的口实。

这段惊心的公案，我们无从判明谁是谁非，设若夫子在世，他一定会谦和地下几个字或几行字，作为判词的。

当我们的思想有所迷茫或阻塞时，我们总是会想到这位可敬的老人，因为他总是有所思，有所答。

他从来都不绞尽脑汁，他从来都是行云流水。他每下一个字，都是那么精到；每拈一个词，都是那么自若。

下字，可煮酒；拈词，可观云。

对于子游荀子之争，相信他必然也会有和风细雨的开释。

12. 原思，他只是穷，不是病

什么是耻辱？

处于盛世，却又贫又贱，只依靠人道主义救援生存，这就是耻辱；处于乱世，却依然做官，心安理得地领工资，这就是耻辱。

这是一问一答。问者是原思，答者当然就是我们的一号主角孔子了。

一句话就是一生，此后，原思至死未仕。

原思，姓原，名宪，字子思，是鲁国人，他之所以驰名于世，主要在于他的安贫乐道。

他安贫到什么程度，乐道到什么程度呢？

史书上这样记载，孔子去世后，原思三十多岁，刚过而立之年，正是精力旺盛的人生好时期，但他没有出仕，不愿在乱世中混得脑满肠肥，而是远迁到了卫国，隐居在一处偏僻的茅舍中，一心一意过起了"不厌糟糠"的贫苦生活。

"吃粗粮，喝凉水，没有枕头，就弯着胳膊枕着睡觉，乐趣自在其中，而那种有违道义的富贵，于我来说，就如同浮云一般。"孔子说过的这句话，成为了原思的真实写照。

　　原思贫苦，并快乐着。可子贡并不这样认为，他富裕，并快乐着。

　　子贡身居高位后，在车马隆重、侍从如云的簇拥下，前去拜访原思。看到原思穷困不堪，身穿百衲衣，每日只吃一顿饭，忍不住说道，太过分了，你怎么会病成这个样子？

　　原思淡然道，我听说，没有钱财，叫做贫，学到的理论不去实行，叫做病，我只是贫，不是病。

　　"一个三军将帅的头颅，可以斩获；一个普通人的志节，不可强夺。"孔子说过的这句话，恰好可以作为原思为人的一个注脚。

　　"贫困而没有怨言，很难；富有而不骄矜，会容易些。"这是孔子说过的另一句话，恰好也可以作为子贡为人的一个注脚。

　　原思不是冷嘲热讽之人，但其双关之语，还是明明白白地指出，自己没病，生病的，恰恰是你子贡。

　　子贡终究是有修养的，他听了，又是尴尬，又是惭愧。

　　惭愧大过了尴尬，子贡就拜别原思，走了。

　　这世上，若有谁因为自己不慎说出了一句话，而付出了终生痛悔的代价，那么，在这个不算小的群体中，子贡势必是其中的鼻祖了。

　　孔子与原思，相差三十六岁；子贡与原思，相差五岁。年纪相仿，同门兄弟，他们都对孔子尊奉如父，子贡为孔子守孝六年，原思悄默独思先师，他们对孔子思想的奉行，也几乎不遗余力，但道不同，不相为谋，他们从同一个路口出来，向着相反的方向，逐渐远别了。

　　其实，原思很有理财头脑，很有管理才能，孔子在世时，由他负责总管孔子家事和学堂要务，相当于财务科科长和教导主任。

　　有一年春节，原思回家过年，孔子感其辛苦，馈赠很多米粮。原思家贫，但他安于贫，不肯接受礼物。

　　推拒了几个回合后，孔子宽解他说，你家里若是用不完，可以送给周围的穷人啊。原思这才收下礼物，并分出很大一部分，周济了他人。

　　孔子对原思很慷慨，对公西华很吝啬。

　　公西华出使齐国时，驻外长达几个月的时间，孔子让冉有去慰问他的父母。

冉有征求孔子意见，带多少慰问金去比较合适？

孔子说：与之釜。

意思是六斗四升。

冉有嫌少，拿不出手。

孔子又说：与之庾。

意思是再加二斗四升。

冉有还嫌少，觉得很掉价，很跌面子。

孔子斩钉截铁地说：足矣。

冉有于是从自家仓房里，偷偷添加了一些，变成了八十石。

孔子事后教导冉有，此举大错特错了。公西华家财万贯，公西华到齐国公干时，穿貂皮，骑硕马，但凡君子，都不会去锦上添花，而是把钱粮省下来，去帮助真正需要它们的贫穷危难之人，这叫周急不济富。

从孔子这里，我们得知了一个结论：

雪中送炭的，是君子；锦上添花的，不是君子。

从这个结论里，我们又得知了另一个结论：

君子永远是稀缺资源。

13.孔子反"绝对论"

孔子从文后，孜孜矻矻，放达磊落，与秉性各异的学生们，共度了一段尚且安定的宝贵时光。

在这段时期，孔子依然源源不断地将他的思想传授给学生们。其中，有一个是贯穿他终生的思想，非常进步，引人注目。

这就是：顺应情理，没有绝对的可以，也没有绝对的不可以。

子贡问他，有一个人，一乡的人都赞美他，他应该不错吧？

他说，不绝对。因为赞美他的，有可能是乡里的不善之人。

子贡问他，有一个人，一乡的人都厌恶他，他应该很糟吧？

他说，不绝对。因为厌恶他的，有可能也不是乡里的好人。

孔子平生，有三个反对党首领，曾极力聘请他，一个是阳虎，一个是公山不狃，一个是佛肸。他因少年时受到阳虎的侮辱，不喜欢此人，所以，不受其请。公山不狃和佛肸，与他无过节，他很动心，要去。

这说明，他反对杀戮君主，但不反对把没出息的君主撵跑，或搁置。

这还说明，他没有强烈的绝对观，没有偏执的正统观。

他所寻求的，不是僵硬的教条，而是智慧的方式；不是凝固的主义，而是舒展的人性；不是极端的道德，而是宽松的文化。

这一点，对于我们这个民族来说，是幸运的。

试想，如果孔子绝对化，极端化，学说宗教化，那么，循着孔子的千年影响力，千年传承性，我们民族的性格，就有可能将是紧张的，偏颇的，邪戾的，可怕的。

我们或者将挣扎于文化的火山带，或者将蜷缩于文化的极寒带。

我们的文化温度，不温和，不适中，我们将很难感受到，什么是中庸之美。

好在，这一切，都是设想。

关于文化的不绝对性，从孔子对小同乡尾生的评议上，也可见一斑。

尾生，曲阜人，为人正直，但在孔子看来，他有毛病，大毛病。

男友向尾生借醋，尾生没有，却不直说，怕落下得罪，就去邻居那里借，再交给友人。孔子认为，尾生乐助，但助得绝对，助得做作、刻意，助得迂曲、琐碎，助得不阔正。

尾生不以为然。

女友向尾生约定蓝桥相会，尾生去了，女友没来，赶上山洪暴发，他不躲避，仍死等，死倔，终被淹亡。孔子认为，尾生诚信，但信得绝对，信得狭隘、呆直，信得痴愚、混沌，信得不灵透。

尾生应该仍是不以为然的，因为他死而无怨。

可是，如果尾生知道，当他的女友逃过父母的看管，跑到蓝桥，见他离世，也纵身于水后，这豆蔻生命的消逝，以及消逝后所带来的两个家庭的哀伤，是否会使他有所悔悟呢？是否会使他认真思考一下孔子的话呢？

孔子崇尚舒放自如，因而，他赞扬伯夷、叔齐，志向深远，人格纯净，赞扬柳下惠，道德洁白，仁心均正，但却不倡导克隆伯夷、叔齐，不倡导复制柳下惠。

在鲁国，还真有一个青年，差点儿就成了柳下惠第二。

那是一个风雨大作的深夜，这个鲁国人一盏孤灯，寂寞独卧。他的邻居，是一位寡妇。都云寡妇门前是非多，但这位寡妇门前清静，倒是鲁国青年门前是非多。寡妇雨夜声声唤他，要到他家中避雨，因为房屋被风雨毁坏了。但青年死死顶着门，不让她进。

寡妇站在滂沱大雨中，说，你为什么这样不仁呢？

青年隔着单薄的门板，说，六十岁之前，男女不能同处一室，所以，不敢请你进来。

寡妇瑟瑟发抖地细语道，你为什么不能像柳下惠那样呢？抱着无家可归的女子，人们并不认为他是淫乱。

青年庄重矜持地正言道，柳下惠可以，我却不可以。我将以我的不可以，学柳下惠的可以。

在这迷离的一夜过后，鲁国青年出门时，已经是一位智者了。

"智"的封号，是孔子给出的。

孔子赞他，期望做得最好而又不沿袭别人的行为，是为智者。

在孔子看来，想学柳下惠的人，很多；学得最像的，很多；学得最好的，只有一个，就是这位不让寡妇避雨的青年。

因为史料简略，我们无从得知，这位寡妇是刻意勾引青年，还是果真失去了栖身之所。我们唯一知道的是，孔子打破了绝对论的观点，打破了盲目模仿、盲目追星的愚昧。

这个观点，在今天，仍然具有一定的实用性。

孔子自己也是反绝对论的形象大使。

孔子与原壤的交往，就是典型的例子。

孔子为人谦睦，尊重礼节，原壤为人狂放，不拘礼节。他们以不同的姿态，行走在同一条道路上，直至人生尽头，依然亲密和善。

原壤的母亲去世时，孔子前往治丧，修葺棺木。原壤袖着手，没事人一样旁观。又斜着身子，像牙签一样，倚到树上去，嘴里叽咕着，我都好久没唱歌寄托心思了。

竟然唱起歌来了。

歌词大意，孔子定是清楚的，但流传到今天，那寥寥的几句模糊字句，之于我们，却不甚清楚了。

后人对原壤的歌词，大致有两种解释。

一种是：棺木的纹理，就像野猫头部的花纹一样斑斓；孔子的手，柔柔弱弱，纤纤卷卷的。

是写实的现场描述，是一首纪事歌曲。

一种是：你的面容，就像野猫头部的花纹一样斑斓；你的手，柔柔软软，多么缱绻。

是写意的抒情描述，是一首爱情歌曲。

别人是明月千里寄相思，原壤是慈母殡丧寄相思。

无论歌词是哪一种意思，原壤在居丧时悠悠荡荡，说说唱唱，既违反了礼规，又亵渎、慢待了孔子。

跟随孔子帮忙治丧的人，对孔子说，原壤不敬，不如归去。

孔子说，亲人毕竟是亲人，老友毕竟是老友。

孔子并不介意，因为好与不好，并没有唯一的标准。

在孔子人生的最后四五年，他与原壤的独特友情，依然温暖，让人艳羡。

一次，原壤约孔子去家里说话。孔子到了原壤家，看到他正坐在家中地上，坐姿不正、不雅，两腿朝着大门劈开。

孔子见怪不怪，拿手杖敲他的小腿，骂他年轻时不知礼，年老了，也无贡献，十足一个老而不死的坏家伙。

此景此情，谁说这不是一个感人的有情天地呢？

第七章　夫子，天地之心

　　孔子病了。政府遣医，孔子不受；官方送药，孔子不吃。七日后，与世长辞。这是平静的一刻，也是激荡的一刻。平静的是孔子，激荡的是风云。孔子的弟子们，悲怆难抑，想到孔子生前被"尊而不用"，弟子们或痛斥政府，或威胁鲁国国君，或为孔子守孝六年，或迁居孔子墓旁，与孔子对望、低语。痛到极致时，弟子们甚至扶植了一个长相酷似孔子的学友，把他当成孔子来侍奉。孔子，江河之魂，天地之心，其一介布衣，授业四十余年，传承十余世，至圣矣。

1. 苍茫千古　巨星陨落

孔子之于世界，可谓凤之羽，龙之鳞了。其学识的渊深博大，无可比量。

我们可以提出这样一个问题：渊深到了何种境地，博大到了何种程度，用什么才能形容呢？

然后，我们可以设想这样一种情形：如果是一道填空题，那么，答案一定是空白；如果是一道单项选择题，那么，那项唯一的答案，一定是个拟喻的句子，因为根本没有最恰当的词语可以实在、精确地概括。

在形容孔子学识的事情上，文字不实用了，一瞬间，文字就流于花哨，流于浮荡了。

我们看一下数千年前的人们是如何形容的，就会更加明白这一点了。

子贡对孔子的形容，很直观：我们只能掌握有形的知识，如老师传授的文辞章句；我们无法掌握无形的见解，如老师传授的道与哲理。

颜回对孔子学识的形容，很形象：老师的学问，越仰慕，越感觉崇高难及；越钻研，越感觉坚实深厚。我们竭尽全力，想攀登上去，越过一个山头，发现前面还有山头；我们毫不懈怠，想发掘下去，挖到一个文化层，发现下面还有文化层。我们永远都在追赶老师，我们已经穷尽了自己的才能，还是没有办法追赶上，不知道该用什么办法。

鲁人对孔子学识的形容，很具体：孔子真是伟大，博学道艺，不偏科。

孔子对自己学识的形容，很低调：我没有为世所用，所以才学了这些技艺。

公元前481年，鲁哀公十四年，历史上关于这位学识渊博的老人的记载，骤然变得沉重了。

这一年春天，鲁国贵族到曲阜西边的郊外，搞户外活动。

关于这次野游，野史上的记载有些悬乎，说狩猎时，叔孙氏家的车队队长，捕获了一头野兽，样子怪异，人人视为不祥之兆。运到城内，孔子看了此怪兽，轻轻地说，这是麒麟啊。麒麟生不逢时，孔子也生不逢时，麒麟被捕，孔子料定自己也将不久于人世了。

关于这次野游，正史上的记载，内容不多，只可略窥一二，但很真实，大概是说这个时节，孔子年老了，身体自然衰弱了。孔子尊重生死的规律，所以，对死之将至，处之泰然。

孔子唯一担心的是，他的治世之道不被后人采用。因此，他对子贡叹曰，无人能够理解他，他一生不怨天，不尤人，下学人事，上知天命，明白他的，大概只有天了。

这是一幅让人动容、动情、动天地、动鬼神、动山河的最后一幕。

夫子拄杖走在清晨的花香、露珠的微凉和碎碎的鸟鸣中。

走在自家门口的一片清逸中。

闲闲地漫步，悠悠地吟唱。

是支短歌。

歌词只有三句：泰山要崩陷了吗？梁木要摧折了吗？哲人要凋萎了吗？

一曲唱罢，拄杖回屋，对门安坐。

这个时期，曾经跟随孔子远走他国，并被围困在陈国和蔡国边境的学生，大都不在身边了，有的身亡了，有的出仕了，有的远居了。或许，这也增添了孔子人生若梦的空落感吧。

子贡从家里来，在外面听见吟唱，心里非常忧恐，口里念叨着：泰山要是崩陷了，我仰望什么呢？梁柱要是摧折了，我依靠什么呢？哲人要是凋萎了，我去仿效谁呢？

子贡猜测孔子恐怕是生病了，焦急地走进屋。

"赐啊，你怎么才来？"孔子说。

声音像微弱的风，飘散在梁间，充满了想念。

"天下无道太久了，没有谁肯听从我的主张。夏朝人死后，灵柩停放在东堂；殷朝人死后，灵柩停放在堂前两根柱子中间；周朝人死后，灵柩停放在西堂。前几天，我梦见自己坐在两根柱子中间祭奠。而我的先祖，正是殷朝人啊。"孔子说。

声音像回旋的风，萦绕在子贡心头，充满了迷茫。

史书上没有对这一刻的子贡，进行详细描述，但从后来所发生的事情来看，他一定是心如刀绞，悲痛欲绝的。

孔子病倒了。

鲁哀公遣医，孔子不受——情知无益，他希望自然死亡。

季康子送药，孔子不吃——虑其有毒，他希望远离暴亡。

七天后，孔子与世长辞。

这是平静的一刻，也是激荡的一刻。

平静的是孔子，激荡的是风云。

苍天也变色，草木也含悲，时间永远地凝结在了公元前479年，鲁哀公十六年4月11日这一天。夫子七十二年的沧桑岁月，发生在莽莽中原上的春秋大梦，壮观而悲怆，雄美而凄凉。

我们对夫子的最后一问是：夫子长别的时候，内心深处也是静如止水吗？抑或，他是抱憾而去？

这是一则永恒的《天问》吧。

孔子辞世后，鲁哀公亲自为孔子致诔词，声情并茂地说道，上天不怜悯我呀，不肯把这位老人留下保障我一人的君位，真是忧愁痛苦呀。

子贡听了，脸色铁青，一点儿也不领情，冷冰冰地讥讽道，我老师曾经说过，丧失了礼，就会昏暗不明；丧失了名分，就会出现过错。我老师活着的时候，您不任用他，死了才表现哀伤，这不合礼；您在悼词里自称"一人"，这不合鲁国国君的名分。您现在把礼和名，都丧失掉了。

子贡毫不留情地赋予了鲁哀公二宗罪，心中的悲愤可想而知。

他甚至还说了这样一句话："公其不没于鲁乎？"

历朝历代的人，在翻译这句话时，有的翻译成：您不想在鲁国善终吗？有的翻译成：您大概不能终老于鲁国吧？

最给力的翻译是：您想在鲁国不得好死吗？

在鲁国，在泗水岸边，弟子们为孔子筑成了一座斧形坟墓。

孔子考察过一些坟墓形状，有夏朝房屋形的，有斧头形，他喜欢后者，简单易成。弟子们为了完成孔子的愿望，没有厚葬他，而是将木板和土夯在一起，就成了。

孔子遗世，惊动四方。泗水河畔一时人满为患。

鲁国的人来了，追思孔子，形容悲戚。

燕国的人来了，参观墓葬，充满期待。

子夏对参观的人很生气。有一个燕国人落脚在他家里，他直截了当地对此人说，这是我们普通人在安葬圣人，不是圣人在安葬普通人，有什么可看的！

孔子的弟子们，每个人，都性情迥异，每个人，都主张纷呈，然而，他们对于孔子，却都怀着同一腔心思、同一腔哀愁、同一腔想念。

孔子从前对他们孜孜教诲，切切关心，弟子伯牛生病时，孔子前去探望，因伯牛所患为恶疾，不欲见人，但孔子不避恶疾，见窗户开着，便从窗中伸手握住伯牛，与他永诀。

前尘往事成云烟，倏忽想起，唯有痛彻心扉。

2. 子贡，一个人的守望

在墓地，学生们为孔子服丧了三年。他们终日缅怀思忆，忍不住泪眼模糊。

三年后，他们和老师告别，和彼此告别，忍不住又是一番失声痛哭。

人，渐渐散去了。

就像一场戏，散了。

但并未散尽，在遥远的光影中，在模糊的视线里，在尾声，在尽头，还有一个茕茕的身影，在驻足，在守望，在忙碌。

他忙碌于搭建茅棚，在孔子墓旁。

他就住在那个小棚子里，囫囵地睡一遭，囫囵地吃一顿，默默地陪伴着长眠的圣贤、老师、父亲。

这是一个人的守望。

这是一个人的纪念。

这里升起的日出、沉下的日落，这里急湍湍的水声、青悠悠的山光，这里万籁俱寂的深夜，这里没有回应的独语、独思，只属于这一个人。

他，是子贡。

不思量，自难忘，千里孤坟，无处话凄凉……

又是三年光阴驰过，子贡终于和孔子辞别了。

他在孔子墓旁一共守护了六年时间。

孔子入土安葬时，子贡四十一岁，离开孔子墓时，子贡四十七岁。这是一段多么青苗美好的年龄，他把它毫无保留地献给了孔子。

六年时光，独与夫子，子贡的目的，不是因为要秉承夫子之道，而是因为，多年的感情，让他无法割舍。

这是感情的告慰，也是心灵的告罪——就像当年孔子没有继承父亲的武士衣钵那样，子贡也将选择另外一条道路，谋取功利。

在梦想与现实的巨大落差中，孔子终生未能实现自己的志业；子贡却纵横在鲁国政坛上，万人仰视。

子贡利用外交辞令，为鲁国争取到了利益和面子。叔孙氏因此先后两次扬子贡、抑孔子。

第一次贬抑尚且婉转：子贡比仲尼贤能。

第二次贬义就完全无遮无拦了：仲尼不贤能。

子贡先后两次表示反对。

第一次反对尚且含蓄：以宫墙为例，我的宫墙只有及肩高，一打眼，就能看见室家的美好；我老师的宫墙有数仞高，如果不走进门去看，就看不到宗庙之美、景观之富。

第二次反对就完全带有激愤和警告的性质了：不要这样自不量力，我老师是不可毁损的。其他的贤者，犹如丘陵，还可以逾越；我老师，则如日月，无从攀登逾越。即便有人想要自绝于日月，对于日月又有什么损伤呢？

离开孔子墓后，子贡继续如鱼得水地游弋在现实生活中。

政治上，子贡"结驷连骑，束帛之币以聘享诸侯，国君无不分庭与之抗礼"。

经济上，子贡不仅在国内有连锁店，还在卫国、曹国之间，发展了大批跨国业务，继续逞雄于商界，以致"家累千金"，显贵异常，无意中，掀起了中国商人的黄金时代。

文化上，子贡利用自己的社会地位和社会活动，布扬孔子盛名与思想，史学家司马迁曾评价他是扩大孔子影响的杰出贡献者。

因长期混迹于商界、政界，距学术界渐远，子贡自身的文化流派，并未形成，而子夏、子张等人，却最终形成了自己的儒家学派。

孔子生前，子贡曾请孔子评价自己。孔子说他是一个容器。他问孔子是什么容器。孔子说，是瑚琏。

瑚琏，是设于宗庙的竹制玉饰器皿，比喻安邦定国之才。孔子如此高调评价子贡，但也客观地指出了子贡的短处。

孔子预言说：我死后，子夏会一日比一日进步，子贡会一日比一日退步。因为子夏常和比自己贤能的人结交，而子贡常和不如自己的人混在一起。与贤能的人相处，犹如进了一间有香草的房屋，久而不闻其香，因为己与香气合而为一。与不贤能的人相处，犹如进了一间有咸鱼的铺子，久而不闻其臭，因为己与臭味合而为一。

孔子此言，是鼓励学生们谨慎选择朋友，在一定程度上也是对子夏和子贡的人生概括，虽非十分精准，却大体如是。

子贡晚年，离开了鲁国。他是卫国人，但也没有回到卫国，而是定居于齐国。在异地他乡，走完了人生的最后一程。

3.孔子的替身

孔子与世长辞后，学生们顿觉空落落的，精神无所依附。

子夏、子张、子游等人想念孔子，却无从得见，悲伤难抑、凄惶难安，决定把同学有若当成孔子来侍奉。

有若，我们并不陌生，他身材高大，孔武有力，曾以敢死队员的身份，参加过抗击吴国的鲁国保卫战，对孔子回国起到了一定的促进作用。

当然，子夏等人并不是因为这件事，要把他扶成孔子之尊的，原因是另外两个。

一、他的外貌长相，与孔子酷似。

二、他善于引申孔子的思想。

至于有若反应如何，我们无从得知。

据说，曾参是不赞成的。他认为，孔子只有一个，无论是肉身，还是灵魂，任何人都不可替代。

不过，关于这段情节，还有另外一个版本。

据说，曾参是赞成的，有若也是愿意的。只是有若的替身生涯很苦恼，孔子生前几乎无时无刻不在回答学生们的问题，孔子欢迎这种提问，因为他对

"从不说'怎么办怎么办'的人，不知道该怎么办"，可是，有若却吓坏了。

同学们每天都拿各种各样、五花八门、离奇古怪的问题来问他，他回答不上来，日夜紧张害怕，落下了病根，一看见有人影远远地晃过来，脚就本能地踮起来，腿就本能地僵直起来，想逃跑。

结果同学们不等他逃，就提前把他弹劾了。

有这么一天，有若被同学们死死钉在师座上，一个同学向他讲了两件先师旧事。

一件，事关天气预报。说的是，孔子要出门，虽然天气很晴朗，还是嘱咐随行的弟子带上雨具。中途，果然遇到了阵雨。弟子很惊奇——放在21世纪也是要惊奇的，因为明显比央视的天气预报栏目要准确。对此，孔子的解释是，《诗》中说，月亮离开毕星，就要下大雨，而昨夜，月亮就离开毕星了。

一件，事关生儿育女。说的是，孔子的弟子商瞿，到了三十八岁时，只有女儿，没有儿子，他母亲给他又另娶一妻。这时，孔子派商瞿到齐国公干，他母亲想着传宗接代的事，不想让他去。孔子劝慰说，无须担忧，商瞿过了四十岁，会有五个儿子。几年后，商瞿果然五子绕膝。商瞿很惊奇——放在21世纪也是要惊奇的，因为明显比生殖专科医院的主治医师诊断得要准确。

这两件事，有若早就知道，但是，由这两件事引发出的问题，他就不知道了。

他的同学问他：请问，老师怎么会知道这些呢？

有若默默无语，他怎么会知道老师怎么会知道这些呢？

同学们看着他，气不打一处来，费了半天劲儿把他扶上了师尊之位，却一问三不知，简直太不像话了，当即就把他罢免了。

"这个位置对你不合适，你还是下来吧。"一个同学说。

这些闲章碎语，无论是真实历史的残片，还是民间传说的流影，内中所深深渗透的、溶解的，无一不是对孔子的怀念和留恋。

孔子是无法代替的，这是客观的事实。在孔子的品质中，仅是快乐一项，就让人难以达成。

孔子在世时，曾如此论乐：子路勇武，但易受打击，所以，他不乐；子贡睿智，但耽于盘算，所以，他不乐；冉有多才，但摇摆不定，所以，他不乐；

曾参包容，但沉重多思，所以，他不乐；子张高志，但岂然自负，所以，他不乐；子夏敏锐，但严肃计较，所以，他不乐。

能有孔子之乐者，众里寻他，唯有二人，颜回和曾皙。

可是，颜回短命，像蝴蝶的翅膀，微微一呼荡，就去了；曾皙倒是长命，可是，他又不具备孔子的其他品质。

因此，仿孔子，难矣。

4. 孔子，天地之心

孔子的墓地，不再孤寂了。自子贡之后，不断有人迁居此处。

其中，不仅有孔子的弟子，也有倾慕孔子的其他人。

很快，在墓旁定居的人家，已经有一百多户。

苍凉的墓地，连成了一个炊烟四起的村落。

人们在晨钟暮鼓中，在朝花夕拾中，在耕地里，在明月中，守候孔子，与孔子对望，与孔子在悠思中细谈。

至此，"孔里"这个地名，出现在了我们今天的地图上。

每年，鲁国政府都到孔子墓前庄严祭拜；每年，儒士们都从四面八方，不远万里而来，在孔子墓旁讲习礼制，举行乡礼、射礼。

在长达二百年的岁月中，从春秋到汉代，孔子的一顷墓地、孔子故居、弟子们居住过的内室，都被尊为圣庙。

汉高皇帝刘邦，经过鲁国旧地，隆重祭祀孔子以太牢之礼；芸芸的王臣将相，来到鲁国旧地，上任之前，必要沐浴焚香，拜谒孔子；西汉思想家董仲舒，上书汉武帝，"罢黜百家，独尊儒术"，儒学自此登上中国传统文化的主流之巅。

影响至今，儒学已广布天下。

在各地，无论是荆野边陲，京城重镇；

在各国，无论是贫弱的不发达国家、谦和的发展中国家、跋扈的发达国家；

在各民族，无论是弥漫着原始气息的未开化民族、张望在手工与科技的路口上的半开化民族、以数字技术主导生活的现代化民族；

在各人种中，无论是黄色人种、白色人种、黑色人种、棕色人种；

都或先或后地，都或多或少地，开始迎接孔子，走近孔子。

因走近，而愈加崇敬；因崇敬，而愈加走近。

孔子之至圣，在于他乃一介布衣，授业四十余年，传承十余世，中国有谈论"六艺"者，莫不以其为折准。

孔子之至圣，在于他培养出大批学者、外交家、政治家和文学家。德行科的代表人物，有颜回、闵子骞；言语科的代表人物，有子贡、宰我；政事科的代表人物，有冉有、子路；文学科的代表人物有：子夏、子游。

然而，就是这样的一个人，他是如何概括自己的呢？

"我有知吗？我没有知呀！有个乡下人向我讨教问题，我一无所知，我只是就他所问事情的两端，反过来不断地询问他，一直问到从中找到答案为止。"他带着一抹抱愧的神情说。

"文献上的学问，我也许学得和别人差不多，但就身体力行做一个君子而言，我还没有做到。"他带着一丝歉意的口气说。

日月经天，江河行地，夫子圣矣。.

念诵着《诗》中的这句话——"仰望着高峻的山岭，行走于壮阔的周道"，我们想象着孔子的为人，是否也会像千年前的司马迁在想象孔子一样，久久徘徊，不忍离去呢？

夫子，天地之心矣。

番外　神的年代，人的年华

　　这是一个神性蓊郁的时代，神很近，人很远，从殷商之王室，默默无声地退出一人，放弃王子车舆，骑驴远遁深野，他，是孔子的始祖微子启；

　　这是一个巫风骀荡的年代，神忽远，人忽近，从周朝之诸侯国宋国，谦柔恭谨地走出一人，却因妻室美艳，横遭杀害，他，是孔子的六世祖孔父嘉；

　　这是一个褪下神秘色彩的时代，神走了，人来了，从鲁国之陬邑中，威武雄壮地转来一人，武功惊人，勇猛闻世，他，是孔子的父亲叔梁纥。

　　孔子，原是一朵从图腾里开出的花。

1.微子啊，微子

读一本书，读到的，是两个故事，一个是文字所表达的故事，一个是文字背后所渗透的故事；读一个人，读到的，是两个人，一个是现世生活中的本人，一个是先世生活中的先祖。

唯有读了这二元结构的书或人，其内容，才算是完整了。

读孔子，亦如是。

孔子的先世，是一首缥缈的诗词。

因尚未拈到描述孔子祖辈的较为合适的词，遂草填《望江梅》如下：

闲梦远，孔子未临世。殷商王宫红袖软，莺语一斛天子暗。忙煞孔祖先。

闲梦远，先人正出奔。千里风絮草色青，烟河漠漠宿云乱。人遗百花川。

然而，仅凭一首诗词就概括了孔子的先世，未免太过朦胧，太过抽象。

从词中，仅能得悉，孔子之先祖因商纣王被红袖搞昏了头，忙得不可开交；接着，先祖们开始奔逃，颇有亡命天涯的味道；然后，先祖们就把后代，把孔子，遗留在了一个野花锦簇的河川之地。

那么，他们究竟是在为何而忙乱，为何而奔逃呢？

其粉堕百花洲之地，究系何地？

遁入历史的罅隙，捋开历史的纹理，不难看到，一个古意腾腾的故事，正泊在夜之央、寂寞之央，泊在宁静的旋涡中央。

故事中，有四位主角，他们无意中，毫不知情地决定了孔子的降生之地，而此地的人文环境，又无形中，毫不保留地影响了孔子的人生印记。

这四位来自远古的嘉宾，分别是孔子的始祖微子启、孔子的十世祖弗父何、孔子的六世祖孔父嘉、孔子的父亲叔梁纥。

越过千年的尘埃与花香，蹚过湍急的时光之流，我们与他们，相遇在梦幻的一刹。

滚滚风尘中，我们遇到的第一个人，是微子启。

微子生活在一个神性蓊郁的时代，那时候，神很近，人很远，微子，很模糊。

天上，烟云流荡；人间，客影飘忽。我们唯一清楚的是，微子与商纣王，是同父同母的兄弟。

微子称兄，纣王道弟。微子虽是老大，但他出生时，母亲不是老大，而是侧室；纣王虽是老小，但他出生时，母亲已不是老小，而是正妻。因而，纣王运气好，成了殷商王室的继承人，做了殷商的大当家。

纣王很聪明，很灵活，很能说会道，很见多识广，很会办事，很有劲儿，经常空着手和猛兽打架；也很爱显摆，很外向，很活泼，对自己总是热情洋溢，别人不夸他，他自己使劲儿夸自己，说全天下的人都不如他。

这是一个轻狂中透着可爱的小子，也是一个昏聩中透着暴虐的君主。

他很好酒，很能鉴赏音乐，很爱女同志，很听女同志的话，经常和妲己"以酒为池，悬肉为林，使男女裸，相逐其间"。

九侯的一个女儿，是纣王之妃。姑娘很纯朴，很庄重，很自爱，不愿意在国宴上把自己扒得光溜溜的，还要在一排排肥肥瘦瘦的大腿间跑来跑去，因此，她得罪了纣王。纣王恼得慌，怒得慌，臊得慌，立刻把老婆揪过来，杀了。还不过意，还是恨恨然，又把老丈人九侯剁成了肉酱。

九侯、鄂侯、西伯侯，是商代三公。鄂侯听闻此事后，立与纣王论辩。由于言词太激烈了，态度太慷慨了，手势太领袖化了，又把纣王给臊着了。纣王一喷响鼻，把鄂侯也揪过来，杀了。还不过意，还是耿耿然，又把鄂侯腌腌渍渍，制成了肉干。

三公只剩下了一公——西伯侯。西伯侯戚然，怅然，茫然，不知所以然。明月当空，满树秋风，他唯有叹气。然而，叹气也不行，叹气就是气不顺，气不顺就是有憋屈，有憋屈就是要造反，纣王又不得劲儿了，又把西伯侯押过来，关了。还不过意，还是悻悻然，直到西伯侯的属臣送来了珍玩、良马，又巴巴地送来了一炕头的大小美人，纣王这才吧唧着嘴，满意了，把西伯侯放归了。

微子眼见他的纣王弟弟爱美人不爱诸侯，急得都哆嗦了，都脱发了，屡屡劝谏。奈何，纣王不听。

而西伯侯呢？

这位貌似蔫巴、实则活跃的老大爷，在回到自己的封国后，继续推行善政，使得商代的诸侯，陆续背离纣王，归附西伯。西伯侯死后，他的儿子周武王大举发兵，意欲灭掉殷商。微子谏请纣王振作朝纲，纣王不理。他太忙了，美人太多，美酒太多，他顾不过来。

国将破，山河将易，微子给自己出了一道选择题：A. 以死殉国；B. 离开纣王，避祸他乡。

选择A，预示着死亡；选择B，预示着生存。

生死一念间，距离很短，决断很难。

微子是个敬重天、地、神的人，因而，他也敬重天、地、神的一切给予，而天、地、神最隆重、最豪华的给予，就是——生命。

他不能冒昧地对待自己的生命，不能粗鲁地决断自己的生命。

生，还是死，这可真是一个问题呀。

对于哈姆雷特来说，问题也许不重大，但对于微子来说，确是很烦人。

微子很闹心，把选择题一径抛给了太师箕子、少师比干。

两位贤人当机立断地为忧心忡忡的王子答了卷，选B。

理由是：如果以一身死，可换回国家大治，则死而无憾，死得仗义；如果以一身死，换回的仍是国家大乱，则死而无益，死得窝囊。

微子听了，不闹心了。

一夕，远遁深野了。

一头年轻的小驴子，蹄声嗒嗒，脆脆嫩嫩，极剔透，把清晨的绿雾，都踏碎了。

周武王灭掉殷商，建立周朝后，微子和他的驴，又回来了。

既然没有对抗武王，那么，就投降武王吧。

微子袒露上身，捆缚双手于后，膝行于武王军前，命人左边牵羊，右边持草，求告武王，勿断绝殷商之祭祀。

武王应允。他解开微子之缚，复其地位，并封纣王的儿子武庚，为殷商旧都的君主，以镇抚殷商遗民。

但微子一点儿也不省心，因为他的大侄子武庚一点儿也不安分。

武庚和他爹一样燥热，一样奔放，而且，奔放到了管不住自己的地步，武王一驾崩，他就偷袭年幼的成王去了。一直折腾了三年，到底被成王的叔父周公一抹脖，给诛杀了。

这一通折腾，极大地改变了当时的政治格局，也极大地改变了孔子先世的社会地位。

周公和成王在重新考量了周朝的高级管理层，对周朝重要员工进行了细致的增删后，将殷商移民一分为三，其三分之一（位于河南商丘一带），封与微子管理，国号为宋。

他们很看好微子。微子贤，淡泊，老实巴交，对殷商遗民具有核心影响力。

微子很看好宋国。宋国静，亲和，民皆旧遗，可用天子之礼奉行殷商宗祀。

唯一的问题是，微子，作为周朝的诸侯国——宋国的国君，意味着，他已经从王子，下移成诸侯，已经从王室成员，变成了前王室成员。

2.十世祖的选择

石，是有骨髓的，它的髓，流淌在河水里。

月，是有魂魄的，它的魄，也流淌在河水里。

因此，河，在化学意义上，是挤挤擦擦的分子，它所流淌的，是水的颗粒；但在审美意义上，却是纤纤微微的感觉，它所流淌的，是石髓月魄。

至于倒映在水中的影子，在解剖意义上，是一个血肉之躯；在文学意义上，则是一个踟躇的灵魂了。

河水，清而美，很流畅；河边的人，沉而闷，很纠结。

他的站姿，略倾斜，似抒情，可他并不是在抒情，他是在凝想一桩已经发生的杀人事件。

他的垂眸，略惆怅，似相思，可他并不是在相思，他是在凝想一桩行将发生的杀人事件。

他是弗父何，孔子的十世祖。

微子去世后，宋国政权被顺利地过渡了四代，但在第四代宋潜公时期，虽巫风犹盛，世界却已然大变，人伦次序发生颠覆。按照殷商的传统，权位的延续，应是兄终弟及，然而，殷商终究渺远了，周朝却是切近的，周朝盛行的父子相传，成了时髦的标志、文明的符号、发达国家的象征。因此，当宋潜公把国君之位传给弟弟后，潜公的小儿子鲋祀，撅了嘴，很不高兴，回头就把他老叔给杀了。鲋祀对他老叔很凶恶，对他大哥很温柔，他残忍弑君，并不是为了让自己做国君，而是让兄长弗父何做国君。可是，弗父何怎么能够接受这个君位呢？

他一旦当了国君，就要依照旧例，治鲋祀弑君之罪，那就意味着，又要人为地制造另一桩杀人案了。

如果代代复仇，代代因循，那么，就是要制造多桩连环杀人案了。

弗父何听水，听心，终归不忍。

由是，鲋祀登位，为君；弗父何却位，为卿。

登位与却位，一字之间，孔子的先祖，就由诸侯，跌落为公卿了。

3. "美而艳"的故事

弗父何的让位，使他身后的四代子孙，皆蹈卿位。

弗父何的第四代后裔，名为孔父嘉，是孔子的六世祖。

孔父嘉他爹，即孔子的七世祖，是一位名叫正考父的知识分子。修养，高到了云端里；谦恭，低到了泥土里。如果我们用几何图形将正考父的谦恭形象化，那么，应该是这样的：当宋国的国家领导人宣布对他的任命时，他必施礼致意，其礼，很讲究，一般人不会用。第一次任命时，"一命而偻"，他的施礼角度大概在锐角之间——45°～60°；第二次任命时，"再命而伛"，他的施礼角度大概在锐角和直角之间——60°～90°；第三次任命时，"三命而俯"，他的施礼角度大概在直角和钝角之间——90°～180°，角度相差如此之大，是因为他干脆趴到地上去了，几乎横向拉直了。正考父并且非常节俭，终年以稀粥糊口，不似苦行僧，胜似苦行僧，不似宋国难民，胜似宋国难民，逢到年节、宋国国庆，他才打打牙祭，改善改善生活，才终于不吃稀粥了——吃稠粥去了。

正考父是一位诗化的政治家，外表孱弱，内心坚定，以悲壮的使命感，以民族的自豪感，怀念着殷商，实践着遗礼，连走道都溜边，都循着墙根。

孔父嘉虽然没有成为他爹的克隆版，不像他爹那样谦柔退守，但也不赖。每日在宋国的城池里上班下班，脚步不快不慢，动作不轻不重，语调不扬不抑，笑容不谄不冷，行为不偏不倚，规规矩矩，正正经经，连身板都是不肥不瘦的。

日子不咸不淡，灵魂不喜不悲，孔父嘉的生活，横平竖直。

直到公元前729年，宋宣公病逝，一切才改变了模样。

宋宣公临终前，没有将君位传给太子，而是传给了弟弟。而且，是硬搀给弟弟的。弟弟不受，哥哥不干，两人像打架似的，撕巴了半天，又像拉锯似的，推扯了好多个回合。最后，弟弟终于受了，是为宋穆公。

这又是一个兄终弟及的故事，是历史的重复。

历史为什么会重复呢？

是因为人会重复。

很多时候，人，都是重复的人，思想，都是重复的思想。而由于人孕育了历史的胚胎，历史由人分娩而出，因此，历史也就遗传了人的基因，很多时候，历史，也都是重复的历史。

表面上看，这次重复，不关孔父嘉什么事，实际上，关系大了，伏笔就埋在九年后的一天。

这天，宋穆公也病重了。临终前，他把大司马孔父嘉召来，推心置腹地说，他哥推举他为国君，把太子给舍弃了，他不敢忘怀，待他死后，国君之位就传给太子。

孔父嘉本分，实话实说：大臣们想立穆公的儿子为君。

宋穆公情急，正色正言：不可，一定要立吾兄的儿子。

孔父嘉接了意旨。

宋穆公还是不放心——不是不放心孔父嘉，而是不放心他儿子，遂命他儿子移民郑国，有生之年不得踏上宋国领土。

入秋八月，青烟匝地，宋穆公静静大行了。遵照宋穆公生前所愿，孔父嘉扶立了宋穆公哥哥的儿子继位，是为宋殇公。

宋殇公刚上任时，没有国君的从业经验，激情分泌大过了业务能力。当卫国国君谣称，他那位移民到郑国的堂弟就要杀回宋国，卫国国君可以协同他到郑国讨伐时，他磨刀霍霍地同意了。

这个愣头青国君并不尽知，卫国国君是想联合他的兵力，压制郑国，立威于世。

宋殇公很草率，后果很严重。因为郑国很强大，打仗很拼命。

为了教训宋国，此后，郑国每一年都攻打宋国一次，就像一年有一次春节那样规律。有一年，甚至还攻打了两次，就像过了一次阴历春节，意犹未尽，又再过一次阳历春节一样。

也就是说，宋殇公在位十年间，光是打仗就打了十一次。

这也意味着，十一次打仗期间，光是烈士墓就建了十一次。

民众都罢工了。不罢不行，还得逃难呢，哪有工夫上班、加班、打替班，哪有工夫签到、计工分！闹饥荒时，发洪水时，山体滑坡、泥石流时，还得组团要饭去，集体要饭去，浩浩荡荡，迤迤逦逦，忙得很，不罢工不行。

就在这民怨积盛之时，一个意外出现了。

这个意外，彻底地终结了孔父嘉的个人史。

事情是这样的：

孔父嘉的同事——宰相华父督，在逛街时，猛见人流中一女子悄悄而过。

是一丛醉了胭脂的花阴吗？

是一握缓缓淌过的碧绿流水吗？

是一小片移动的白色月光吗？

看起来，是素净的；感觉上，是浓艳的。没有颜色，尽得颜色。

若看书一般，华父督目不转睛地盯着看；若咏叹一般，华父督魔魔怔怔地喃喃咏叹。

老天作证，华父督的咏叹，只有仨字：美而艳！

他再也吞吐不出其他完整的话来了。

他被美，惊得结巴了。

然而，下面的事情，就不怎么美了。

此时的世界，恰巫风浓酽，恰人性盛绽，神亦然在，人亦然在，时擦肩并行，时此消彼长。但人的意义，更深地，得到了重视；人的需求，更重地，得到了强调。这是这个年代的生理特征：神迹飘忽，约束力渐小；人迹彰显，爆发力渐大。它引导了文明的进步，也暴露了人欲的恶浊。

华父督便在这个年代里，搭乘了一列龌龊的"欲望号列车"。

他在发现了美女后，又发掘了美女的身份，得悉，此女乃孔父嘉的妻子。

为了夺得美妇人，他开始四散扬言，说十年中打十一次仗，国家穷掉了底，百姓苦透了腔，都是国家最高军事长官孔父嘉闹腾的！为此，他要杀掉孔父嘉，让百姓欢天喜地奔小康！

流言蹿红了。百姓沸腾了。阴谋得逞了。

孔父嘉就这样死了。心在碧落，身在黄泉。

华父督就这样乐了。左手血腥，右手红粉。

宋殇公就这样怒了。面上阴沉，口上痛斥。

孔父嘉是托孤之臣，是宋殇公的肱股。宋殇公的某些思想、行为，就是孔父嘉的倒映。华父督为此忧惧不定，担心宋殇公一怒之下，会杀他正法。于是，一焦虑，就把宋殇公也杀了。然后，一激动，又跑去郑国，把宋殇公的堂弟接回宋国，做了国君；一抖擞，又安排自己去辅佐这位堂弟了。

华父督一族，得意了；孔父嘉一族，失意了。

孔父嘉之子木金父，忧惧于华父督之势，开始了逃亡生涯。

他向鲁国寻求了政治避难。

鲁国，便是孔子先祖出奔诗词中提到的"人遗百花川"的芳菲之地。

木金父出奔的具体地点是：陬。

陬邑，位于鲁国首都曲阜的东南角，落落大方地凝望在绵绵山谷口。近处，偎依着平原，原上，伏地的野花，黄白点点，夜雨来时，清芬明透；远处，召唤着尼山，山上，伸展的花树，红紫簇簇，山风去时，浓香流溢。孔子后来就出生于尼山。

陬邑水位高，打井，几尺见水，打鱼，几下即得。水源充沛，溪谷纵横。泗水穿云越雾而来，穿林越树而去。如练的白色，如月的澄澈，流淌着，滋润着，弥漫着。水旺，植物亦旺。陬邑的地表上，覆盖着沉稳的苍青之色，摇曳着忧郁的凝碧之色，层层，透着灵动之气，层层，绿意如洗。

平原无语，山谷有声。在茂密的野林深处，在丛生的灌叶林下，飞禽列队求偶，走兽搭伙觅食，生机勃勃，热烈如歌。

木金父一身风尘地逃到了陬邑，撞见了这里的野色之美，撞破了这里的野意之浓，也撞开了另一种生活模式——苦楚的打工生涯。

至鲁后，孔子先祖的公卿身份不再，世袭不再，封地不再，只能以"士"的身份，给鲁国贵族打工，挣工资度日。

士，是贵族阶层的最后一个等级，是统治阶层的最低一个层面。

从卿到士，距离平民阶层，只有前后脚的距离了。

从统治阶层到被统治阶层，只在俯仰间了。

但木金父以思想家的深沉，接受了家世的变故；以哲学家的稳重，定居在了鲁国；以数学家的精确，算计着衣食住行、吃喝拉撒；以文学家的浪漫，拨弄情怀；以核物理学家的激情，繁衍后代。

在鲁国开枝散叶后，木金父的孙子孔防叔，又生子伯夏，伯夏又生子叔梁纥。而叔梁纥，就是孔子的父亲。

4. 鲁国的"超级男生"

历史在呼吸，当我们接近它的时候。

历史的呼吸，有时浅表、轻缓，像一个虚弱不堪但又长生不老的人；历史的呼吸，有时深重、急促，像一个偷窥成癖但又拒绝赤裸的人。

当我们倾听到了历史的呼吸时，我们也就倾听到了叔梁纥的呼吸。

叔梁纥的呼吸，有时庄重、矜持，像一个温文尔雅但又虎虎生风的人；叔梁纥的呼吸，有时激越、昂扬，像一个气壮山河但又情怀绵绵的人。

这是对叔梁纥的速写。带着一丝臆度，一丝想象，一丝没来由的亲切。

孔子不知其父之详，我们亦然不知。

我们唯一知道的是，其父很高，让人油然想起姚明；其父尚武，让人肃然想起李小龙；其父力大，让人悠然想起巨灵神。

我们另外还知道的一件事是，其父曾一夜成名，让人霍然想起超级男生。

叔梁纥成名的"秀场"，是逼阳，一个坐落在山东台儿庄一带的芝麻小国。

鲁国也位于山东南部，原与逼阳无隙，但因晋国、吴国对逼阳看不顺眼，而鲁国又与晋国、吴国交好，所以，间接地，鲁国也与逼阳有仇了。

至于晋国、吴国为什么要挤对逼阳，原因就一个。

逼阳，如一方镇纸，正正地压在了吴国的北进要冲上。吴国若想与晋国结盟，抗衡楚国，势必要通过逼阳，而逼阳又是坚定的反晋派、执拗的亲楚派。因此，为吴国撑腰的晋国——诸侯国的大鳄，启动了国际外交机制，联合鲁国等十三个诸侯国，在柤（今江苏邳州柳口），召开十三方会谈，欲灭逼阳。

会议进行时，一脉江霞，斜斜；一倾梅雨，濡濡；一片晨雾，暖暖。

晋国的两员大将抛出了"楚国威胁论"，严重地指出，楚国正日益强盛，若不捣灭逼阳，肃清向楚国进攻的通道，那么，只会给楚国创造更大的膨胀空间，从而危及其他诸侯国的国家安全。

与会的各诸侯国代表，均对此观点表示支持，又先后提出了"楚国强硬论"、"楚国傲慢论"等观点，声称，不断泛滥的"楚国制造"，已经严重地影响了各诸侯国的贸易顺逆差；不断强大的楚国军事实力，已经严重地威胁了各诸侯国人民的感情和心理防线。因此，誓要制裁这个"崛起大国"。

唯有晋国的主将荀罃，有所踌躇。

风起时，荀罃说，逼阳城小，方寸之国，就算攻灭了它，也称不上勇敢。

风息时，荀罃说，逼阳人少，团结一心，如果攻不灭它，定会招致耻笑。

然而，荀罃的话，全被当成风言风语，随风而逝了。

请战的将帅们，就像请客一样阔气，毫不吝惜自己的所有，大方地把生命都奉献了出来，在军令状上，豪气地签上了自己的名字。

荀罃哑然，只得挥军奔杀逼阳了。

十三国诸侯之师，从十三个坐标上、十三种海拔上，从十三个利益点上、十三种心思上，铺天盖地地包围了逼阳，劈头盖脸就打。

逼阳国，势单力薄，没有隆重的阵仗，没有豪华的军容。它只有一个坐标——自强之心；只有一种海拔——坚毅之志；只有一个利益点——保家卫国；只有一种心思——打倒侵略者。

所以，逼阳君民众志成城，浴血奋战，联军久攻不下。

孔子的父亲叔梁纥，时任鲁国陬邑大夫，是国家正式聘用的地方官，因而，他也参与了十三国的联合军事行动。

战事胶着，分外惨烈，一日，叔梁纥正率部列阵，看到鲁国的车队押送辎重而来。逼阳人也注意到了鲁国的这支运输队，很快悬起城门，看样子欲夺给养。位于叔梁纥前面的部队，见城门开了，立刻得了便宜般，争先恐后地杀向城内。叔梁纥也想捡这个便宜，也嗷嗷喊着，随后冲决过去。

岂料，这是逼阳人的瓮中捉鳖之计。

当逼阳人看到一大股鲁国军兵入城后，又将悬门放下来，准备捉窝里痛打。

叔梁纥此时正冲到城门附近，他在抬眼间，突然发现城门正在下坠，危险正在来临。在这千钧一发的时刻，他还没有来得及想一下英雄誓言或获奖感言，便飞身扑向了城门……

在千年前的这个慢镜头中，出现的一幕是：叔梁纥伸举双臂，奋力托起城门，让鲁军撤退。

城门，千斤之重，地球的引力，使它在急遽下落的速度中，又陡增重量，但叔梁纥屹然不动，臂力惊人，耐力惊人，能力惊人。

斯时斯刻，背景壮阔、人生豪迈：满天，黄云飞渡；满地，河流翻滚；满世界，风沙萧萧。

一夜间，叔梁纥的光辉事迹，传遍了十三个诸侯国。叔梁纥瞬间被神话化了。

李靖托塔，叔梁纥托门，都是天王级的；刑天舞干戚，叔梁纥舞城门，都是重量级的。有若下凡的李靖，有若下凡的刑天，叔梁纥成为猛人、猛志、猛力的符号。

但逼阳人是如何看待叔梁纥呢？

无人得知。史料中，了无记载。

《左传》中唯记，逼阳，芥粒之国，力敌十三国重兵，苦战二十九日，城方破。

从微子到叔梁纥，从殷商到周朝，从天子级的王族，到最下层的武士，孔子的父祖辈，起起落落，波波折折，在历史上，留下了一道影影绰绰的痕迹。

有了这道痕迹，我们所发现的孔子，就不再仅仅是一个光明如白瓷的孔子了，还有，其思想纹理的延续；还有，其精神釉色的层次；还有，其生命烧造火候的温度变化。

孔子，从文化的累积中，破字而出；从远古的混沌中，破梦而出。

追根溯源，他的宗脉传承中，他的血液流淌中，余存着温热的远古之光。在那光芒中，神性骀荡，巫觋迷离，而他，就是一朵慢慢地开在图腾里的花。

花在呼吸，吐纳自己的芬芳。他在呼吸，身躯，吐纳在生死间；精神，吐纳在天地间。